Nördlich der Grenze

Peter Spürk

PETER SPÜRK

NÖRDLICH DER GRENZE

ROMAN

SHAKER MEDIA

Bibliografische Information der Deutschen Nationalbibliothek
Die Deutsche Nationalbibliothek verzeichnet diese Publikation in der Deutschen Nationalbibliografie; detaillierte bibliografische Daten sind im Internet über http://dnb.d-nb.de abrufbar.

Buchsatz: Ramona Schreiber, Shaker Media GmbH
Covergestaltung: Alicia Schaefer, Shaker Media GmbH
Coverbilder:© Miranda1066, iStock (172250947)

Printed in Germany.

ISBN 978-3-95631-959-4

Shaker Media GmbH • Am Langen Graben 15a • 52353 Düren
Telefon: 02421 / 99 0 11 - 40 • Telefax: 02421 / 99 0 11 - 49
Internet: www.shaker-media.de • E-Mail: info@shaker-media.de

ℐNHALT

ES WAR IM MOND DER WINTERZEIT.

ALS ALLE VÖGEL GEFLOHEN WAREN.
SANDTE DER MÄCHTIGE GITCHI MANITOU
STATTDESSEN ENGELSCHÖRE.

IN EINER LOGE AUS ZERBROCHENER RINDE

WURDE DAS ZARTE BABY GEFUNDEN.
EIN ZERLUMPTES GEWAND AUS KANINCHENHAUT
UMHÜLLTE SEINE SCHÖNHEIT RUND.

DER FRÜHESTE MOND DES WINTERS
IST NICHT SO RUND UND SCHÖN.
WIE ES WAR DER RING DES RUHMS

AUF DEM HILFLOSEN KIND DORT.

DIE HÄUPTLINGE VON WEIT VOR IHM KNIETEN
MIT GESCHENKEN VON FUCHS UND BIBERFELL.
JESUS. DEIN KÖNIG. IST GEBOREN.

JESUS AHATTONNIA!

Aus:
The Huron Carol
Das Weihnachtslied der Huronen

(Nach Jean de Brébeuf 1624 und Jesse Edgar Middleton 1926)

1. KAPITEL

PATRIOTS DAY

„UND FÜHRE UNS NICHT IN VERSUCHUNG."
MATTHÄUS. 6. KAPITEL. VERS 13

Aufblitzendes Wetterleuchten überstrahlte jäh die Farbenpracht des Jahrmarkts. Das Riesenrad, vor dem John unschlüssig stand, warf für einen kurzen Augenblick schwarze Schatten auf ihn. Nein, hier würde er jetzt sein weniges Taschengeld nicht ausgeben. „Wer weiß, ob ich da oben nochmals heil herauskomme", dachte er. Um ihn herum ging das bunte Treiben weiter. Gerne war er den Wagen des Umzugs hierher gefolgt, die am „Patriots Day" durch die Vieille Ville von Quebec zogen. Das kannte er, das gab ihm das Gefühl der Vertrautheit. Ja, gerade hier spürte er, wie sehr ihm die alte Schule des „Collège de Jeanne d'Arc" fehlte. Mit der Entlassung aus der elften Stufe war er in die freie Wildbahn des Lebens katapultiert worden. So kam es ihm vor. Von zuhause gab es kein Geld für ein Studium. Er war auf der Suche. Nach Arbeit. Aufs Geratewohl sprach er den Kassierer am Riesenrad an. „Braucht ihr Mitarbeiter?" Nur ein wortloses Kopfschütteln antwortete ihm. Kurz strahlte auch das graue Gesicht des Mannes im Wetterleuchten gespenstisch und erblasste wieder. John drehte sich um und ging den Wiesenweg entlang, den zahlreiche Buden säumten. Unter den vergnügungssuchenden Besuchern sah er die Schottenkilts der Mädels vom Fanfarenzug seiner Schule. Wehmut erfüllte ihn wieder. Freunde? Nein, Freunde hatte er keine unter den Schulabsolventen. Er war zwei Mal hochgestuft worden und hatte schon mit 16 Jahren die Schule abgeschlossen. Die andern Jungs hatten ihn betrachtet wie einen Streber oder Aus-

9

sätzigen. Nur das Mädchen, das neben ihm saß, Ella, hatte mit ihm gesprochen und Vertraulichkeiten ausgetauscht. Besuchen durfte er sie nicht. Ihre Eltern und die Gemeinde erlaubten es nicht. Doch wusste er von ihrer Evangelikalen Gemeinde „Zum Heiligen Erlöser". Dort hatte er kürzlich nach ihr gefragt: Nein, man habe keinen Kontakt mehr zu ihr. Sie sei einfach verschwunden, gleich nach dem Schulabschluss, habe Gemeinde und die Familie mit sieben Geschwistern verlassen. Seitdem suchte John sie. Aber hier, auf dem Jahrmarkt? Da hinten sah er eine übergewichtige junge Frau: Sie wandte ihm nur den Rücken zu. Aber oft schon war er jemand nachgelaufen und hatte sich geirrt. Peinliche Entschuldigungen folgten. In Ellas Gemeinde trugen Mädchen und Frauen bodenlange Gewänder. Diese junge Frau war aufreizend spärlich bekleidet. John lief, um ihr näher zu kommen. Unbeholfen rempelte er Passanten an. Der vollkommen schwarze Himmel und fortwährendes Wetterleuchten wirkten auf John wie Filmszenen aus der Stummfilmzeit. Fast verlor er die Orientierung im Gewirr der Buden und Menschen. Hilflos suchte er nach dieser Frau. Schließlich hatte er Glück und sah sie wieder neben einer Schießbude. Tatsächlich: Es war Ella!

Ein Typ neben ihr versorgte sie mit Schachteln. Ungeschickt riss Ella den Karton auf. Als John ihr näher kam, sah er ihr Zittern, als sie eine Ampulle herausgriff. Sprachlos verfolgte er diese unwirkliche Szene. Entschlossen folgte er seinem Impuls, den Kontakt mit Ella zu suchen, und trat dicht an die Schulkameradin heran.

„Ella? Du hier? Was ist mit dir?"

Im Halbschatten der Schießbude drehte sie sich langsam um. Ihr offener Mund zeigte Erstaunen. Doch dann lächelte sie, berührte sacht seine Schulter und erklärte:

„Hallo John. Was schaust du mich so an? Ich arbeite in einem Bordell. Mein Zittern? Ich brauche Heroin. Aber sorge dich nicht: Alles geht vorbei."

Kurz stand John reglos erstaunt. Dann wurde ihm klar: Was auch immer andere von Ella dachten, er wollte ihr endlich seine unzerstörbare Verbundenheit zeigen. Gerade jetzt, nachdem ihm die alte

Schule wie das Waisenhaus aus einem Phantasieroman von John Irving als eine schützende Heimat erschien.

„Komm mit", meinte er. Sie zögerte einen Moment. Er zog sie am Arm vor die Schießbude und zeigte auf die Zielwand mit den Keramikröhrchen, von denen an Fäden ein riesiger Teddy hing.

„Für dich!", stellte er fest. Ella stemmte eine Faust in ihre Hüfte und lächelte, leicht zitternd:

„Gut, ich warte."

John winkte dem Burschen am Tresen. „Bitte eine Ladung im Luftgewehr!"

„Kannst du überhaupt schießen?"

„Wie soll das schon gehen?"

Der Bursche grinste. „Sieh mal, Gewehrlauf auf den Bügel hier legen, avisieren, Kimme muss auf Korn stehen, los geht's!"

Einmal gehört, hatte John das sofort begriffen, so war das schon immer für ihn. Er zielte, schoss, es klirrte, einmal, zweimal, fünfmal, nur noch ein Röhrchen! John atmete tief durch, da sah er neben der Bude wieder den Typ, der Ella die Ampullen verkauft hatte. Blitzartig wurde ihm klar, dass dieser Mann Ella ins Unglück gestürzt hatte mit seinen Drogen. John packte die Wut. Entschlossen schwenkte er den Lauf des Luftgewehrs nach außen, zielte auf ein Auge des Dealers, schoss, ein tierisches Brüllen erklang. Ruhig zog John den Lauf wieder zum Teddybären, schoss, das Tier fiel herunter. Ungläubig sah John auf den Bären und sah dessen unverletzte Augen. Ob jemand seinen Schuss auf den Dealer bemerkt hatte? Offenbar nicht. Erneuter Donner übertönte das Gebrüll nebenan. Der Budenmann wandte sich jetzt erst John zu.

„Junge, Junge!", meinte er, „verdient ist verdient!" und reichte John das Plüschtier.

Der Teddy war mindestens einen Meter hoch. Entschlossen nahm John ihn über den Tresen entgegen und reichte ihn Ella.

„Dein Geschenk und dich werde ich nie vergessen!" Sie presste das Plüschtier an ihre Brust, drehte sich um und lief davon. Erste schwere Tropfen fielen vom Himmel. Langsam schlich John weiter. Hinter ihm heulte die Sirene einer Ambulanz. Menschen liefen ihm entgegen. Er entfernte sich unbeachtet aus dem Gewühl der Menschenmenge. Noch lange danach fragte sich John, warum er das getan hatte. Was waren die Folgen? Tageszeitungen, die seine Schwester Laurence manchmal vom Vortag mitbrachte, hielten ihn auf dem Laufenden. „Dealer blind geschossen" war eine Schlagzeile. Wieso blind, hatte der Kerl nicht zwei Augen? Ein Professor der Universitätsklinik Quebec klärte im Artikel auf: Das Geschoss sei durch die Spitze der knöchernen Augenhöhle geschlagen bis ins Chiasma opticum. An dieser Kreuzung beider Sehnerven seien durch das Kügelchen beide Augen erblindet. Stirnrunzelnd las er die Erklärung. Klare Sache.

Überrascht war er nur vom Knoten in seinem Bauch. Der verwandelte sich in einen bohrenden Schmerz, als drei Tage später eine Schlagzeile verkündete: „Dealer an Hirnblutung gestorben!" Nachts im Bett kreisten Johns Gedanken um die spontane Tat. Warum nur, warum hatte er das getan? Warum hatte Ella sich der Sucht und der Prostitution ergeben? Hätte er Ella schützen können? Wieso war da eine Wut in ihm gewesen, eine Wut, die er nicht an sich kannte? War er so leicht zu Gewalt zu verführen? Er konnte mit niemand darüber reden. Aber er sah ein, er musste etwas tun.

Er wollte nachdenken und nachforschen. Was diese unfassbare Tat und Ella betraf. Unter dem Vorwand der Jobsuche! Er konnte ja keine Uni besuchen. Mutter verdiente mit Nähen für die Nachbarschaft zu wenig. Und Laurence, seine Schwester? Nein, sie hatte die Schule abgebrochen und war völlig hilflos. Zuerst landete sie in der Küche eines Nonnenklosters. Dann bei einem Budenbesitzer. Dort trug sie Tageszeitungen aus. Schließlich ordnete sie Papiere als Wertstoff bei der Abfallindustrie. Überall trug sie die Stöpsel eines mp3-Players, den sie sich verdient hatte, im Ohr. Zu dessen Musik wippte sie wohl immer rhythmisch. So kannte er seine Schwester. Zahlungen seines Patenonkels aus dem fernen Alberta seien auch zum Erliegen gekommen, sagte Mutter und sah ihn dankbar an, als er das mit der Jobsuche verkündete. Aber wo denn? Sie solle sich keine Sorgen machen, seine Lehrer hätten gute Tipps. Genauer wollte Mutter es auch nicht wissen.

Es zog ihn in die Nähe des Viertels mit den engen Straßen, wo Ella verschwunden war. John fuhr mit der U-Bahn ins Zentrum, suchte und fand die Jahrmarktwiese und die dahinterliegenden Gassen. An einer Ecke, die auf einen Boulevard mündete, hatte ein Schuhmacher seine Ladentür weit offen und arbeitete drinnen an seiner Werkbank. Hammer und Nägel blitzten auf. John trat näher, es roch angenehm nach Leder und Schuhcreme. Er setzte sich leise auf einen Hocker vor dem Verkaufstresen und sah dem Mann zu, der ihn mit weißem Haar und Lederschürze an seinen verstorbenen Großvater erinnerte. Papas Vater war Gärtner gewesen. Die Sättel und das Zaumzeug seiner Pferde – daran erinnerte ihn der Geruch. Dieser Schuster arbeitete langsam und bedächtig. Soeben klebte er eine neue Sohle an einen Bergstiefel, sah auf, lächelte und fragte:

„Was darf es sein?"

„Entschuldigen Sie, ich wollte nur zusehen, es gefällt mir hier!"

Der Mann schmunzelte. „Ich bin Fjodr Schneider, und wer bist du?"

John stutzte einen Moment. Fjodr? So hatte Vater ihn selbst scherzhalber genannt, als er noch lebte. Weil der Sohn gerne Dostojewski las. Diese Anrede und diesen Namen hatte er lange nicht mehr gehört. Ja, alles Vertraute und Zärtliche schien ihm verschwunden zu sein im Leben.

„John!", sagte er schließlich, „in der Schule haben sie mich ‚John Irving' genannt."

„Ach, magst du den besonders?" Fjodr befestigte bedächtig eine Zwingzange an die Stiefelsohle.

„Schon, neuerdings. Vorher mehr noch Dostojewski!"

„Ach ja, was hast du denn von ihm gelesen?"

„‚Der Idiot', zum Beispiel. Dann ‚Der Spieler' und ‚Die Brüder Karamasoff'."

Der Schumacher nickte anerkennend.

„Da haben wir ein gemeinsames Interesse. Meine Großeltern stammten aus Moskau und Sankt Petersburg. Sie haben ein wenig zu viel die Wahrheit gesagt, mussten auswandern."

„Dostojewski musste in die Verbannung, und Spieler war er auch", ergänzte John.

Der Schuster legte die Stiefel beiseite und wandte sich ganz seinem Besucher zu.

„Du suchst etwas?"

„Ja, stimmt!", begann John. „Die Schule, also das Collège de Jeanne d'Arc, ist beendet. Ich will etwas Geld verdienen. Es muss auch nicht viel sein!", fügte er hastig hinzu.

Fjodr Schneider wiegte sein Haupt hin und her. „Ich glaube, du hast Glück, es gibt immer mehr wohlhabende Leute, die kaufen teure Schuhe, handgefertigte, auch bei mir, und lassen sie hier reparieren."

John hob den Kopf und sah ihm erfreut in die Augen.

„Ich will es mit dir versuchen", fuhr der Schuster fort. „Aber du darfst keine Angst haben!"

„Angst, wovor?"

„Vor diesen Neureichen, die plötzlich zu Geld gekommen sind. Viele junge Leute sind dabei, da steckt auch schmutziges Geld dahinter."

John fragte: „Wieso?"

„Drogen, Prostitution! Also Junge, komm, hier sind Schemel, Schuhe, ein Putzkasten, setz dich vor die Tür und poliere die reparierten Schuhe. Schuhputzer gibt es hier nämlich noch nicht. Meine Idee ist, dass es sich fürs Geschäft gut macht. Bei denen, die zu viel Geld haben. Willst du?"

„Klar doch, vielen Dank, Mutter wird sich sehr freuen!"

Fjodr nickte. „Habe ich mir gedacht!"

John nahm die Arbeitssachen an und brachte sie nach draußen, wo der Frühling warme Sonnenstrahlen über das Trottoir gleiten ließ. Der Schuster brachte ihm zehn Paar Schuhe, alle frisch repariert. Die stellte John vor sich in Reih und Glied, setzte sich auf den Schemel und machte sich an die Arbeit. Der Knoten im Magen begann, sich zu lösen.

2. KAPITEL

COLLÈGE

DE JEANNE D'ARC

„ICH HABE DICH BEI DEINEM NAMEN GERUFEN."

JESAJA. KAP. 43. V.1

„John. Sie nannten ihn ‚John Irving'!" Der Lehrer, dem Inspecteur Paul Bongard gegenübersaß, blickte in die Ferne, an ihm vorbei und schwieg, als erinnere er sich intensiv an diesen Schüler John Stewart, dessen Namen er ihm genannt hatte, als der Inspecteur nach dem Sitznachbarn der ehemaligen Schülerin Ella fragte. Wie immer bei einer Zeugenbefragung betrachtete der Polizist der Sûreté du Quebec sein Gegenüber mit Interesse. Ein wirrer mittellanger Haarwuchs und ausgefranster Kinnbart sprachen wohl für einen eigenwilligen Charakter.

„Spitznamen sind in Ihrer Schülerschaft gang und gäbe, Professeur Hollande?", fragte Bongard nach und lächelte freundlich. Mit einem kleinen Ruck blickte der Lehrer wieder auf den Inspecteur und fixierte ihn.

„Richtig. Mir gaben sie auch einen!" Erstmals lachte Hollande.

„Weil ich so viel von Charles Dickens erzählt habe, demjenigen, den John Irving, also der berühmte amerikanische Schriftsteller, den ‚König des Romans' genannt hat!"

Hollande atmete tief durch, räkelte sich und wies mit beiden Händen auf sein Gesicht.

„Obendrein sehe ich ihm ja tatsächlich ähnlich, also dem Autor Charles Dickens." Lachend schlug er mit der flachen Hand auf den Schreibtisch.

„Meine Schülerinnen und Schüler mussten ja glauben, der sei leibhaftig wieder erstanden!" Genüsslich beendete Hollande seine Räkelei, indem er ein Stück weit von der Tischplatte abrückte, und legte die Hände zufrieden vor seinen Bauch.

Wie immer, wenn der Inspecteur es geschafft hatte, Menschen entspannt zum Reden zu bringen, zeigte er mimisch Aufmerksamkeit und Interesse. Meist genügten kurze Nachfragen, um weiteres Reden anzustacheln.

„Und Ihr Schüler John?"

Hollande machte eine Begeisterung andeutende Handbewegung und geriet in Fahrt.

„Ein Genie, der Junge! Sieht alles, hat wohl ein fotografisches Gedächtnis, vergisst nie etwas. Vielseitig mit seinen Interessen. Aber eben auch gründlich! Dabei nachdenklich reflektierend." Erklärend hob Hollande einen Zeigefinger. „Erst las er immer Dostojewski. Mit 12 Jahren. Berichtete von der Theologie der Brüder Karamasoff im gleichnamigen Roman. Bei mir im Religionsunterricht. Gebe ich neben Literatur auch. Sie kennen die Erzählung ‚Der Großinquisitor'?"

Bereitwillig nickte Bongard und warf ein:

„Aus dem besagten Roman. Ich erinnere es aus dem Inhalt, dass Jesus nach über tausend Jahren auf die Erde wiederkehrte und alle störte!"

„Chapeau!" Hollande breitete anerkennend seine Arme aus. „Die Polizei besitzt Bildung! Also, ja: Die Welt ist nicht besser geworden. Das Elend der Kinder und Frauen des 19. Jahrhunderts hat Charles Dickens beschrieben. So gut, dass man weinen möchte. Es gibt bei ihm aber auch Grund zum Lachen und manche gute Perspektive für die Leserschaft: Jeder Waise findet Adoptiveltern. John Irving, also der amerikanische Schriftsteller, vergegenwärtigte den Missbrauch an Frauen und Mädchen in der Gegenwart in seinem Roman ‚The

Cider House Rules'. Mit zahlreichen Anlehnungen an Dickens. Den Film haben wir in der Aula gezeigt. Es gab böse Rückmeldungen aus der Elternschaft. Verharmlosung der Abtreibung und Ähnliches wurden kolportiert. Die Kinder gaben es wieder. Aber ...!"

Hollande atmete tief durch und hob erneut den Zeigefinger.

„John hatte als Einziger das Buch vollständig gelesen. Ich forderte ihn auf, auch etwas zu sagen. Er sprach vom Elend der Mädchen, von Opfern, die zu Schuldigen werden, von der Ausweglosigkeit der Betroffenen, von der Unmöglichkeit schließlich, das Wirken von Gott und Teufel trennen zu können. Weiter berichtete er darüber, dass seit 2014 mit der Liberalisierung der Abtreibung in Kanada, verbunden mit Sexualaufklärung, die Zahl der Schwangerschaftsabbrüche tatsächlich gesunken ist. Seit dieser Filmvorführung", Hollande unterstrich die Bedeutung dieser Episode mit einer erklärenden Geste, „seitdem also trägt der Schüler John Stewart den Spitznamen ‚John Irving'. Aber, Monsieur L'Inspecteur!"

Hollande schüttelte sein wirres Haar und strich sich durch den Kinnbart. Seine Tonlage senkte sich, sein Blick wurde schärfer.

„Wir plaudern hier. Warum sind Sie wirklich gekommen? Was ist los mit John?"

Bongard wurde klar, dass er jetzt eine ernste Miene aufsetzen musste.

„Monsieur le Professeur", begann er beschwichtigend. „Zunächst wollte ich gerne wissen, wer neben der Schülerin Ella saß, weil wir den jungen Mann identifizieren und suchen wollen."

Hollande lehnte sich zurück in seinen Stuhl und fügte die Finger beider Hände spielerisch aneinander. „Warum suchen Sie ihn?"

Bongard nickte.

„Richtig, das bedarf einer Erläuterung." Er räusperte sich, saß aufrecht und erklärte: „Sein Name sagt mir etwas, das ist mir eben aufgefallen: Denn vor einem Jahr verschwand sein Vater!"

Hollande bestätigte: „Weiß ich."

„Im Laufe der letzten sechs Jahre verschwanden mindestens drei Arbeiter des Stahlwerks St. Augustin, westlich von Quebec City, auf unerklärliche Weise. Man vermutet tödliche Unfälle bei mangelnder Konzentration. John Stewart Senior also ist möglicherweise bei dem Bau des Highway 73 von der Brücke in den Sankt-Lorenz-Strom gestürzt. Aber wir schließen Fremdverschulden weiterhin nicht aus. Nun müssen wir den Sohn als Zeugen in diesem und einem andern, neuen Kriminalfall suchen. Wobei ich erst jetzt durch Sie weiß, dass die Fälle miteinander zu tun haben könnten."

„Sie haben mir vom aktuellen Fall immer noch nichts verraten. Aber: Fragen Sie doch die Witwe, Johns Mutter, wo er ist!", schlug der Lehrer vor.

„Gewiss, das werden wir sicher tun." Bongard nickte. „Ich will Ihnen auch gerne mehr berichten, Professeur Hollande. Doch vorher würden Informationen von Ihnen als mit dieser Schule vertrauten Lehrer hilfreich sein und eine weitere Bewertung der Fakten sehr erleichtern."

„Was kann ich Ihnen erzählen?" Hollandes Tonlage normalisierte sich. Ein letztes Mal fuhr er mit der Hand durch seinen Kinnbart. Dann lehnte er sich zurück und legte wieder die Hände gemütlich vor seinem Bauch zusammen. Bongard lockerte ebenfalls seine Körperhaltung, behielt aber einen bewusst dienstlichen Ton bei. Dazu zückte er ein Notizbuch und nahm einen Stift zur Hand.

„Dies ist also das Collège Jeanne d'Arc in Quebec City. Das heißt: als Neubau etwas außerhalb gelegen. Bitte erzählen Sie von dieser Schule. Und: In welcher Stufe war John zuletzt? Und wohin führte ihn das?"

Kurz entschlossen erhob sich Monsieur Hollande mit einem Ruck, verschränkte die Arme hinter dem Rücken und marschierte an der Stirnwand des Schülersaals hinter seinem Schreibtisch auf und ab. Vor der grauen Wand verschmolz sein grauer Anzug mit der Umgebung. Bongard empfand es, als geistere das Haupt des Romanciers Charles Dickens umher. Mit häufigem Blickkontakt zum Inspecteur dozierte das wandernde Haupt unentwegt:

„Wir sind das Collège de Jeanne d'Arc und führen in 11 Stufen bis zur Hochschulreife. Die letzten beiden Jahrgänge sind wie eine solche Hochschule organisiert. Das alles ist kostenfrei. Danach kann kostenpflichtig eine zwölfte Klasse absolviert werden. Einige Abgänger der 11. Stufe schaffen auch sofort den Zugang zu einer Universität. Die kostet natürlich auch. Konkret aber", der Lehrer nahm jetzt beide Hände gestenreich zu Hilfe und blieb stehen, „ist es meist eine Frage des Geldes. Wer verdienen muss, muss eine Berufsausbildung beginnen."

Jetzt stemmte Hollande beide Hände in die Hüften und blickte den Inspecteur unverwandt an. „Nun mal heraus mit der Sprache, Monsieur L'Inspecteur, eigentlich haben Sie doch mit Hintergedanken zuerst nach Ella Bouvier gefragt. Ob sie mit jemand befreundet gewesen sei!"

„Bien sûr, Monsieur le Professeur, weil sie von einem jungen Mann ein großes Geschenk erhielt, wobei sich ein Unglück ereignete." Bongard kam sich vor wie ein Schüler bei einer Notenprüfung. Ihm war klar, dass er sich immer noch unvollständig und missverständlich ausdrückte. Der Blick des Lehrers wirkte ungeduldig und fordernd. Bongard seufzte und führte weiter aus: „Also gut, Professeur Hollande. Es ist ermittlungstechnisch vertretbar, Sie vollständiger ins Bild zu setzen. Wir sprechen vertraulich, ja?"

Der Lehrer nahm eine entspannte Haltung an und setzte sich wieder hinter den Schreibtisch. „Von mir wird niemand etwas erfahren!"

„Das weiß ich zu schätzen, vielen Dank!" Bongard hatte genug Berufserfahrung, um zu wissen, was er preisgeben durfte in dieser Situation. „Zu dem erwähnten Unglücksfall: Auf einem Jahrmarkt nördlich der Vieille Ville du Quebec hat ein junger Mann, also vermutlich ihr Schüler John, vor kurzem an einer Schießbude Ella einen Teddybären als Preis geschossen. Dabei traf er auch einen Drogendealer ins Auge. Eben ein Unglück nur, vielleicht. Der Mann starb danach leider an einer Hirnblutung. Nun sucht die Mafia John möglicherweise. Ella jedenfalls arbeitet als Prostituierte, berichtete der Schießbudenbesitzer. Ein ungewöhnlicher Werdegang nach dem Schulabschluss bei Ihnen, nicht wahr?"

Der Lehrer schüttelte den Kopf.

„Wundert mich nicht wirklich. Zu Hause und in der Evangelikalen Erweckungsgemeinde ‚Zum Heiligen Erlöser' hat man den Bogen für mein Verständnis völlig überspannt. Die Mädchen mussten bodenlange Gewänder tragen. Was bei der übergewichtigen Ella fürchterlich aussah. Zu Hause musste sie sieben Geschwister mitversorgen. Immerhin sang sie im Gospelchor. Das hat ihr auch an dieser Schule etwas Anerkennung verschafft. Vor dem Unterricht sang sie ‚O Canada' und ‚God save the Queen' fehlerfrei auf Französisch und Englisch. Was ihr den Spitznamen ‚Ella Fitzgerald von Quebec' einbrachte. Wo sie doch neben John saß, der auch einen englischen Vornamen hatte."

„Wieso eigentlich?", unterbrach Bongard, der Mühe hatte, mitzuschreiben.

Hollande sah das wohl, grinste und fuhr langsamer fort:

„Johns Vater stammte als Anglokanadier aus Alberta und hieß ebenfalls John, das war Tradition. Ella Bouvier jedenfalls hat dann wohl in Bars gesungen, als Ella Fitzgerald von Quebec. Sie wurde durch die öffentlichen Auftritte selbstbewusster. Nachdem sie wie John die Stufe elf beendet hatte, so ist mir zu Ohren gekommen, hat der Pastor ihrer Gemeinde die Eltern aufgefordert, Ellas Gesangsauftritte zu verbieten und sie in eine Hauswirtschaftsschule zu stecken. Da ist sie erst recht in zwielichtigen Bars aufgetreten. Dort ist sie Drogen und der Anwerbung als Prostituierte erlegen."

Bongard nickte anerkennend. „Als Lehrer haben Sie richtig lange Ohren!"

„Sie doch auch?"

„Na ja, es ist unser Beruf. Nach dem Zwischenfall an der Jahrmarktbude haben wir Ella im ‚Bohème' ausfindig gemacht, einer Club-Bar, die vor allem von Stahlarbeitern aus Saint Augustin besucht wird. Offiziell ist sie dort Sängerin. Prostitution ist als Haupterwerb in Kanada verboten. Als meine Kollegin Wéber sie nach dem Mann fragte, der ihr den Teddy geschenkt hatte, wollte sie wissen, warum. Das hat sie ihr erklärt. Es ging ja um ein Unglück oder ein fragliches

Tötungsdelikt. Sie rückte den Namen aber nicht heraus. Das muss Liebe sein!"

Hollande machte abwägende Handbewegungen. „Vielleicht ist das so. John jedenfalls hat seinen Vater verloren und seine Mutter verdient kaum etwas. Außerdem gibt es Laurence, eine ältere Schwester, die eine Lese-Schreib-Schwäche und dadurch viele Probleme hat. Vergeblich habe ich versucht, sie dennoch zu uns an die Schule zu holen. Tja, und was John heute macht, weiß ich tatsächlich nicht.☐

Nun vollführte der Lehrer noch wischende Handbewegungen, als fege er Staub oder Unrat von der Schreibtischplatte. Dann zuckte er die Schultern und schüttelte sein Haupt. Er hatte offenbar nichts mehr zu sagen.

Bongard blickte von seinem Notizblock auf. Bedeckter Himmel ließ den Unterrichtsraum noch grauer erscheinen, als er ohnehin schon war. Das Haupt Charles Dickens ließ den Inspecteur kurz an der Wirklichkeit zweifeln. Immerhin hatte er seine Notizen und sein Gedächtnis. Ja, die vermutete Verbindung zwischen Ella Bouvier und John Stewart, genannt ‚Irving', hatte eine Bedeutung. Es gab weiteren Ermittlungsbedarf.

„Vielen Dank, Monsieur le Professeur. Sie waren mir wirklich eine große Hilfe!"

Sein Gegenüber vollführte bescheiden abwehrende Gesten. „Ich habe zu danken für Ihr Vertrauen!"

Beide erhoben sich, verbeugten sich und entboten wiederholt Dank und Ehrerbietung, ganz wie in einem Film aus dem frühen 20. Jahrhundert.

3. KAPITEL

ERINNERUNGEN AN

ALBERTA

„MIT DEINEN AUGEN HAST DU DAS LAND GESEHEN.

ABER DU SOLLST ES NICHT BETRETEN."

5. BUCH MOSE. KAPITEL 34. VERS 1

John saß auf dem Trottoir vor der Werkstatt und hatte einen guten Blick über den breiten Boulevard mit dem runden Kreuzungsplatz, in dessen Mitte die Uhr 9.00 Uhr vormittags anzeigte. Die erste Rushhour war vorüber. Wenige Autos überquerten das Rondell. Passanten schlenderten unter dem frischen Frühlingsgrün der Bäume. Nebenan wurden die Mittagstische der Pizzeria aufs Trottoir gestellt. Der Chef trug ein weißes Hemd, schwarze Schuhe und Hose. Ständig ging er am Bordstein hin und her. Er telefonierte offensichtlich mit Kunden.

„Ah monsieur, votre place ici, tres agreable, c'est reservé." Ebenso winkte er Passanten zu, lud sie ein mit einer eleganten Handbewegung. Als seine Mitarbeiter Tische und Stühle fertig aufgestellt und Olivenbäumchen in Pflanzenkübeln dazwischen platziert hatten, waren schon drei Tische besetzt. Über der Szene wogten die Kronen der Platanen im Frühlingsgrün. Durch die dünne Belaubung brach wärmendes Sonnenlicht. Kerzen in Windlichten wurden aufgestellt.

Immer wieder sah John hinüber, derweil er Schuhe polierte. Es roch nach Leder und Creme. Dazu nahm er die ersten Gerüche von Pizzen wahr. Das alles erinnerte ihn, ja, die Gerüche lösten seine

Erinnerung aus an den Patenonkel in Alberta. Leder, der Geruch von den Sätteln seiner Pferde, und die Pizza aus seinem Herd, selbst gebacken. Johns Vater hatte manchmal mit ihm eine weite Reise dorthin unternommen, und immer blickten seine Augen mit Zufriedenheit, weil sein Sohn etwas erleben durfte, was er ihm zu Hause nicht bieten konnte.

Anfangs war Großvater auch dabei gewesen. Er bewirtschaftete den riesigen Garten. Blumenstauden erstreckten sich über endlose Felder und wurden gewinnbringend verkauft. Als John gerade gelernt hatte zu reiten, es war beim dritten Besuch dort, fehlte Großvater. Der Onkel zeigte ihm einen Grabstein. Darin war ein Foto von Opa eingelassen. John fürchtete sich davor, obwohl er den Großvater geliebt hatte. Die Blumenfelder waren braun schollig aufgeworfen, bald wuchsen sie wild begrünt zu.

Bei seinem letzten Besuch, John war zwölf oder dreizehn Jahre alt gewesen, fand er wilde Blüten auf diesen Feldern, es summte und schwirrte wieder von Hummeln, Bienen und Schmetterlingen. Dreimal war er damals über die verwilderten Blumenfelder gelaufen. Mit offenen Sandalen. Dreimal stach eine Hummel in Johns Fuß. Seltsam, so viele Hummeln hatte er früher nie bemerkt. Auch andere Insekten sah er, Krabbelzeug, Marienkäfer, Grashüpfer, riesige, man nannte sie Heupferde, meinte Onkel, der seinen Fuß kühlte und behandelte. Der Patenonkel wirkte abgemagert. Sein Auto hatte er verkauft. Es gab wenig zu essen, Pizza immerhin, anlässlich des Besuches.

Ledersattel und Pizza, wilde Blumen, Hummeln und Bienen, an all das erinnerte John sich jetzt. Dies waren seine letzten Erinnerungen aus Alberta: der schmerzhafte Fuß, ein Summen ringsum, ohrenbetäubend nahezu, übertönt vom grollenden Donner eines aufkommenden Gewitters. Schlagartig hatte Dunkelheit geherrscht. Regenstürze durchdrangen alles und überfluteten den Acker, flossen bis hinein in die Scheunen. Die Heuballen schwammen hinweg, die Pferde scheuten. Zuletzt wurden selbst die Dielen der Wohnräume überspült.

Großvaters Grab. Ja, seinem Grab hatte das Unwetter nichts anhaben können. Unverrückt stand der Stein, sein Bild hing noch in der Fassung. Friedlich lächelte Opa und blickte John an, mit gütigen Augen, als John sich traute, dieses Bild anzusehen, bevor er mit seinem Vater abreiste.

Später, als er in der vorletzten Stufe am Collège de Jeanne d'Arc in der Arbeitsgemeinschaft Wirtschaft und Steuer mitmachte, legte ihm Vater Blätter mit Bankauszügen und Rechnungen von Onkel John vor. Er sollte das fürs Finanzamt bearbeiten. Der Junge bewältigte diese Aufgabe tatsächlich. Sein Papa wusste wenig später zu berichten, Onkel John habe Geld zurückerhalten.

Das waren einige der letzten Worte, die er von seinem Vater erinnerte. Morgens schon vor Sonnenaufgang oder früh abends bei Nachtschicht war er unterwegs ins Stahlwerk oder zu Baustellen gewesen, um spätnachmittags oder vormittags wiederzukommen. Doch eines Tages kam er nicht wieder.

„Ein Unglück!", so sei es ihnen mitgeteilt worden, berichtete Mutter.

Ein Jahr lag das zurück, aber es war unwirklich geblieben. Einer fehlte zu Hause. Für Mutter vielleicht nicht. Denn ihr war nichts anzumerken. Bis heute.

An diesem Abend nach seinem ersten Arbeitstag schrieb John alles in ein Tagebuch, das er neu begann. Er nahm ein übrig gebliebenes Schulheft, das er fortan stets bei sich hatte und in seiner verschließbaren Fahrradtasche verbarg. Er schrieb über alte Schulerlebnisse, über Ella, die Geschehnisse des heutigen Tages, über seine neue Arbeit bei Fjodr, den Geruch von Leder und Pizza, von all den Erinnerungen, die hochkamen, nach scheinbar endlos langer Zeit.

4. KAPITEL

DIE SCHUSTERWERKSTATT

„ICH SENDE EUCH WIE SCHAFE MITTEN UNTER DIE WÖLFE."
MATTHÄUS-EVANGELIUM, KAPITEL 10, VERS 16

Es traf sich alles gut: Der eben erst begonnene Frühling, der Wind, der vom Sankt-Lorenz-Strom her wehte und Wärme brachte, der sonnige Platz auf dem Trottoir, und eine Arbeit, die John gut verrichten konnte. Der neue Rhythmus des Lebens begann schon seit vielen Wochen mit einer frühmorgendlichen Fahrradfahrt von zu Hause ins Zentrum von Quebec City. Über eine Stunde Fahrtzeit. Das U-Bahn-Ticket der Schule war ungültig geworden nach seinem Abgang. Das Fahrrad stellte er in dem Hof ab, der zwischen Pizzeria und Schuhladen lag und mit dem Boulevard durch eine Passage verbunden war. Wenn John wieder aufs Trottoir trat, sah er die Tür zur kleinen Werkstatt bereits offenstehen: Er wurde erwartet.

Dort begrüßte ihn nun jeden Morgen Fjodr Schneider freundlich. Es gab einen ersten Kaffee aus dessen Thermoskanne. Ja, John gewöhnte sich das Kaffeetrinken an, aus der Bol, nach französischer Art. Den frischen Morgenkaffee in beiden Händen, sah er vom Trottoir aus das Erwachen der Stadt. Diese Szene kam ihm vor wie ein Straßencafé an einem Pariser Boulevard, so wie er es in Filmen gesehen hatte.

Als Nächstes brachte Fjodr ihm mit einem großen Korb die ersten reparierten Schuhpaare. Inzwischen, die letzte Frühlingskälte war vergangen, neumodische Pumps der Damen und erste Sandalen. Dann stand Fjodr eine Weile neben John, ebenfalls seine Kaffeeschale, die Bol, in beiden Händen, sah zu, wie John arbeitete, gab ihm Tipps und plauderte, über Dostojewski zum Beispiel, oder über Fjodrs eigene Familie. Von diesen waren etliche spurlos im weiten Sibirien verschwunden. Unauffindbar.

„Weil sie an die Kraft der Wahrheit glaubten", erklärte Fjodr einmal, „und an die Kraft des Guten. Wenige nur kamen zurück."

John war sehr interessiert. „Was berichteten sie von dort?"

Fjodr schwieg zunächst. Er schloss und öffnete seine Hände mehrmals, seufzte und erzählte:

„Meistens waren ihr Herz und ihr Mund versiegelt. Trotzdem kannst du etwas darüber lesen. Solschenizyn, kennst du ihn?"

„Habe ich von gehört."

Fjodr nickte bedächtig. „Archipel Gulag. Weltberühmt, als das Buch erschien, *im Westen*. Heute schon vergessen. Erst recht Dostojewski: Aufzeichnungen aus einem Totenhaus!"

„So nannte er die Straflager?"

Wieder nickte Fjodr. „Genau."

Plötzlich straffte sich Fjodrs leicht gebückte Gestalt. „Er schrieb über die Mörder. Unter ihnen hat er gebildete Menschen gefunden, die Respekt verdienten. Er sah in ihnen die Stärksten und Begabtesten des Volkes. Nur: Ihre gewaltige Energie wurde unnütz vertan."

„Warum denn?"

Der Schuhmachermeister seufzte wieder und schüttelte ratlos den Kopf. Dann beugte sich Fjodr zu John herab. „Woher kommen wir? Wohin gehen wir? Was heißt es, zu leben und zu wissen, dass wir sterben? Gibt es Schuld oder gar Erbschuld? Denk daran, niemand kann in die Herzen der Menschen schauen, verurteile niemand: Das alles kann und darf nur Gott allein!"

„Was ist mit dir?", fragte John. Es kam ihm inzwischen selbstverständlich vor, von Fjodr ins Vertrauen gezogen zu werden. „Warst du gefangen?"

Fjodr schüttelte den Kopf. „Das habe ich vermieden. Vielleicht war ich auch zu feige. Habe einfach akzeptiert, dass ich nicht mehr als Lehrer ausgebildet werden durfte. Wegen der Verwandten in Sibirien. Da bin ich halt Schuhmacher geworden." Nach einer Pause fügte er hinzu: „Stolz bin ich nicht auf meinen Lebenslauf. Aber", er runzelte die Stirn, „ich durfte leben und ausreisen. "

John sah ihm nach, als der Meister sich wieder in die Werkstatt begab und eine Kerze vor einer Marienikone entzündete. Das erinnerte ihn an Großvater: Die gleichen weißen Haare, auch er entzündete immer wieder die Kerze vor einem Marienbild. Fast hatte John das vergessen. Erinnerungsbilder: Der alte vertraute Hof in Alberta, ‚Good Lands' hieß er, und der Platz vor dieser kleinen Schusterwerkstatt, das gehörte zusammen, verschmolz zu einem Bild der Vertrautheit, des schützenden Zuhause.

Fjodr war offenbar ein religiöser Mensch. Besonders gläubig kam John sich selbst nicht vor. Er betrachtete die dahinterliegenden Fragen eher theoretisch, theologisch sozusagen. Wie ein Unterrichtsfach eben. Religion, das waren Fragen über Fragen. Die noch Zeit hatten, eine Antwort zu finden. Das ganze Leben lag noch vor ihm! Zufrieden nickte John, während er die Schuhcreme mit seinem Wolllappen auf Schuhe verteilte und seinen Arbeitsrhythmus wieder aufnahm.

Zunächst tupfte John die farblose Schuhcreme in kleinen Portionen auf alle Schuhspitzen oder auf die Riemen der Sandalen. Danach strich er die Creme gleichmäßig von vorne nach hinten. Nicht zu dick und nicht zu dünn aufgetragen. Dann hatte er etwas Zeit, die Creme einziehen zulassen. Das war die Gelegenheit, nochmals drei kleine Stufen in die Werkstatt hinabzusteigen, um die Abfalleimer hinter dem Tresen hervorzuholen. Dabei sah er Fjodr kurz zu, der konzentriert die nächsten Arbeiten in Angriff nahm.

Interessiert betrachtete John die Mimik in Fjodrs Gesicht, das seinem Großvater so sehr ähnelte. Seine hochgezogenen weißen Augenbrauen signalisierten in diesem Augenblick eine Unzufriedenheit. Dann sah John auf die Schuhe, die er bearbeitete: Das waren schwarze Springer-Stiefel, von denen Fjodr soeben die grauen, ehemals weißen langen Schnürsenkel entfernte. Behutsam fingerte John die beiden Mülleimer unter der Tresenplatte heraus, den einen mit Lederabfall und Klebstoffresten, dazu den anderen Eimer mit üblichem Restmüll. Still ging er wieder hinaus. Fjodr wollte jetzt nicht in seinen Gedanken gestört werden, das wusste John und ging in den Hof zwischen Pizzeria und Schusterwerkstatt.

Dieser Hof war eine kleine Welt für sich, nämlich die Rückseite der schönen Fassaden. Von den Hauswänden blätterte die weiße Farbe ab, der Asphalt war schmutzig-grau, oval und kurz. Nie fiel hier Sonnenschein hinein. Soeben trat einer der Köche aus den hinteren Küchenräumen der Pizzeria und hob den Deckel eines großen Abfallcontainers. Der Geruch von verbranntem Öl und Kohlgemüse verbreitete sich. Der kleine kahlköpfige Mann sah John, grüßte kurz und verließ den Hof wieder durch die Küchentür, aus der rumpelnder Lärm eines Geschirrspül-Automaten klang.

John trat an die beiden Container von Fjodrs Werkstatt. Diese Hofecke war teilweise mit Sperrmüll zugestopft. Hinter den Containern sah John neuerdings sein Gesicht im Spiegel einer alten Jugendstil-Kommode, die hier abgestellt worden war. Mit einem der Schlüssel vom Bund für Werkstatt und Hof, den ihm Fjodr inzwischen vertrauensvoll überlassen hatte, öffnete er die Schlösser der Container und klappte die Deckel hoch. Sein Gesicht im Spiegel wurde so verdeckt und verschwand. Dann entleerte er beide Eimer, Leder und Klebstoffe in den rechten, Restabfall in den linken Container. Der Geruch von Leder und Klebstoffresten betäubte ihn fast. Die Abfälle klebten im Eimer, er nahm ein Messer zu Hilfe, das er bei dieser Arbeit stets mit sich führte. Aber es dauerte, das Abschaben der Klebstoffreste.

Das Aufheulen eines Motors beschallte plötzlich den kleinen Hof, von dessen Wänden es dröhnend widerhallte. John drehte sich kurz um und sah ein rotes Ferrari-Kabrio. Abrupt endete das Motorgeheul. Dem Wagen entstiegen lachend zwei junge Männer. Sie kümmerten sich nicht um ihn. John hatte die beiden Söhne des Besitzers der Pizzeria erkannt. Still schabte er weiter seinen Eimer aus und hoffte, schnell fertig zu werden. Diese Burschen hatten etwas Unangenehmes, Überhebliches, geradezu Gewalttätiges an sich, das aus ihren teuren Klamotten, den Springer-Stiefeln und großartigen Gesten sprach. Jetzt also ein Ferrari. Wer bezahlte das alles? John musste an Fjodrs Mahnung denken, keine Angst zu haben vor dem Geld der Neureichen, die vermutlich durch Drogen und andere kriminelle Machenschaften darangekommen waren.

Die teilweise italienisch geführte lautstarke Unterhaltung der beiden brach ab, als John seine zähe Arbeit endlich beendete. Er klappte den Container-Deckel zu und blickte flüchtig in den wiederauftauchenden Spiegel der alten Kommode. Zwei dünne Rauchfahnen stiegen hinter den sichtbaren Rücken gegenüber empor, eine Hand fingerte an einer Metalltür, öffnete sie und schwebte dahinter über einer Zahlentastatur. John hielt mit seiner Bewegung inne, sah weiter auf den Spiegel und wunderte sich. Eine Tresortastatur an der hinteren Hauswand? Die Hand gegenüber gab einen Zahlencode ein und mit ihr öffnete sich eine weitere Tür zu einem Schrankraum, in dessen Dunkel für John nichts zu erkennen war.

John senkte den Blick, hantierte mit den Eimern, um Unauffälligkeit bemüht, und wandte sich dem Hofausgang zu. Seine Gedanken kreisten um diese Tastatur. Er wollte sich nicht in die Angelegenheiten des Nachbarn einmischen. Aber ungewollt wiederholten seine Gedanken den Zahlencode, der ihm in sein fotografisches Gedächtnis gebrannt war, spiegelverkehrt, aber klar erkennbar. Kurz nahm er einen süßlichen Geruch der Rauchfahnen wahr, bevor er wieder den Hof verließ, aufs Trottoir des Boulevards schritt und in die Werkstatt hinabstieg. Ach ja, die Schuhe draußen warteten darauf, poliert zu werden.

5. KAPITEL

DAS GEWEHR

„DENN ALLE, DIE ZUM SCHWERTE GREIFEN,
WERDEN DURCH DAS SCHWERT UMKOMMEN."
MATTHÄUS-EVANGELIUM, KAPITEL 26, VERS 56

Der Frühling blieb. Tag für Tag brach er sich Bahn. Eines Morgens schließlich, ein weiterer Monat war vergangen, es war April, als John sah, dass auf dem Erker über der Werkstatt rote Geranien in die Blumenkästen gesetzt worden waren. Die ersten Hummeln summten schon früh am Morgen. Birkenpollen schwebten von Ferne zwischen den Bäumen der Allee herbei. Das Gemurmel und die Schritte der Passanten nahmen zu. Manch einer verweilte vor Johns Arbeitsplatz, sah interessiert in die Werkstatt und betrachtete diesen jungen Mann beim Putzen der Schuhe.

Meist nahm John die Umgebung nur mit gesenktem Blick wahr. Mit den Tagen und Wochen aber hob sich sein Blick ein wenig und er sah genauer auf die Schuhe der Passanten und die Menschen selber. Mit dem fortschreitenden Frühling sah er Veränderungen. Die derben Winterschuhe unter den blauen Jeans der Herren und die hohen Stiefel unter den Mänteln oder Trenchcoats der Damen wurden weniger und machten endgültig leichten Schuhen, Sneakern oder Sandalen Platz. Mitten im Schwirren der Hummeln um ihn herum bemerkte er schließlich die bunten und leichten Röcke der Damen, deren Säume sich im Wind blähten, der hier stetig vom Sankt-Lorenz-Strom hoch wehte.

„Du bist auch ein Mann", begann Fjodr neben ihm wieder die morgendliche Unterhaltung. „Selbst ich alter Mann sehe gerne den

Wandel der Jahreszeit an den Beinen der Frauen." Er stellte Schuhe vor Johns Hocker. Wieder schwarze Springer-Stiefel. „Du brauchst nicht rot zu werden", lachte Fjodr. „Genießen wir das Leben, wo wir können. Feiern wir das Leben!"

John polierte fleißig einen braunen italienischen Sommerschuh. „Das Geschäft läuft besser?", fragte er nebenbei.

„Richtig, mein Junge. Du machst eine gute Werbung für die Werkstatt. Offensichtliche Handarbeit wird geschätzt. Natürlich braucht es zahlungskräftige Kunden und solche, die sich Zeit nehmen, eine Werkstatt wie unsere aufzusuchen."

John zuckte kurz zusammen. Hatte Fjodr „unsere Werkstatt" gesagt? Wie Großvater hatte der Schuhmachermeister wohl ein Gespür für Stimmungen und Gefühle.

„Du brauchst vor nichts Angst zu haben. Unsere Nachbarn mit den Springerstiefeln sind laut, aber harmlos."

John polierte langsamer, nahm seine Arbeit in Augenschein und setzte bedächtig den braunen Schuh neben den andern. „Aber woher kommt das viele Geld? Der Ferrari? Und rauchen die Jungs nicht Joints?"

Fjodr nickte. „Cannabis, also Marihuana, wird ja bald freigegeben in unserem Kanada. Deshalb verlieren die Jungs ihre Hemmungen."

„Und das Geld?"

„Tja, besser, wir wissen nicht zu viel darüber. Jedenfalls war das bisher eine einträchtige Einnahmequelle: Gras in Umlauf bringen."

„Ist Cannabis denn nicht auch harmlos?"

„Was denkst du selber darüber?"

John griff den ersten Springerstiefel und suchte nach der Dose mit schwarzer Creme. „Alkohol hat mehr Kranke und Tote zur Folge. Aber der mögliche Einstieg in harte Drogen soll ein Problem sein."

„Mag sein, mein Junge. So weit die Theorie."

„Und die Praxis?"

„Nimm die Kunden, wie sie sind. Sorge für dich. Halt die Augen offen." Fjodr lächelte, wandte sich um und stieg zur Werkstatt hinab, wo er wieder die Kerze vor Maria entzündete.

Nebenan auf dem Trottoir vor der Pizzeria wurden geräuschvoll Tische gerückt. Der Chef winkte John zu. John winkte zurück. Aus der Passage zum Hof zwischen den Häusern klangen lautes Gerede und Streit. Die Söhne stiefelten lautstark hinaus aufs Trottoir. Ihr Vater legte den Zeigefinger auf die Lippen und zog die Augenbrauen hoch. Der größere der jungen Männer nickte, das Gespräch wurde leiser auf Italienisch fortgesetzt. Beide näherten sich der Werkstatt, blieben vor Johns Schuhparade stehen und suchten wohl ihre Springer-Stiefel.

Um sich zu beruhigen, dachte John an Fjodr, an Großvater und an die Schule, wo er sich sicher und geborgen gefühlt hatte. Die Pizzeriasöhne standen jetzt dicht vor ihm und redeten weiter aufeinander ein. Was die beiden nicht wussten: Zur Schulzeit hatte John nebenbei auch an einer Arbeitsgemeinschaft Italienisch teilgenommen. Der Neapolitaner Giambattista Basile war Lektüre. John verstand wenigstens bruchstückhaft diese Unterhaltung. Sinngemäß ging es um den Cannabishandel, was für John nicht verwunderlich war. Dann aber zuckte er zusammen und verlor fast die Beherrschung.

Tief durchatmend rang er um Ruhe, ohne sich etwas anmerken zu lassen. Der Größere der Söhne griff seinen Bruder an beiden Schultern und schrie ihm ins Gesicht:

„Mario war mein bester Freund! Wenn ich den Kerl erwische, der geschossen hat!"

„Beruhige dich", sagte der Jüngere, der eine sanfte Stimme hatte. „Die Polizei ermittelt doch, man sucht den Typen, der einen großen Plüschbären geschossen hat. Der könnte es gewesen sein; er war der Letzte, der mit seinem Luftgewehr einen Preis gewann, unmittelbar, bevor die Notfallambulanz kam."

Da trat der Pizzeriachef dicht an seine Söhne und sagte auf Französisch:

„Streitet nicht hier. Ihr stört den jungen Mann!" Dabei zeigte er lächelnd auf John, der zurücklächelte.

„Kein Problem, Signore, zu mir sind alle sehr höflich! Ihre Stiefel werden heute noch fertig."

„Grazia!", lachte der Vater der beiden, „wir kommen nachher wieder!" Er nahm die Söhne zu beiden Seiten mit den Armen über ihre Schultern. Ein friedliches Bild.

„Zum Glück haben wir einen Informanten bei den Bullen!", meinte der ältere Sohn noch im Weggehen auf Italienisch.

Schweigsam bearbeitete John alle Schuhe, die ihm der Meister brachte.

„Wirst du krank?", fragte dieser plötzlich, als er wieder neben ihm stand. „Dir steht ja der Schweiß auf der Stirn!"

„Vielleicht", antwortete John wortkarg. Wo, um alles in der Welt, sollte er ruhig nachdenken, wenn nicht hier vor der Werkstatt, die wie ein neues Zuhause war? Er hatte noch sein Tagebuch, dem er abends seine Erlebnisse und Geheimnisse anvertraute. Der Schweiß tropfte von seiner Stirn. Kein Wind wehte mehr vom Sankt-Lorenz-Strom herauf, der Kühlung brächte. John spürte eine neue Hitze, die ihn niederdrückte.

Kaum hatte er die letzten Stiefel poliert, brachte Fjodr ihm eine Bol mit Tee.

„Komm, Junge, du musst etwas trinken. Für heute hast du genug getan. Ruh dich zu Hause aus!"

John nickte. „Danke, mach ich." Er pustete über den Spiegel des Tees und schlürfte schluckweise. Es gab kaum noch Passanten auf dem Trottoir. Die Luft wurde drückend, von Westen her zogen Wolken auf. Schließlich stellte er die Teeschale auf seinem Hocker ab, rief kurz „A demain, Fjodr!" in die Werkstatt und schlich in den Hof.

In Erwartung möglicher Wetterwechsel lag in seiner Fahrradtasche stets ein Anorak bereit. John öffnete die Tasche mit seinem Schlüssel, zerrte den Anorak heraus und streifte ihn langsam über. Ein plötzlich aufleuchtender Blitz tauchte den grauen Hof in ein grelles Licht. Unwillkürlich zählte John die Sekunden bis fünf. Ein schlagender Doppeldonner dröhnte. Der vorhin leicht ergraute Himmel wurde pechschwarz. 1500 Meter war das Gewitter also entfernt. Eine Schleuse öffnete sich und nach wenigen Sekunden lief Wasser vom Anorak in Bächen auf seine Jeans. Hastig rettete er sich mit dem Fahrrad unter das Hofdach der Pizzeria. Zitternd betrachtete er den Wasserstrudel auf dem Teer des Hofes. Unrat aus allen Ecken drehte sich kreiselnd hin zum Abfluss: Kartonreste, Gemüsestrünke, Coladosen, Zigaretten, Reste selbst gedrehter Joints.

Schließlich ließ der Regen etwas nach. Die Sintflut wurde zu einem gleichmäßig kraftvollen Strömen. Niemand außer ihm selbst war auf dem Hof. Die Fenster gegenüber waren durch das Vordach der Pizzeriaküche nicht einsehbar, die Wohnungen ohnehin fast alle leer, wie er wusste, bis auf Fjodrs Wohnung im vierten Stock. Die Rollos der Pizzaküche hinter ihm waren herabgelassen und geschlossen. John war alleine. Das hieß: unbeobachtet! Ein Gedanke schoss durch seinen Kopf. Wie von Zauberhand geführt, erspürte sein rechter Zeigefinger die in einer zweiten Tür befindlichen Knöpfe einer Zahlentastatur. Ja, er wusste von ihr und deren Zahlenfolge, weil er sie im Spiegel der abgestellten Kommode gesehen hatte. Aus dem Gedächtnis wählte er die Ziffern, die er abgelesen hatte. Mit einem Ruck sprang die zweite Tür des Schrankes auf. Ratlos starrte John in das Dunkel. Ein erneuter Blitz, ja, drei, vier Blitze in Folge und ein Donnern nach einer Sekunde sagten ihm: Das Gewitter stand fast genau über dem Hof. Wieder verstärkte sich die Regenflut. Zitternd griff seine rechte Hand in das Innere des verborgenen Raumes. Er tastete nach dem, was er für den Bruchteil einer Sekunde gesehen hatte: ein Klapp-Gewehr mit sehr kurzem Stahlstutzen und ebenso kurzem Rohr. Weiter zitternd verfolgte er, was durch seine unsicheren Hände geschah: Das Öffnen der Fahrradtasche. Das Hineinlegen des Gewehrs und der Munitionsschachtel. Das Schließen des Tresors.

In seinen Träumen hatte John oft erlebt, dass er neben sich stand oder auch über sich selber schwebte. Nie war das in seinem Leben Wirklichkeit geworden. Bis heute. Gab es einen Grund dafür? Eine Rechtfertigung für dieses Handeln? Er trat hinaus in den Hof, schob sein Fahrrad durch die Passage zum Boulevard und sah hinauf in den jetzt nachlassenden Strom des Regens, der dünner und leichter fiel, schließlich ganz versiegte. Wolken rissen auf. Im neuen Sonnenlicht beruhigten sich die Baumkronen des Boulevards in den nachlassenden Windböen.

Ebenfalls wieder beruhigt saß John auf und radelte die lange und inzwischen vertraute Strecke nach Hause. Alles hatte einen Sinn. Sagte Fjodr immer. Das war auch heute so: Die Burschen der Pizzeria durften niemals ein Gewehr besitzen!

Westwärts ging die Fahrt ins alte Industrieviertel der Stadt. John passierte eine Polizeistation und wäre fast dort abgestiegen. Doch er schüttelte den Kopf und fuhr weiter. Nein, dort konnte er nicht auftauchen und das Gewehr abgeben. Sein Mord am Drogenkurier Mario machte das unmöglich. Dazu dieser verdammte Informant! Wer war das? Wer würde mit seinen Ermittlungen ihn zuerst aufspüren: die Drogenmafia oder die Polizei? Gab es einen Ausweg? Konnte er jemals wieder zur Schusterwerkstatt zurückkehren und seine Arbeit aufnehmen?

6. KAPITEL

NORVAL MORISSEAU

„WER HAT GESÜNDIGT: DIESER ODER SEINE ELTERN?"
JOHANNES-EVANGELIUM. KAPITEL 9. VERS 2

Drei Tage brauchte John, um sich zu beruhigen. Drei Tage lang floss Schweiß unkontrollierbar von seiner Stirn. Sein Herz raste ... immer wieder. Die Etagenwohnung, auf halbem Wege zwischen der City und Vaters altem Arbeitsplatz in St. Augustin gelegen, hielt ihn fest wie ein Gefängnis. In einer Abstellkammer mit Oberlicht hatte gerade ein Bett für ihn hineingepasst. Die Schwester schlief zwar nicht mehr in ihrem Zimmer neben der Küche, sondern mit Mutter im Ehebett, seit Vater verschwunden war. Hartnäckig verteidigte sie ihr altes Zimmer gegen John, der in der kleinen Kammer bleiben musste. Mutter war es egal.

Vater aber blieb unauffindbar nach seinem letzten Arbeitstag für das Stahlwerk, beim Brückenbau über den Sankt-Lorenz-Strom, für den Highway 73. Ein Jahr war das nun her. Die Polizei recherchierte damals ergebnislos.

Mutter zischte immer wieder zwischen den Lippen: „Von wegen Unglück! Hat sich vom Acker gemacht, der Kerl!"

John sagte nie etwas dazu. Er hatte nicht viel von seinem Vater gehabt, der so oft weg war, weil er Schichtarbeit leistete, auch nachts. In seinem Gesicht aber sah er die immer wieder den gütigen Ausdruck, den er von seinem Großvater kannte. Nein, John glaubte nicht, dass Vater die Familie im Stich gelassen hatte. Tod von Stahlarbeitern, das kam selten vor, war aber eine Möglichkeit, teilte ein Inspecteur

Bongard der Familie mit. Wenn müde Arbeiter im Gefahreneinsatz die Kontrolle verloren. Nichts blieb von ihnen übrig.

Die Zeitungen berichteten lange darüber: „Eine ideale Möglichkeit, Menschen verschwinden zulassen. Steckt die Mafia dahinter?"

Solche Spekulationen und Fragen kochten hoch. John fand das unsinnig. Wer konnte ein Interesse daran haben, Stahlarbeiter umzubringen? Nein, das waren Unfälle. Am vierten Tag seiner Fiebererkrankung, so erklärte er Mutter seine Arbeitsauszeit, sah er wieder die Zeitung vom Vortag durch. Nachbarn legten sie immer im Papiermüll ab. Laurence, die Schwester, holte sie hoch, abends, am Ende ihres Arbeitstages. Ein eigenes Abonnement konnte sich die Familie nicht leisten. Ein Smartphone erst recht nicht. Bisher konnte John kostenlos das Internet-Café der Schule besuchen. Das war jetzt vorbei. Er selbst besaß nur ein altmodisches Klapp-Mobiltelefon mit Prepaidkarte. Vor dem Fernseher saß meist Mutter und sah ihre Serien. Hungrig nach Informationen, nahm John sich die letzte Zeitung vor.

Der Aufmacher von Vorgestern war eine Polizeianzeige.

„Wer kennt diesen Mann?"

Ein Leichnam war aus dem Sankt-Lorenz-Strom gefischt worden. Ein Ausflugsdampfer hatte ihn entdeckt, weil ein beschwerendes Netz mit Steinen gerissen und der Leichnam hochgetrieben und aufgetaucht war. Die Wasserschutz-Polizei barg den Toten.

Der Kopf fehlte. Die Obduktion ergab, dass auch die Fingerkuppen zerstört waren, verbrannt offenbar. Auch wies der Tote weitere Spuren von Folter auf. Womit die Mafia in den Blick der Ermittlungen geriet. Der Tote sollte wohl nicht identifiziert werden können, wusste möglicherweise zu viel und gehörte unbedingt beseitigt. An einem Oberarm war versucht worden, eine Tätowierung zu zerstören. Die Rechtsmediziner aber konnten ein Bild davon rekonstruieren, das auf der zweiten Seite abgedruckt wurde.

John blätterte weiter und erstarrte. Wieder trat Schweiß auf seine Stirn, das Herz raste. Die Tätowierung stellte ein Marienbild dar. Maria blickte mit gefalteten Händen himmelwärts, einem Engel entgegen, dessen Flügel weit herabreichten und den Rahmen für diese Darstellung bildeten. Das Ungewöhnliche dieser Bildkomposition hatte John nur einmal vorgefunden: auf dem Bild der Marienikone von Fjodrs Werkstatt. Johns Hände zitterten. Es war ihm unmöglich weiterzulesen. Wieder einmal überwältigten ihn Gefühle, die er nicht beherrschen konnte. Seine Gedanken suchten einen Weg durch diesen Nebel der Ungewissheit. Was bedeutete das alles? Etwas Wertvolles entglitt seinen Händen. Der Boden wurde ihm unter seinen Füßen weggerissen: Die Geborgenheit seines neuen Zuhauses, das Fjodrs Werkstatt ihm bot. Denn dieser Tote konnte Fjodr selbst sein!

Wieder spürte John den Stein im Bauch. Er wog schwer, verursachte Übelkeit und Schwindel. John sprang aus dem Bett, stürzte aus der Kammer über den Flur ins Bad und erbrach sich. Hinter ihm tauchte die Mutter auf.

„Das gibt ja wohl nichts mit dem Abendessen", stellte sie fest. „Mach sofort sauber und lüfte, das ist ja eklig hier!"

Zitternd hielt John sich am Rand der Kloschüssel fest. Es dauerte lange, ehe er den Abzug tätigen und lüften konnte. Unruhig raste sein Puls. Am Waschbecken spülte er den Mund aus. Er blickte in den Spiegel. Sein Gesicht war ihm fremd geworden mit den eingefallenen Wangen und dem sprießenden Bart. So war er kaum wiederzuerkennen. Vorsichtig ging er zurück durch den Flur, rief „Gute Nacht" in die Küche, wo Mutter und Laurence zu Abend aßen, und rettete sich in seine Kammer.

Vorsichtig legte John sich ins Bett, wo er die Beine mit Kissen unterfütterte und hochlegte. Die Bilder vor seinen Augen hörten auf, sich zu drehen. Zahllose Gedanken jagten sich ohne Ordnung. Mit einer Hand zog er die Kette zum Öffnen des Oberlichts und atmete tief die abendliche erste Frühlingsluft ein. Der erste Gedanke kreiste um die Frage: Was bedeutete das? Wenn das stimmte mit Fjodr, dann war er, John, selbst vermutlich auch in Gefahr. Darum war sein verändertes Äußeres vielleicht notwendig. Aber was brachte Gewissheit? Johns Zähne mahlten knirschend aufeinander. Wenn nur die geringste Möglichkeit bestand, dass nicht Fjodr, sondern jemand anders der Tote war, musste er das wissen, unbedingt. Bei aller Gefahr!

Die Gedanken verdichteten sich zur entscheidenden Frage: Wie konnte er Gewissheit erlangen? Schließlich blieb nur eine Möglichkeit für John. Er musste zur Werkstatt fahren, vielleicht so früh, dass der Pizzeria-Clan, oder wer auch immer, noch nicht dort war. Dann, ja dann konnte er immer noch eine Polizeistation aufsuchen und das Gewehr dort ablegen, irgendwie, ohne in Richtung einer Videokamera zu sehen, oder mit verhülltem Gesicht, vielleicht. Hoffentlich, hoffentlich lebte Fjodr! Nein, es war einfach unvorstellbar, dass der väterliche Freund gefoltert und getötet worden war. Das durfte nicht sein!

Schlaflos sah John den Himmel dunkler werden und einen blassen Mond aufsteigen, der kurz das Gesichtsfeld des Oberlichtes durchquerte. Die kalte Jahreszeit war vorüber. Doch es war der gleiche Wintermond geblieben, den die Huronen einst in ihrem Weihnachtslied besungen hatten; denn in seinem Licht kam der Erlöser zur Welt, mit ihm die Hoffnung der Befreiung von allem Bösen. So suchten Johns Gedanken nach Trost.

Schließlich schloss John mit seinem Schlüssel die so gesicherte Fahrradtasche auf. Aus diesem einzigen privaten Behältnis nahm er sein Tagebuch heraus. Langsam begann er zu schreiben. Die Handschrift war zunächst unruhig, doch das Zittern ließ allmählich nach. Ihm wurde klar: Morgen musste eine Entscheidung fallen. Noch während er erschöpft aufrecht im Bett saß, übermannte der Schlaf den vollkommen Erschöpften.

Im Traum sah er sich wieder in der vertrauten Schule. Der Kunstlehrer zeigte Bilder des indigenen Malers Norval Morrisseau. Donnervögel erschienen auf einer Leinwand. Von dort erhoben sie sich mit ihren riesigen Flügeln und flogen über John hinweg.

„Rache", hörte John den Kunstlehrer sprechen, „Rache nehmen die Donnervögel, die als Menschen in ihr Federkleid zurückgekehrt sind, weil sie versklavt wurden."

Die Sklavenherren vollführten einen Totentanz und legten sich nieder zum ewigen Schlaf. Ja, daran erinnerte sich John. Das indianische Weihnachtslied, der „Huron-Carol", begleitete die Szene. Mit einem Flötenklang endete die Musik. Das Licht war verloschen. Eine schwarze Leere blieb.

Mit noch dunklem Grau grüßte der Frühlingshimmel über John, als ihn erstes Vogelgezwitscher weckte, das durch das offene Oberlicht drang. Nur kurz lächelte John froh. Dann zeichnete Erinnerung Schrecken und Entschlossenheit in sein Gesicht. Er stand auf und wusste, was er zu tun hatte.

7. KAPITEL

TODESTANZ

„UND WIE ES DEM MENSCHEN BESTIMMT IST, EIN EINZIGES
MAL ZU STERBEN, WORAUF DANN DAS GERICHT FOLGT."
BRIEF AN DIE HEBRÄER, KAPITEL 9, VERS 27

Auf der Fahrt aus dem westlichen Vorort von Quebec ins Zentrum der Stadt passierte John eine Polizeistation. Dort stiegen Gendarmen aus einem Mannschaftswagen. Ruhig fuhr John weiter, ohne sein erstes Vorhaben durchzuführen. Das Gewehr lag in der Fahrradtasche friedlich neben seinem Tagebuch. Mit dem Klappmechanismus passte es gerade hinein. Er würde in abendlicher Dunkelheit wieder versuchen, es bei dieser Polizeistation abzulegen. Weiter folgte John der Hauptausfallstraße an den Außenbereich der unteren Altstadt und erreichte den vertrauten Boulevard. Wenig Verkehr bedrängte ihn in dieser Frühe.

Die letzten hundert Meter schob er das Rad übers Trottoir und stellte es in einer Nebengasse ab. Die Fahrradtasche nahm er mit. Allseits um sich sehend, ging John die Häuserwände entlang bis zu Fjodrs Werkstatt. Ein Blick nach nebenan genügte, um festzustellen, dass sich in der Pizzeria noch nichts regte. Die Uhr auf der Rondell-Kreuzung am Ende des Boulevards zeigte 5.30 Uhr in der Frühe. Unter dem bewölkten Himmel herrschte fast noch Dunkelheit. Das Trottoir war leer.

Entschlossen drehte John sich zur Werkstatttür. Ein Schild hing im Glasfenster: „Die Werkstatt ist aus familiären Gründen vorerst geschlossen." John zückte den Schlüssel, den ihm Fjodr überlassen hatte, schloss auf, trat rasch ein und verschloss sofort wieder die Tür hinter sich. Hier herrschte fast vollkommene Dunkelheit. Er tastete neben der Zarge nach dem Lichtschalter und drückte. Helligkeit flammte auf und ein Rundumblick belehrte John: Er war alleine hier. Der Tresen aber war unaufgeräumt. Eine Zange, mehrere Sohlen und eine Klebstoffdose lagen dort herum. Forschend blickte John auf die Wand mit der Tür zum Treppenhaus.

Nichts. Johns Herz raste, ihm blieb die Luft weg, bevor ihm klar wurde, was er dennoch sah: Die Marienikone fehlte. Neben der Türzarge zeugte ein dunkler Staubrand vom Platz, der zu dem Marienbild gehörte. Wie versteinert stand John davor. Mit einem Reflex schlug er schließlich auf den Lichtschalter. Wieder stand er in der Dunkelheit. Geschützt, wie er hoffte.

Fieberhaft versuchte John, seine Gedanken zu ordnen. Familiäre Gründe? Unwahrscheinlich. Niemand von Fjodrs Familie lebte hier. Wenn heute geschlossen wäre, hätte er ihm das gesagt. Andererseits, seit immerhin vier Tagen war John krank zu Hause geblieben.

Die Ikone war entfernt worden. Was konnte das bedeuten? Wenn es Mörder gab, Fjodr also tot und auf seiner Leiche die Marien-Tätowierung aufgefallen war, von der selbst John bisher nichts wusste, hatten die Mörder sicher deshalb die Ikone als verräterischen Hinweis auf Fjodrs Identität beseitigt. Andererseits: War das nicht allzu unwahrscheinlich? Brauchte Fjodr vielleicht einfach nur Geld und versuchte, die Ikone zu verkaufen? Auch wenn ihm das nicht ähnlich sah!

John stütze sich mit beiden Händen am Tresen ab und atmete tief in die Dunkelheit, aus der allmählich schattenhafte Umrisse der Einrichtung hervortraten. Gewissheit, woher Gewissheit nehmen? Es gab nur eine Möglichkeit. Mit dem Zweit-Schlüssel, den Fjodr stets hinter dem Tresen aufbewahrte, würde er auch in Fjodrs Wohnung im Obergeschoss des alten Hauses gelangen und eindringen können. Eindringen? John kam sich wie ein Verbrecher vor. Entschlossen ging er hinter den Tresen und nahm den Wohnungsschlüssel. Er ballte die Hände zu Fäusten, schlug auf den Tisch der Werkbank, drehte sich zur Ausgangstür ins Treppenhaus, schloss sie auf und trat in den Flur.

Hier war er nicht oft gewesen. Es umfing ihn das gleiche Halbdunkel wie in der Werkstatt. Leise zog John hinter sich die Tür ins Schloss. Er entschied, diese Tür zur Werkstatt nicht abzuschließen, falls er eine Rückzugsmöglichkeit brauchte. In der linken Hand hielt er Fjodrs Wohnungsschlüssel bereit und presste die Fahrradtasche an sich, die ihm von der Schulter hing. Mit der rechten zog er sich am Geländer hoch und stieg Stufe um Stufe empor.

Das Geländer hatte ein rundes Profil, das angenehm durch die Hand fuhr. Beginnend mit einem Rechtsbogen, führte die Holztreppe dann gerade aufwärts. John zählte bis zur ersten Etage insgesamt sechzehn Stufen. Genau genommen zweimal acht Stufen mit einem Treppenabsatz, von dem eine schmale Tür nach außen wies. Fjodr hatte ihm gezeigt, dass sich hier die Toiletten befanden. Die unterste hatte er an Arbeitstagen schon benutzt. Mit einer erneuten abschließenden Rechtswendung mündeten die Stufen im ersten Obergeschoss. Keine der Stufen hatte geknarrt, Gott sei Dank.

Dabei wurde John bewusst, dass ihn ohnehin niemand hörte. Das Haus war im Besitz der Pizzeria-Familie. Die investierte nichts in das alte Haus und ließ zu, dass alle Bewohner sich dieser Unbequemlichkeit entledigten, indem sie auszogen. Genau das war wohl so gewollt: Vielleicht, damit niemand Einblick in den Hof hatte. Nur Fjodr war geblieben, trotz eines fehlenden Badezimmers in der Wohnung. Er musste preiswert leben. Seine Wohnung lag zuoberst im vierten Stock. Nun tastete John sich eine kurze Strecke auf dem Absatz des ersten Stocks am Geländer entlang und folgte dann dessen Rechtswendung mit der nächsten Treppe zur zweiten Etage.

Er atmete ruhig und stieg weiter Sekunde um Sekunde gleichmäßig Stufe für Stufe empor. Die zweite Flurdiele war ebenfalls unmöbliert. Es gab keine Hindernisse. Die nächste Treppe konnte er im Dunkeln wie mit geschlossenen Augen nehmen. Als er den Absatz des dritten Stocks hinter sich ließ, wo er eine Kommode an der Wand umging, verlangsamten sich seine Bewegungen weiter.

Wenig Dämmerlicht des beginnenden Tages reichte, um von oben das Treppenende und die daneben liegende Wohnungstür genau zu erkennen. Dort angekommen, sah er vorsichtig durch das Flurfenster. Es wies Glassprünge auf und war stark verschmutzt. Daraus konnte er auf den Boulevard sehen, der wie ausgestorben unten lag.

Ob Fjodr nicht doch zu Hause war? Die Zweifel blieben. John beschloss, zu klingeln. Er fand den Klingelknopf links neben der Türzarge und drückte entschlossen darauf. Nach wenigen Sekunden erklang ein seltsamer melodiöser Ton. Was war das? Eine Flötensequenz, indianisch. John erkannte den Abschluss des „Huron-Carols", den er im Kunstunterricht der Schule gehört hatte. Wie betäubt verharrte er lauschend, solange diese Weihnachtsmelodie erklang, und erinnerte sich auch an seinen letzten Traum. Abrupt endete das Flötenspiel. John besann sich wieder. Manche Menschen hatten die gewählten Klingeltöne ihres Telefons mit der Wohnungsklingel gekoppelt. Aber indianische Musik? Keine russischen Klänge? Das wunderte John.

Kaum noch wunderte ihn, dass nichts weiter geschah. Denn Fjodr stand doch stets sehr früh auf. Sein erster Gang führte ihn immer in die Werkstatt, wo er die Heizung aufdrehte und, bei Bedarf, Ordnung schuf, bevor er wieder in die Wohnung zurückkehrte und für sich sorgte. All das stimmte heute nicht. Die Werkstatt war kalt und unaufgeräumt gewesen. Hier stand John vor einer leeren Wohnung, dessen war er sich jetzt sicher.

Entschlossen tastete er nach dem Wohnungsschlüssel am Band des Ledermäppchens. Er steckte ihn vorsichtig in das Sicherheitsschloss. Lautlos ließ sich der Schlüssel darin drehen und die Wohnungstür öffnen. Er trat in die Diele und zog die Türe rasch wieder zu. Das ging ebenso lautlos vonstatten. Furcht befiel John. Widerstandslos musste er ein Frieren und Zittern am ganzen Körper hinnehmen. Mit rasendem Herzen und stoßweisem Atmen stand er wie festgenagelt am Eingang der Diele.

Die Wohnung erschien etwas heller im frühen Morgenlicht des Tages als die Werkstatt. Hier war er im vierten Stock und sämtliche

Türen zur Diele standen offen. John biss die Zähne zusammen. Nein, jetzt wollte er nicht aufgeben. Er sprach zu sich selber: Du brauchst nur durch jede Tür einen Blick zu werfen. Dann hast du Sicherheit. Fjodr ist hier oder abwesend. Das entscheidet sich sofort!

Mühsam bewegten sich seine Füße vorwärts. Drei Zimmer waren es, deren Türen offenstanden: Links, gerade vor ihm und rechts daneben. An der linken Wand der Diele ragte eine Holzgarderobe empor, auf deren Ablage ein Festtelefon stand. Dahinter war die Sicht frei ins erste Zimmer. Hier stand ein leeres Bett. Daneben ein dreiflügeliger Schrank. Kein Fjodr. Sofort sah John wieder geradeaus, als verpasste er sonst das urplötzliche Auftauchen eines Fremden.

Schritt für Schritt sah er auf den sich vergrößernden Ausschnitt der Küche. Der mittig stehende Tisch war von einer Sitzbank rückseitig begrenzt. Ein benutztes Frühstücksgeschirr stand unaufgeräumt, mit einer französischen Butterdose und einem Glas Marmelade dazwischen. Als sei der Bewohner eben einmal aufgestanden. Vielleicht zur Toilette auf die Zwischenetage? Nein, das hätte John im Treppenhaus bemerkt. Ach ja, es gab kein Bad in der Wohnung. Aber wenigstens ein Waschbecken – sehr breit und die einzige Möglichkeit zur Körperpflege in dieser Wohnung – fand sich neben dem Küchenschrank.

Vorsichtig bewegte sich John wieder zwei Schritte zurück und blickte nach rechts ins Wohnzimmer. Dies schien ostwärts gelegen zu sein. Heller fiel hier Licht durch ein breites Fenster. Daneben stand eine Polstergarnitur mit schmalen, tiefen Sitzen, blassbraun. Der schmale, flache Tisch davor war leer. Im Morgenlicht erkannte John entlang der gesamten Längswand gegenüber eine Vitrine: Das war der Bücherschrank, eine richtige Bibliothek!

Wie gerne hätte John das Herzstück der Wohnung ausführlich betrachtet und den Quellen der geistigen Fülle ihres Bewohners nachgespürt. Dem Mann, dem er so sehr vertraute, wäre er so noch nähergekommen. Doch Fjodr fehlte. Nur kurz betrat John das Wohnzimmer und seine Hände fuhren tastend über die Vitrinen-Türen. Er konnte seinen Herzschlag und sein Atmen nicht beruhigen. Denn die

Wahrscheinlichkeit, dass der väterliche Freund tot war, vergrößerte sich für ihn mit jeder Sekunde des Nachdenkens. Vermutlich war er sogar gefoltert worden, getötet und geköpft. John wollte fliehen. Fort von hier, fort von diesen schrecklichen Gedanken. Doch er stand regungslos, ratlos, gedankenverloren.

Hilfesuchend sehnte er sich nach den indianischen Flöten des Telefons und der Wohnungsklingel. John kannte doch dieses Lied der Huronen, dem Indianerstamm, der in seinen Dörfern von den Irokesen niedergemetzelt wurde, wie auch die Missionare. Still war die Wohnung jetzt, vollkommen still. Dennoch musste er wieder an diese Melodie denken und beschwor sie, sodass er sie hören und sich an ihr beruhigen konnte. Lange klang sie in ihm nach. Bis ein Motorgeräusch ihn aufschreckte.

John trat ans Fenster des Wohnzimmers, das zur Straßenseite lag. Am Rand des Trottoirs hielt auf dem sonst noch stillen Boulevard ein großer schwarzer Wagen, eine Luxuslimousine. Das Motorgeräusch, ein dunkler, voller Klang, endete abrupt. Die Fahrertür öffnete sich, ein Chauffeur mit Uniform und Schirmmütze umkreiste das Fahrzeug hinten herum und öffnete den hinteren Schlag auf der Beifahrerseite. Er nahm seine Schirmmütze ab und verbeugte sich, als ein Mann ausstieg.

Groß gewachsen, mit grauem, streng gescheiteltem Haar, in dunklem Anzug mit Zweireiher machte dieser einen gebieterischen Eindruck. Mit einer erklärenden Handbewegung wies er den Chauffeur an, zu warten, und ging entschlossen zur Passage, die in den gemeinsamen Hof von Fjodrs Werkstatt und der Pizzeria führte. Ein weiterer Mann stieg aus der hinteren Tür der Fahrerseite, mit Anorak, Jeans und Springerstiefeln gekleidet. Auch er ging zum Hof.

Fieberhaft dachte John nach. „Aufwachen! Gefahr!", sagte er laut zu sich selber. Rasch ging er zum Schlafzimmer. Richtig: Hier zeigte das Fenster zum Hof hinaus. Er stellte seine Tasche neben die Fensterbank, öffnete leise den linken Fensterflügel und sah vorsichtig hinunter. Dort standen der Pizzeria-Chef und seine Söhne in strammer Hab-Acht-Haltung und sahen den Neuankömmlingen entgegen. Der Bewegungsmelder im Hof veranlasste eine Lampe an der gegenüberliegenden Hauswand immer wieder, diese Szene aus der frühmorgendlichen Dunkelheit ins Helle zu zerren.

Der Vornehme und sein Begleiter stellten sich vor die Wartenden. Der Mann mit Springerstiefeln in lässiger Haltung, die Hände in die Seiten gestemmt. Sein Gebieter stand gerade, blickte den Gegenüberstehenden abwechselnd ins Gesicht. Diese wirkten blass und schlugen die Augen nieder.

„Boss", begann der Vater der Söhne auf Französisch, „wir wissen nicht ..." John konnte von der leiser werdenden Stimme nicht alles verstehen.

„Maul halten!", schrie der Boss auf Englisch. „Rede nur, wenn du gefragt wirst!" Klar schallten die Worte im engen Hof hoch bis zu John in der vierten Etage.

Es folgte ein längeres Schweigen. Dann zeigte der Boss auf die Wand unter dem Vordach der Pizzeria.

„Aufmachen, Tresor-Schrank zeigen!"

Einer der Söhne verschwand unter diesem Vordach.

„Leer räumen! Hier vor mir hinlegen!"

Da kam Bewegung in Vater und Söhne. Sie schafften alles herbei. John wagte, sich etwas weiter aus dem Fenster zu lehnen. Das Licht des Bewegungsmelders flammte immer wieder auf, aber es reichte nur bis zur ersten Etage. Der Boss inspizierte gerade, was ihm gebracht wurde. Alle unten warfen ihren Blick darauf.

„Säckeweise Schnee!", bemerkte der Boss. „Der Umsatz lässt zu wünschen übrig. Öffne die Kassette!"

Der Pizzachef hob einen großen Metallkasten und schlug den Deckel hoch.

Der Boss wies seinen Begleiter an: „Hol die Koffer, alles einsacken. Dalli dalli!"

Der Mann nahm kurz Haltung an. „Aye, aye Sir!", sagte er, eilte zur Limousine, brachte zwei Koffer zurück, öffnete sie und machte sich flink an die Arbeit.

Derweil die Söhne mit gesenktem Blick still standen, sank der Vater vor seinem Boss auf die Knie. Er hielt ihm die Kassette empor. Was war darin? John wollte alles nahe vor Augen haben, aber traute sich nicht, sich noch weiter aus dem Fenster zu lehnen. Ach, an dem Gewehr war doch ein Fernglas, das Zielfernrohr! Rasch schloss er die Fahrradtasche auf und hob das Gewehr empor, klappte es auf und sah, ein Stück versteckt hinter dem offenen Fensterspalt, durch das Fernrohr auf die Szene.

Klar erkannte er nun den verzweifelten Gesichtsausdruck des Vaters und die Geldbündel, alles Zehn-Dollar-Noten oder Einhundert-Dollar-Scheine.

„Boss, wir haben einen Fehler gemacht", begann der Vater der Söhne mit fester Stimme ungefragt, „aber das hier ist doch das Vermögen der Pizzeria."

„Fehler?", giftete der Boss, griff in die Kassette und stopfte das Geld in einen Beutel, den ihm der Gehilfe entgegenhielt. „Euch ein Gewehr stehlen zu lassen! Überhaupt, die verrückte Idee, euren Tresor in den Hof zu legen!"

„Nebenan wohnt doch keiner, außer dem dummen Russen, und bei einer Hausdurchsuchung ...", begann der Gescholtene zaghaft.

John konnte nicht alles verstehen, was er noch sagte.

„Ans Messer, ans Messer liefert ihr uns noch alle!", unterbrach ihn der Boss mit einem nahezu tierischen Gebrüll und warf die letzten Scheine in den Beutel.

„Wir verlieren doch alles", begann der Kniende nochmals.

Da richtete sich der Boss auf und sprach von oben herab.

„Alles? Nur die Geschäftsbeziehung zu mir." Hämisch lachte er. „Euer Schweigen auf ewig vorausgesetzt, schenke ich euch das Leben!" Er vollführte eine großzügige, gönnerhafte Handgeste.

Da sanken auch die Söhne in die Knie. „Danke, Boss!", stammelte einer.

Aus der Diele hinter John erklang wieder das Telefon mit dem indianischen Flötenspiel. Unten zeigte der Boss in Richtung der Schuhwerkstatt.

„Denkt ruhig an den alten Russen! Dumm soll der sein? Wir gehen auf Nummer sicher!"

Das Reden wirkte auf John wie ein Untertitel zur Melodie des Telefons. Konzentriert versuchte er, dem Gespräch weiter zu lauschen.

Der Boss schrie seine Taten drohend wie einen Triumph hinaus in die Welt:

„Uns hat niemand etwas verschwiegen!"

Der Pizzachef fragte etwas dazwischen.

„Maul halten!", schnitt ihm der Boss das Wort ab. „Nichts wusste er. Da könnt ihr sicher sein! Wer uns dazwischenkommt und in die Hände gerät", hier lachte der Boss kurz auf, „den behandeln wir so gründlich, der verschweigt nichts, gar nichts. Nein, der Russe wusste nichts von dem Gewehr. Lombardo, hatte er nicht einen Gehilfen?"

Dankbar ging der so angeredete Vater der Söhne auf die Frage ein: „Jaja!"

„Name, Wohnort?"

„Ein John, mehr wusste vielleicht Fjodr?"

Der Boss schüttelte den Kopf. „Außer dem Vornamen hat er nichts rausgerückt. Harter Brocken. Sibirienerfahrung. Aber ..."

Genüsslich dehnte und streckte sich der Boss.

„Falls er doch etwas von unseren Machenschaften wusste und glaubte, uns verraten zu können, so ein Idiot und Klugscheißer. Solchen Leuten muss man den Kopf abreißen. Tut auch ganz schön weh. So, ihr Pizzagesindel. Liebt ihr euer Leben?"

Die Gescholtenen knieten weiter vor dem Boss und sprachen leise etwas, das für John im Melodienfluss des Telefons unverständlich blieb. John traute sich nicht, ans Telefon zu eilen und den Hörer abzunehmen. Unten hörte man hoffentlich nichts davon. Er nahm das Auge vom Zielfernrohr und stand auf.

„Wie ein Opernglas", meinte jemand neben ihm. John nickte, verharrte wie gelähmt und lauschte weiter dem Klang der leisen Musik.

Der Jemand neben ihm war Norval Morisseau. John spürte kein Erschrecken über das Erscheinen dieses Mannes. Das überraschte ihn in diesem Moment. Doch dieser war jemand Vertrautes aus

Träumen, der John keine Angst einflößte. John stand schwankend neben ihm und sah, wie der Indianer das Opernglas ergriff. Mit dem Stock darunter dirigierte er und sah in den Hof.

„Sie tanzen", berichtete Morisseau lächelnd mit dem Glas vor den Augen. „Sie tanzen den Totentanz für die Donnervögel. Alle knien jetzt. Nun legen sie sich nieder."

John sah, wie Norval Morisseau Stab und Opernglas beiseitelegte. Dann zog der Indianer Maske und Federkleid über. Mit einem Schrei trat der in einen Donnervogel Verwandelte aus dem Fenster und schwang sich in die Lüfte.

John blickte ihm lange nach. Dann sah er auf den Hof. Die Männer unten hatten einen runden Menschenhügel gebildet, der vollkommen reglos lag. Noch studierte John die Farben der Gestalten, als das Licht im Hof, das bisher immer wieder aufgeflammt war, endgültig erlosch. Ein dunkles Tuch legte sich über das Geschehen. Die indianischen Flöten endeten mit einem letzten Akkord. Vollkommene Stille sog das Geschehene auf und vereinte sich mit dem Dämmerlicht in der Wohnung. Der Indianer war nicht mehr zu sehen. John war alleine. Vollkommen alleine. Die Dunkelheit und die Stille besiegelten einen Frieden, der John betörte.

8. KAPITEL

PAUL BONGARD

„Die aber reich werden, die fallen." Erster Brief des Paulus an Timotheus. Kapitel 6. Vers 9

Inspecteur Paul Bongard von der Sûreté du Quebec würde Ende des Jahres in den Ruhestand versetzt. Die Polizeichefin von Quebec-City betraute ihn nur noch mit ungefährlichen, aber schwierigen Aufgaben. Seine Erfahrung sei unverzichtbar. Umso mehr überraschte ihn der Anruf heute früh. Er müsse sofort eingreifen. Seine Assistentin, Agent Mireille Wéber, sei schon vor Ort, ein Dienstwagen unterwegs zu ihm.

So saß er jetzt auf der Rückbank des Citroen-Streifenwagens, mit dem sein Chauffeur, eine ihm unbekannte Polizistin, die sich kurz als „Viella, Catherine Viella!" vorgestellt hatte, mit rasendem Tempo, Blaulicht und Sirene dem Bestimmungsort entgegenfuhr. Paul Bongard behagte das gar nicht. Seiner Meinung nach waren übereilte Einsätze bei Ermittlungen selten hilfreich.

Das gut gefederte Fahrzeug erlaubte ihm, sein Handy hervorzuholen und die ersten Nachrichten von Mireille anzusehen. Ja, sie nannten sich bei Vornamen. Trotz des Rangunterschiedes. Aber man war ja in Kanada und alles andere schien ihnen absurd. Diese junge Frau ging stets voran und schaffte eine Ordnung, die seiner, Pauls Meinung nach Sinn machte. Selbst wenn es eine Leiche gab, die Kriminaltechniker konnten gerne beginnen und den Toten in einen Blechsarg legen lassen. Das Gesicht eines Betreffenden bei kurzem Lüften des Deckels zu sehen, genügte ihm. Hauptsache, es gab einen Namen des Toten. Meistens waren es ja Männer. Namen brauchte er auch von Personen der zweiten Ermittlungsreihe, so nannte Paul Bongard das.

Die waren nämlich das Wichtigste für einen raschen Fortschritt der Ermittlungen. Also: Wer hatte den Toten gefunden, wer waren mögliche Zeugen, Angehörige? Wenn er das sofort auf dem Zettel hatte, konnte die Jagd beginnen. Die Jagd nach dem oder den Mördern. Was selten Frauen waren. Die Betrachtung des Tatorts gelang ihm durch die Sofortfotografien der Kriminaltechniker. Zwei solcher Bilder hatte ihm Mireille soeben übersandt.

Das erste zeigte eine schwarze Luxuslimousine, aus dessen offener Fahrertür der Oberkörper eines Mannes rückwärtig hinunterhing, am Bauch war ein großer Blutungsbefund zu sehen.

Das nächste Bild erstaunte ihn. Eigentlich war dieses Bild unfassbar schrecklich. Doch erst beim zweiten Blick. Der erste Eindruck war seltsam harmonisch und sozusagen kunstvoll. Eine Menschengruppe war wohlgeordnet aufeinandergeschichtet, bildete einen kreisförmigen Hügel, auf dem zuoberst ein vornehm wirkender Mann rücklings mit ausgebreiteten Armen lag, wie der Gekreuzigte persönlich. Seine Augen blickten offen in eine unbestimmte Weite, seine Stirn zierte, ja zierte ein rotes Loch wie ein Kainsmal. Fast wirkte alles, als wolle der zielgenau Erschossene seinen Mörder oder die ganze Welt umarmen, ohne Wissen, warum das alles geschah.

Beim zweiten Blick bemühte sich Paul Bongard um eine nüchterne Betrachtung. Er zählte fünf Tote. Links beginnend, breitete sich eine riesige Blutlache aus und umfasste die gesamte Menschengruppe. Der Betreffende, von dem das Blut stammte, lag auf dem Rücken und zeigte die Quelle der Blutlache deutlich: Die linke Halsschlagader. Aber auch seine linke Brust zeigte eine Wunde, die nach der Erfahrung des Inspecteurs eine Austrittsstelle eines Schusses war.

Nach rechts hin lagen drei Oberkörper einander zugeneigt beisammen, mit dem Gesicht zu Boden gewandt, aus einer knienden Haltung heraus. Bei einem von ihnen war ebenfalls die Austrittswunde eines Schusses zu sehen, an der Schläfenseite des seitwärts gewandten Kopfes. Die andern beiden wurden von dem Mann bedeckt, der sich offenbar umgedreht und nach dem Schützen gesucht hatte. Vielleicht hatte er ihm sogar in die Augen gesehen. Die Kleidung des Mannes kam Bongard teuer und ausgesucht vor.

Paul Bongard schloss die Augen und konzentrierte sich. Das Gesicht kannte er doch? Richtig: der Besitzer des alten Stahlwerkes in St. Augustin, ein superreicher Wohltäter der Armen in der City. Dankend hatte er stets Angebote zur Abgeordnetenwahl abgelehnt. „Nein!", sagte er immer wieder, so hatte der Inspecteur die Fernsehbilder in Erinnerung, er sei nur ein einfacher Mann und Bescheidenheit stehe ihm besser zu Gesicht. Lieber helfe er im Stillen. Harold McCartey, ein Anglokanadier, stammte aus Ontario.

Eine wuchtige Zentrifugalkraft ergriff den Streifenwagen und rüttelte die Insassen durch. Paul Bongard öffnete die Augen, hielt sich am Griff über der Hintertür fest und sah das Rondell des Boulevards, der ihr Ziel war. Mit quietschender Bremse stoppte Agent Viella den Wagen vor einem gelben Band, das die Zufahrt zur Hauptachse des Boulevards absperrte. „Ruhe bewahren!", sagte sich der Inspecteur, löste die Hand vom Griff, den Sicherheitsgurt von seiner Fixierung, sagte: „Merci bien, Madame Viella!", öffnete seine Wagentür und stieg aus.

Schon stand er dicht an dem gelben Band, das ein Beamter dienstbeflissen hochhob.

„Salut, Inspecteur Bongard!", grüßte der Beamte.

So war es oftmals für Paul Bongard: Alle kannten ihn, er die meisten nicht. Kurz bedankte er sich und schritt auf eine Passage zwischen den ersten beiden Häusern zu. Davor stand die schwarze Luxuslimousine, daneben startete ein Krankentransporter mit Blaulicht und Sirene. Rasch entfernte dieser sich westwärts.

Mireille Wéber kam aus der Passage und grüßte. „Salut, Paul!" Er erwiderte den Gruß und ließ sich informieren.

„Die Ambulanz ist schon los!", begann Mireille. „Der Chauffeur", sie zeigte Paul das Bild auf ihrem Handy, „lebt noch und kann vielleicht gerettet werden. Trotz ungezielten Bauchschusses."

Paul nickte. Das war eine Interpretation des Geschehenen, aber Mireille wusste Wunden richtig zu deuten.

„Dann haben wir vielleicht einen Zeugen, weiter", meinte Bongard nur, während sie durch die Passage in den Hof schritten. Eine laut weinende Stimme war aus der Pizzeria nebenan zu hören.

„Wer ist das?"

„Die Ehefrau eines der Ermordeten, nämlich des Besitzers der Pizzeria und die Mutter der beiden ebenfalls toten Söhne. Familie Venezia. Vorsicht!"

Beide stoppten abrupt vor der Blutlache, die den sonst schon aufgeräumten Tatort am Eingang bedeckte.

„Der fünfte Tote?", fragte der Inspecteur.

„Also der Ältere ..."

„Ich weiß, Harold McCartey, kenne ich", unterbrach Paul.

Mireille nickte. „Also, der Andere, der Jüngere, war sportlich gekleidet und hatte einen Revolver im Halfter unter der linken Schulter."

„Verstehe. Rechtshänder. Dazu der Gorilla vom Alten. Kam aber nicht zum Schuss."

„Richtig!" Einer der Kriminaltechniker war ihnen entgegengekommen. Er reichte ihnen Überzieher für die Schuhe. „Erstmal Bonjour!"

Die Polizisten nickten nur und zogen die Schuhschützer über.

„Weiter, Chernier", meinte Paul Bongard.

„Weiter" war immer der nächste Gedanke des Inspecteurs und sein Lieblingswort. Er kannte immerhin den Leiter der Kriminaltechniker durch langjährige Zusammenarbeit.

„Jaja", beeilte sich Chernier. „Also: Von dem Gorilla war, wie der Täter wohl erkannte, die größte Gefahr ausgegangen. Darum war er als Erster dran. Dann die drei Italiener von nebenan. Die hatten anscheinend gekniet. Zuletzt der Alte. Leider eine prominente Persönlichkeit."

„Deshalb wohl die Eile der Polizeichefin." Bongard nickte. „Eine Hinrichtung", fragte er weiter, „ein Profi?"

„Ja und nein", meinte Chernier. „Die Schüsse kamen von oben, vierter Stock."

Alle guckten hoch. Dort pinselte ein Kriminaltechniker zum Nachweis von Fingerabdrücken. Er sah kurz auf und zeigte einen Daumen aufwärts.

„Ein Profi hinterlässt eher keine Fingerabdrücke", erklärte Chernier weiter. „Sicher hat er ein Gewehr mit Zielfernrohr benutzt. Da kommt nicht jeder dran. Aber der erste Tote wurde mehrfach getroffen, von hinten durch den Oberkörper rechts, dann am rechten Hals, zuletzt im Kopf. Gestorben ist er an der Carotis-Verletzung, also aus der Blutung der Halsschlagader. Er ist ausgeblutet wie ein Schwein. Sieht man ja jetzt noch."

Bongard runzelte kritisch die Stirn.

Chernier hob abwehrend die Hände. „Ich weiß, ein Mensch, nun eine Leiche. Was ich sagen will: Erstens keine Hinrichtung in diesem Fall, zweitens ein Hinweis auf den Übungsbedarf des Schützen."

„Aber er hat getroffen?"

Chernier nickte. „Präzise von nun an. Wobei die knienden Italiener es ihm leicht machten."

„Warum sie wohl knieten?"

„Kann ich nicht sagen. Vielleicht vor dem Alten."

„Der hat sich wohl gewundert und umgedreht?"

„Sieht so aus."

„Da hat er klar gewusst, dass seine letzte Stunde geschlagen hatte."

„Zweifelsohne. Er hat seine Hinrichtung entgegengenommen."

Bongard wandte den Kopf in Richtung Boulevard. „Und der da draußen?"

„Tja, schwierig!" Chernier kratzte sich am Kopf. „Der Chauffeur hat vermutlich gar nichts mitbekommen, war wohl ohne Warnung erschossen oder zumindest angeschossen worden. Aber warum?"

„Eine Präzisionswaffe mit Zielfernrohr und Schalldämpfer, die er nicht hören konnte?", schlug Bongard vor.

„Möglich", nickte Chernier. „Er wurde vom Täter also überrascht. Die Schüsse in seinen Bauch waren stümperhaft. Vielleicht zeigte da doch jemand Nerven."

„Das lässt viele Möglichkeiten offen, was den Täter betrifft", sinnierte Bongard. „Hoffentlich bleibt uns der eine Zeuge erhalten."

Ein vorläufiges Schweigen stellte sich ein. Schließlich warf Bongard seiner Assistentin einen aufmunternden Blick zu.

Sie kannte seine Fragen im Voraus. „Gefunden hat sie die Schwägerin vom Pizzachef", berichtete sie weiter, „die Schwester der Ehefrau, die jetzt noch schreit. Vor einer Stunde. Weil die Pizzeria den Betrieb nicht öffnete und alle Männer verschwunden waren. Das war genau um 9.30 Uhr früh."

Bongard nickte, sah Wéber weiter an und zog die Augenbrauen hoch.

„Nein, keine anderen Zeugen", fuhr sie fort. „Das Haus nebenan gehört auch dem Pizzabesitzer, der es verkommen ließ und offenbar leer haben wollte. Nur im obersten Stock wohnte noch der Schuster, dessen Werkstatt vom Trottoir aus begehbar ist. Ein emigrierter Russe. Fjodr Schneider. Ein bescheidener Mensch offenbar, bei diesen Wohnungen. Jedenfalls abwesend. „Angelegenheit der Familie", steht an der verschlossenen Werkstatttür."

Wieder breitete sich Schweigen aus. Nach einer Weile wandte sich Bongard dem hinteren Hofbereich zu, wo alles Wichtige ordentlich niedergelegt war. Chernier eilte voraus.

„Beginnen wir mit den Särgen", schlug er vor.

„Habe ich schon fotografiert", bemerkte Mireille Wéber.

Bongard hob das Kinn. „Mal kurz sehen", meinte er.

Und so sahen alle nochmals auf fünf Körper und ihre Wunden, einen nach dem andern. Auf jedes Nicken des Inspecteur wurde ein Sargdeckel geöffnet, dann wieder verschlossen.

„Ich warte Ihren Bericht ab – und die Obduktion", meinte Bongard zu Chernier. „Und das hier?"

„Vielleicht der Kern des Geschehenen. Jede Menge Säcke mit Schnee, also Kokain. Und ein Haufen Geld, entspricht vielleicht einer Million kanadische Dollar. Wir werden nachzählen ..."

„Und so weiter", unterbrach ihn der Inspecteur. Er blickte in den Himmel. „Gut gemacht, Leute. Ach ja: *Wenn ihr hättet alle Reichtümer der Welt! Die da reich werden, die fallen!*"

Chernier blickte ratlos.

„Erster Brief des Paulus an Thimotheus, Kapitel sechs, Vers neun", erklärte Mireille Wéber, „ein Lieblingsvers unseres Inspecteurs, aus der Bibel."

„Aha."

9. KAPITEL

DER WOHLTÀTER

„RÜHME DICH NICHT DES MORGIGEN TAGES.

DENN DU WEISST NICHT. WAS DER TAG BRINGT."

SPRÜCHE. KAPITEL 27. VERS 1

Mireille Wéber und Paul Bongard verstanden sich oft wortlos. Ein Fingerwink reichte und Agent Wéber regelte die weiteren Ermittlungsarbeiten klar strukturiert. Nach einem Telefonat ging sie zurück zum Boulevard, ließ das Rondell von den gelben Absperrbändern befreien, empfing eine Gruppe Gendarmen, die soeben angekommen und zwei Mannschaftsbussen entstiegen waren.

Inspecteur Bongard war ihr langsam gefolgt und sah lächelnd, wie die Gendarmen alle vor der jungen Kollegin strammstanden und Anordnungen entgegennahmen:

„Ausschwärmen, in allen Häusern die Bewohner befragen, ob etwas gesehen wurde. Überwachungskameras prüfen. Ja, heute Nachmittag 17.00 Uhr Besprechung in der Zentrale, ja, danach Ankündigung der Pressekonferenz, morgen 11.00 Uhr!"

Alle wussten, dass damit die Anordnungen ihres Chefs galten. Dieser vertraute der Organisationsfähigkeit seiner jungen Kollegin vollkommen. Das gab ihm Zeit, die Gedanken abzuschweifen zu lassen und nachzudenken. „Die Fragen hinter den Fragen suchen", war seine Devise, und: „Fragen sind wichtiger als Antworten. Du weißt nie, welche du bekommst, aber Fragen weisen den Weg. Der muss stimmen!"

Agent Wéber war fertig mit den Kollegen und wandte sich westwärts, wo ihr Wagen stand. „Paul?", fragte sie kurz und machte eine Handbewegung wie das Starten mit einem Zündschlüssel.

Ihr Chef blickte in eine ungewisse Ferne, nickte kurz, folgte ihr und hing weiter seinen Gedanken nach. Beide stiegen vorne in den zivilen Citroen.

Die Polizistin am Steuer stellte kurz fest: „Auf zum Centre Hospital! Es ist das nächstliegende."

Paul Bongard drehte sich zu ihr. „Genau! Den Tätern Zeit abjagen! Ich habe da noch eine Idee."

Derweil der Citroen gewendet wurde und westwärts fuhr, bediente Bongard die Freisprechanlage und schaltete auf Lautsprecher. Nach längerem Tuten meldete sich eine Frauenstimme.

„Sekretariat der Oberstaatsanwaltschaft, Lagarde am Apparat."

„Hier Inspecteur Bongard. Ich möchte Monsieur Rouen sprechen, bitte."

„Der Oberstaatsanwalt ist beschäftigt."

„Die Presse?", fragte Bongard. Ein Schuss ins Blaue, aber Volltreffer.

Am andern Telefon nämlich suchte Madame Lagarde eine Weile nach Worten. „Jedenfalls sehr beschäftig!"

„Es ist dringend, sehr dringend, Madame. Ich verstehe Ihren Loyalitätskonflikt. Doch sagen Sie dem Oberstaatsanwalt, wir verlieren die Spur der Mörder und bekommen die Wut der Öffentlichkeit."

„Eh bien", die Sekretärin schwieg kurz und tippte dann hörbar feste auf eine Tastatur. „Ich verbinde!"

„Rouen!", dröhnte es aus den Lautsprechern im Citroen. „Bongard, was gibt es denn?"

„Danke, Monsieur Rouen, für ihr offenes Ohr. Ja, es war ein furchtbares Bild!"

„*Furchtbar* ist gar kein Ausdruck!", brüllte Rouen. „Der Wohltäter hingerichtet, wie gekreuzigt. Obendrein wird das Bild schon in den Fernsehnachrichten gezeigt. Verdammt, Bongard, wo ist Ihre undichte Stelle?"

Der Oberstaatsanwalt sah offenbar völlig andere Probleme als der Inspecteur.

„Ich weiß, das ist neu und war in den letzten Jahren anders, Monsieur Rouen. So leid es mir tut ...“

„Wir sind in der Pflicht, Bongard! Was wollen Sie überhaupt?“

„Die Jagd beginnt, Monsieur Rouen. Wir sind gut organisiert. Seien Sie sicher. Aber wenn wir den Vorsprung der Täter aufholen wollen, brauchen wir einen Durchsuchungsbefehl für das Stahlwerk St. Augustin!“

Am andern Leitungsende trat eine Pause ein. Mireille Wéber griff sich an die Stirn: Das war kein gutes Zeichen! Da brach auch schon das Geschrei des Gefragten wie ein Gewitter über das Polizistenteam herein.

„Bongard! Sind Sie irre? Der Wohltäter! Was soll das? Haben Sie Beweise?“

Der Inspecteur antwortete gefasst: „Monsieur Rouen, nein, aber alle Erfahrung spricht für seine Verstrickung in den Fall. Selbst hartgesottene Mafiosi wollten vermutlich dem Wohltäter Millionen zahlen und Kokain aushändigen!“

Am Telefon holte der Oberstaatsanwalt hörbar Luft. Bongard kannte ihn gut genug, um zu wissen: Der Mann rang um Fassung und würde gleich mit einer geharnischten Antwort loslegen.

Schnell erklärte Bongard noch: „Selbstverständlich werden wir den Wohltäter loben und dafür werben, dass wir doch alle seine Mörder finden wollen. Vertrauen Sie mir!“

„Vertrauen?“, dröhnte es zurück. „Vertrauen ist gut, Kontrolle ist besser. Gutes altes Sprichwort. Nein, Bongard, selbst bei Ihren Fähigkeiten, oder: Nein, gerade deswegen, können Sie sich getrost aus dem Stahlwerk raushalten. Sie schaffen das auch auf anderen Wegen. So, das wäre es, und stören Sie nicht wieder unnötig!“

Es klickte am Ende der Leitung, und nur noch das leise Summen des Citroen-Motors war zu hören. Agent Wéber sah kurz zu ihrem Chef, der mit den Zähnen knirschte und dem die Farbe aus dem

Gesicht gewichen war. Ein Rotkreuz-Schild über dem Boulevard wies die Richtungsänderung zum Hospital an und Wéber bog ab.

„Vielleicht geht es mit dem Zeugen schnell voran", meinte sie. Ihre Stimme sollte tröstlich klingen.

Bongard schüttelte den Kopf. „Ich fürchte, der liegt im Koma, und ob ein Angehöriger des Drogen-Syndikats sich kooperativ zeigt, wage ich zu bezweifeln."

Wéber erreichte den Chemain Saint Foy und hielt bald direkt neben dem Hauptportal. Sie setzte Blaulicht auf den Wagen, stieg behände aus und winkte Bongard, ihr gleich zu folgen. Das tat er auch, seufzend. Gut, dass Mireille auch einmal Zugpferd sein konnte, wenn er schwächelte. Bald standen sie am Empfangstresen und zückten ihre Dienstmarken.

„Sûreté du Quebec, es geht um den eingelieferten Chauffeur mit Bauchschuss. Wir brauchen dringen Informationen!"

Die Pförtnerin sah auf einen Zettel und meinte:

„Sie wurden schon erwartet. Bitte gehen Sie ins Zimmer gegenüber!"

Die beiden drehten sich um und begaben sich zu dieser Tür mit Aufschrift: „Privat".

Eine Lautsprecherdurchsage war zu hören: „Oberärztin Lefèvre dringend zur Befragung!"

Kaum war die Durchsage verklungen und die Tür hinter den beiden Polizisten zugefallen, wurde sie schon wieder aufgerissen.

Eine große Frau in Weiß mit Schutzmaske stürzte herein, hielt kurz inne und verschloss die Tür hinter ihr wieder sorgfältig, sodass niemand ihrem Gespräch folgen konnte.

„Lefèvre, Leiterin Intensiv, das ist gleich nebenan!"

Der Inspecteur musste den Kopf in den Nacken legen. Er sah zu ihr hinauf, dann verbeugte er sich höflich und erklärte: „Bongard mein Name, leitender Ermittler in, Sie wissen schon, hier meine Kollegin Wéber."

Die Ärztin nickte.

„Was können Sie uns zum verletzten Chauffeur sagen?"

„Chauffeur?", fragte die Ärztin zurück.

„*Mittäter* wäre wohl die korrektere Bezeichnung", ergänzte Agent Wéber. „Jedenfalls wäre eine Befragung, wenn möglich, sehr wertvoll für die Ermittlungen."

„Kann ich mir vorstellen." Die Ärztin nickte. „Also: doppelter Bauchschuss. Die Aorta zum Glück nicht verletzt. Milz und Leber wurden teilreseziert und genäht. Eben ist der Bauchverschluss dran, machen die Kollegen."

„Er wird überleben?"

Die Ärztin nickte wieder.

„Wann wird eine Befragung möglich sein?"

Schulterzucken. „Also leider besteht ein Schockzustand. Das kriegen wir schon hin. Aber zunächst bleibt der Patient beatmet."

„Verstehe", beeilte sich Bongard zu sagen. „Wir sind dankbar für Ihr Engagement. Bitte teilen Sie uns mit, sobald es möglich ist, den Patienten zu vernehmen."

„Wird gemacht."

„Und die persönlichen Daten des Betreffenden?", fragte Wéber.

„Ach ja, bitte sehr!" Sie überreichte der Polizistin einen Zettel.

„Andrew Forster", las Weber, „ein Anglokanadier?"

„Hört sich so an, wenn der Name stimmt", bemerkte Bongard und reichte der Ärztin die Hand. „Nochmals vielen Dank, wir sind Ihnen sehr verbunden. Weiter viel Erfolg!"

1000 JAHRE

Agent Wéber fuhr den Wagen fort vom Haupteingang der Klinik hin zu einem ruhigen Parkplatz. Sie blickte fragend auf ihren Chef. Das hatte sich so eingespielt bei ihnen, wenn die Assistentin die vereinbarten Arbeitsschritte geleistet oder wenigstens begonnen hatte und eine neue Ansage nötig war. Die frühe Frühlingssonne schien durch die Blumenstauden neben dem Trottoir und warf Lichtbögen auf das Gesicht des Inspecteurs, Lichtbögen, die im leisen Rhythmus der sich im Wind beugenden Stauden schwankten. So wirkte sein Gesicht besonders blass. Ungeniert knirschte er mit den Zähnen.

„Enttäuscht?", fragte sie und berührte leicht seine linke Hand, die zur Faust geschlossen auf den Armaturen lag.

Es dauerte, bis er nickte und die Faust sich löste.

„Rouen und sein Misstrauen?"

Wieder nickte Bongard.

Mireille Wéber lächelte. „Was erwarten wir denn auch anderes von ihm?"

Bongard atmete tief durch.

„Aber Paul, wir haben doch uns und ganz viel Vertrauen, oder?"

Das Gesicht des Inspecteurs entspannte sich. „Sicher. Mireille, du könntest meine Tochter sein."

„So fühle ich mich auch manchmal."

„Und wie fühlt sich das an?"

Jetzt grinste Mireille breit. „Gut! Und so darf es bleiben!"
Jetzt lächelte sogar Bongard.

„Wohin denn nun?"

„Ach, fahr mal langsam weiter, die Westachse entlang."

Wéber startete und fuhr los. „Ich erinnere: Du hast keine Kinder?",
führte sie die Unterhaltung fort. Bongard nickte nur. „Entschuldige,
ich kann gut verstehen, wenn du jetzt nicht darüber reden willst."

Bongard schüttelte den Kopf. „Ach, du kannst ruhig mehr wissen."
Er blickte auf die Baumkronen der Boulevardallee und erzählte.
„Verheiratet war ich nie. Es ging einfach nicht. Also, ich wurde ja
in Deutschland geboren."

Wéber nickte. „Hast du schon einmal erzählt. Aix la Chapelle.
Charlemagne!"

Jetzt lachte Bongard. „Der Kaiser, selbst hat er sich gekrönt!
Geklaut hat er die Marmorsäulen seines Doms aus Italien, der Gauner.
Dann starb er an einer Lungenentzündung. Wurde erst nicht gefun-
den. Irgendwann angeblich doch und begraben. Irgendwo. Auch
die Grabesstätte wurde angeblich wiedergefunden. Seine Knochen,
wenn es die denn sind, ruhen heute in Goldvitrinen oder in einem
Goldschrein im Kaiserdom. Diese Stadt war ein Kriminalfall von
Anfang an!" Wieder lachte Bongard.

Dann wurde er ernst. „Die Nazis haben unsere Familie zerstört.
Zwei Großonkel, also Brüder meiner Großmutter mütterlicherseits,
kamen im Konzentrationslager um. Weil sie englische Sender gehört
hatten. Der Großvater war Parteimitglied und glühender Anhänger
neuer deutscher Größe. Was sich änderte, als er das Morden an Juden
in Polen mitmachen sollte. Da war er zur Wehrmacht geflohen und
ist an der Ostfront gefallen. Er hatte begriffen, was an Unfassbarem
geschah. Was für die Welt nach dem Krieg offensichtlich wurde,
wird noch in tausend Jahren nicht vergessen sein. Das sind meine
Furcht und meine Hoffnung zugleich."

Bongard schwieg lange. Still fuhr Wéber weiter westwärts.

„Um es abzuschließen", fuhr Bongard fort. „Die Familie war schon
zerstört, entzweit in Nazis und diejenigen, die das nicht ertrugen.

Misstrauen machte fortan jede Beziehung unmöglich. Keiner von denen, die nachkamen, hat eine Beziehung aufrechterhalten können. Das furchtbare Misstrauen ist uns allen ins Herz gepflanzt. Gut vielleicht, um Polizist zu werden. Das hatte ich mir vorgenommen, als ich volljährig war und nach Kanada zog, um alles hinter mir zu lassen. Ist ja auch gelungen. Nur, Vertrauen zu einer Beziehung hatte ich nie. Heute vielleicht!" Jetzt lächelte Bongard. „Aber jetzt ist es zu spät dafür. Man lebt nur einmal!"

Wéber lächelte auch und meinte: „Dafür hast du vielen Menschen Vertrauen und Zutrauen gegeben. Ja, die Menschen vertrauen dir als Polizist."

Beide schwiegen erneut. Der Citroen erreichte die nächste Wegkreuzung.

„Aber Paul, wohin denn nun?"

„Richtung St. Augustin."

„Doch ins Stahlwerk?"

Bongard schüttelte den Kopf. „Nein, noch nicht. Aber es hat damit zu tun. Die letzte Siedlung von Quebec City, in fünf Kilometern etwa rechts ab. Rue de Travaille."

„Travaille?"

„Richtig, eine Siedlung für Stahlarbeiter von St. Augustin."

„Aha", meinte Agent Wéber und wartete auf weitere Erläuterungen.

Bongard fuhr fort: „Als ich heute zum ersten Mal das Gesicht von Harold McCartey sah und über das Stahlwerk geredet wurde, da klingelte es bei mir. Es stieg in mir hoch, die Erinnerung an Fälle der letzten sechs Jahre im Stahlwerk. Wenigstens drei Vermisste waren es."

„Die verschwundenen Stahlarbeiter?"

„Genau, damals fingst du ja bei uns an, Mireille. Eine Leiche der drei wurde nie gefunden. Ein Vierter hatte zunächst überlebt und nur einen Arm verloren. Die Ehefrau des letzten Verschwundenen aber hatte ich vor einem Jahr befragt. Ergebnislos. Jetzt tauchte sie in unserer neuen Ermittlung wieder auf."

Agent Wéber wies auf die Straßenschilder hin. „Hier abbiegen?"

„Ja, Nummer vierundsechzig, halte gleich davor."

„Mach ich. Aber ich verstehe die Verbindung von den Stahlarbeitern zu unserem Fall von heute noch nicht."

„Es geht um den Dealer, der von einer Luftgewehrkugel im Auge getroffen wurde und an einer Hirnblutung starb: Mario Canetti. Er ist ein weitläufig Verwandter unserer Pizzeria-Familie!"

„Deshalb wird dir das jetzt wichtig?"

„Richtig. Es war ja vor einem Monat möglicherweise nur ein Unfall an der Schießbude, von wo ihn eine Kugel aus dem Luftgewehr ins Auge traf. Wir durften uns deshalb nur zu zweit damit abgeben, ohne Unterstützung. Du, Mireille, hast doch den Budenbesitzer bearbeitet. Mit dem Ergebnis der Information, dass vermutlich irgendein junger Mann einer dort bekannten dicken Prostituierten einen Riesenteddy schenkte."

„Weiß ich", bestätigte Agent Wéber. „Wir sind da." Sie parkte am Rand des Trottoir und zeigte auf die Hausnummer: „Hier: Vierundsechzig!"

Bongard räkelte sich auf dem bequemen Sitz des Citroens und fuhr fort: „Wir schickten die Sitte in das Bordell des Viertels und bekamen den Namen der Prostituierten. Du hast dann mit ihr gesprochen."

„Richtig. Eine äußerlich einfältig wirkende Frau, die im Gespräch aber sehr klug antwortete. Leider drogenabhängig. Jedenfalls deckte sie den jungen Mann konsequent und rückte seinen Namen nicht heraus."

„Genau. Das muss Liebe sein. Selbst bei einer Prostituierten. Da habe ich mal in ihrer alten Schule nachgefragt. Der Klassenlehrer wusste, dass sie neben einem John Stewart saß, den alle ‚John Irving' nannten. Die zwei waren sehr vertraut miteinander."

„Und nun?"

„Nun gehen wir zu seiner Mutter. Deren Mann ebenfalls verschwunden ist. Die wohnt hier."

Mireille Weber wurde nachdenklich. „Immer wieder das Stahlwerk. Du meinst?"

Bongard nickte. „Zu viele Zufälle. Die bringt das Leben nicht zustande. Vielleicht gibt uns die heutige Vernehmung etwas an die Hand!"

„Um das Stahlwerk einmal zu besuchen?"

Bongard lächelte. „Genau. Wenn schon kein Durchsuchungsbefehl zu erwirken ist."

„Und der Oberstaatsanwalt?"

Bongard machte eine wegwerfende Handbewegung. „Egal. Kann ich ihm doch alles erklären. Wenn er immer noch nicht will, schlimmstenfalls: Dann geh ich eben in Pension!"

„Und du schaffst dir endlich einen Hund an!"

„Einen Neufundländer!"

„Wünschst du dir?"

„Genau. Und du, liebe Mireille, übernimmst meinen Leitungsposten!"

Mireille Wéber lachte. „Alles zu schön, um wahr zu sein! Komm, wir steigen aus und versuchen unser Glück!"

11. KAPITEL

RUE DE TRAVAILLE

"LIEBT EURE FEINDE. TUT GUTES DENEN. DIE EUCH HASSEN."
LUKAS-EVANGELIUM. KAPITEL 6. VERS 27

Die Tür im fünften Stock des Wohnturms der Arbeitersiedlung öffnete sich. Paul Bongard sah kurz auf seine Uhr. Fünf Minuten hatten sie geduldig gewartet nach dem Klingeln. Die Frau im lockeren Jogging-Anzug starrte ihn an, ohne an der Zigarette zu ziehen, die mit langer Asche in einem Mundwinkel hing. Ihre weit aufgerissenen Augen wirkten auf Bongard unheilverkündend. Er zeigte ihr seine Dienstmarke.

Eben wollte Agent Wéber das Wort ergreifen und beide höflich vorstellen, da spuckte die Frau vor ihnen die Zigarette aus dem Mund und schrie.

„Was wollen Sie? Sie waren schon vor einem Jahr hier! Ich weiß nichts! Nur eines weiß ich: Ich hasse euch Männer. Alle Männer sind Verbrecher! Jetzt ist auch mein Sohn abgehauen!"

Sie sprang vorwärts, warf sich auf den Inspecteur und krallte ihre Finger in seinen Hals. Unter Geschrei riss sie ihm blutige Wunden. Agent Wéber wirkte einen Augenblick wie erstarrt. Dann trennte sie mit geübtem Polizeigriff beide und drängte die Frau in die Wohnung. Die Bewohnerin schrie weiter und trommelte mit beiden Fäusten auf die Brust der Polizistin.

Die redete fortwährend ruhig auf sie ein. „Ich verstehe Sie. Alles ist schwer genug. So viel haben Sie verloren. Ihren Mann. Es sind fast immer die Männer, die Verbrechen verüben. Das stimmt ja. Wir wollen Ihnen helfen. Setzen wir uns doch."

Beide waren ins Wohnzimmer gekommen und sanken auf das verschlissene Polstersofa. Agent Wéber hielt sie in ihren Armen. Diese Frau weinte tatsächlich. Der Inspecteur hatte sich erst torkelnd an der Zarge der Wohnungstür festgehalten. Er betupfte mit einem Taschentuch die Halswunden und richtete sich wieder auf. Dann trat er in den kurzen Flur, schloss die Wohnungstür und blieb neben dem Eingang zum Wohnzimmer stehen. Er bedeutete Agent Wéber mit einem Wink, alleine weiterzumachen.

„Madame, was brauchen Sie?" Johns Mutter hing lange in den Armen der Polizistin, ohne etwas zu erwidern. Sie wirkte apathisch, ihre Tränen aber waren rasch versiegt. Schließlich atmete sie tief ein und brachte ein Wort heraus: „Geld!"

„Das verstehen wir. Es gibt sicher eine Möglichkeit. Die Rente Ihres Mannes steht Ihnen voll zu. Das Stahlwerk gibt zusätzlich auch eine Betriebsrente. Und es gibt Waisenrente für die Kinder. Wissen Sie was?" Agent Wéber konnte die Frau jetzt aus ihren Armen lassen. Beide setzten sich aufrecht.

„Wir wissen, das ist alles kompliziert. Aber die Polizei kann immer etwas tun. Ich persönlich werde alle Rentenkassen anrufen und die Höhe Ihrer Einkünfte berechnen lassen. Die steigen schließlich jedes Jahr. Versprochen!"

Johns Mutter nickte und tastete mit fahrigen Händen nach einer Medikamentenschachtel auf dem Wohnzimmertisch. Zitternd drückte sie eine Tablette aus dem Blister und steckte sie unter die Zunge. Die Hände wurden ruhig. Dann griff sie nach einer weiteren Zigarette und suchte Streichhölzer. Die Polizistin fand sie rasch und gab ihr Feuer. Nach einem tiefen Zug aus der Zigarette, den sie lange in der Lunge behielt, stieß zwischen ihren trockenen Lippen den Rauch aus.

„Was wollen Sie eigentlich? Warum sind Sie wirklich gekommen?"

„Ich verstehe Ihr Misstrauen. Aber wir wollen wissen, wo Ihr Sohn ist, und Ihnen helfen, Madame. Ihnen als Familie!"

„Verstehe ich nicht."

Mit Spannung verfolgte der Inspecteur, wie seine Assistentin mit Johns Mutter umging.

„Ihnen ist doch geholfen, wenn John weiter Geld verdient, nicht wahr?"

Die Mutter nickte.

„Wir brauchen ihn als Zeugen. Sie können uns helfen, ihn zu finden. Wo könnte er sein?"

Die Angesprochene nahm wieder einen Zug aus der Zigarette, hielt diese mit angewinkeltem Arm über den Wohnzimmertisch und fegte mit ihrer freien Hand Asche von der Jogginghose.

„John war krank, vier Tage. Heute hat er sich in aller Frühe wohl aus dem Staub gemacht. Denn er hat nichts gesagt."

„War er vielleicht zu einer geregelten Arbeit gefahren?"

„Glaub ich nicht!"

„Wieso?"

Von weiteren Zigarettenzügen unterbrochen, fuhr die Mutter fort: „Er hatte bei einem Schuster gearbeitet, in Bas Ville von Quebec, ein Fjodr sowieso ..."

„Fjodr Schneider, Madame", ergänzte Agent Wéber. „Dort finden wir ihn nicht. Die Werkstatt ist geschlossen."

Madame lachte kurz auf. „Von Ella hat er auch gesprochen. Seine Freundin. Diese Hure! Das hat sich ja doch herumgesprochen. Von wegen fromm! Dann ist er sicher bei ihr eingezogen! Das habe ich im Gefühl. Ha, Männer!"

„Madame, das können wir gerne überprüfen. Wir geben Ihnen Nachricht von Ihrem Sohn. Bestimmt!" Die Polizistin stand auf und gab ihr die Hand. „Au revoire, Madame, wir lassen von uns hören!" Nach einer Weile fügte sie hinzu: „Haben Sie eine Freundin, die Ihnen beistehen kann?"

Nach einem langen Blick ins Leere kam eine Antwort:

„Juliette Rubaix."

„Sollen wir sie anrufen?"

„Nein, mach ich nachher selbst."

Johns Mutter saß von nun an apathisch auf ihrem Sofa und sagte nichts mehr. Der Inspecteur nickte, winkte seiner Assistentin und beide entfernten sich still aus der Wohnung.

Auf dem Trottoir atmeten sie tief durch.

„Ah, frische Luft!", freute sich der Inspecteur und tupfte nochmals mit dem Taschentuch die Halswunden ab, deren Blutung zum Stillstand gekommen war.

„Ach Paul, das tut mir leid." Wéber reichte ihm einen Schal. „Das deckt gut, niemand braucht die Wunden zu sehen. Das konnte doch vorher keiner ahnen!"

„Nicht so schlimm, Mireille. Ich bin Tetanus-geimpft. Komm, steigen wir in den Wagen. Diese Szene hat mich auf etwas gebracht."

Bald saßen beide im Citroen und die Polizistin startete.

„Zurück zum Tatort?"

Der Inspecteur nickte, legte den Schal sorgfältig über die Wunden und wählte wieder an der Freisprechanlage.

„Nochmals Monsieur Rouen?"

„Nein, Mireille. Ach, da geht das Freizeichen!"

Es tutete nur kurz und ein Mann meldete sich. „Chernier! Inspecteur?"

„Richtig, ich bin es. Sie waren doch vor einem Jahr dabei, als der Mann im Stahlwerk seinen Arm verlor? Der vorletzte der ungeklärten Fälle dort, der später seiner Verletzung erlag."

„Stimmt. Wie kommen Sie darauf?"

„Haben Sie nicht Blut abgenommen und eine breite Drogenuntersuchung gemacht?"

„Stimmt auch, Chef."

„Wie hieß der Mann nochmal?"

„Rubaix, Antoine Rubaix."

Bongard nickte zufrieden. „Habe ich doch richtig in Erinnerung. Also, worum es mir geht: Wir waren eben bei der Exfrau oder Witwe des letzten Stahlarbeiters, der verschwand. Diese Frau hat Lorazepam auf dem Tisch. Zur Beruhigung. Oder zur Sedierung. Was kam damals bei Rubaix heraus? Die Blutprobe, meine ich!"

„Weiß ich nicht im Moment, sehe ich nach."

„Heute noch?"

„Heute noch!", bestätigte Chernier, „gegebenenfalls kann ich das aus verwahrten Proben nachbestimmen."

Agent Wéber steuerte ins Zentrum. „Gleich sind wir da. Sollten wir nicht Ella aufsuchen?"

„Das werde ich auch tun, anschließend. Aber mit Catherine Viella, der Neuen, die mich vorhin chauffiert hat!"

„Wirst du mir untreu, Paul?" Beide lachten. „Du führst was im Schilde!"

Bongard schmunzelte. „Na ja, wir werden sehen, vielleicht schlage ich zwei Fliegen mit einer Klappe!"

Wéber schmunzelte auch. „Du willst ihr auf den Zahn fühlen! Was gibst du als Grund an für ihre Begleitung?"

„Du musst doch alles vor Ort koordinieren und die Sitzung vorbereiten, alle Auskünfte und Daten sammeln. Ist doch klar, dass du keine Zeit hast!"

„Und du selbst, Paul, hast du Zeit für irgendetwas außer den neuen Morden?"

„Wir müssen uns die Zeit nehmen, die wir brauchen. Alles hängt zusammen, Mireille. Die Spur führt jetzt schon zu Ella. Der tote Dealer gehörte ja zur selben Familie der italienischen Mordopfer!"

12. KAPITEL

RUE NOIRE

„DIE ZÖLLNER UND DIRNEN HABEN IHM GEGLAUBT."
MATTHÄUS-EVANGELIUM, KAPITEL 21, VERS 32

An der Hofzufahrt von Pizzeria und Schusterwerkstatt hielten Kastenwagen der Kriminaltechniker, die mit den Särgen beladen wurden. Für Bongard gab es einen fliegenden Wechsel. Agent Wéber suchte Catherine Viella und schickte sie zu ihm. Im Laufschritt eilte Viella herbei und stieg zügig in den Wagen.

Bongard begrüßte sie freundlich. „Salut, Madame Viella! Wir kennen uns ja schon von heute Morgen. Danke, dass Sie Wéber ablösen. Die muss hier koordinieren und anschließend die erste Sitzung vorbereiten."

„Salut, Inspecteur. Wohin geht es?"

„In die Bas Ville, Boulevard Charest, Nebengasse, ich zeige es Ihnen."

„Und dann?" Viella startete den Citroen und wendete.

„Ein Verhör, also, das wäre zu viel gesagt. Nein, eine Unterhaltung, es geht um Auskünfte und Einkünfte. Von Ella Bouvier, Künstlername Fitzgerald." Der Wagen rollte ruhig südwärts. Nach einer Weile fügte Bongard hinzu: „Madame Viella, schön, dass Sie mich fahren. Aber Sie sollen auch etwas lernen, über Vernehmungen zum Beispiel."

Agent Viella lächelte breit. „Da freue ich mich!"

Bongard freute sich ebenfalls, wenn auch, wie er dachte, aus anderem Grund. Er wies den Weg. Es war eine kurze Fahrt. „Hier, Rue Noire", Bongard deutete auf die nahende Kreuzung, „dort das letzte Haus." Bald kam der Citroen zum Stehen. „Bevor wir aussteigen!"

Der Inspecteur sprach laut mit auffordernder Stimme, wandte sich dann der Polizistin zu und sprach mit vertraulich leiser Stimme:

„Ella ist eine alte Schulfreundin von John Stewart, der den Spitznamen John Irving bekam. Dieser hat vielleicht dem Dealer Mario Canetti ins Auge geschossen, mit tödlichen Folgen."

„Wieso ist Irving nicht längst verhaftet?"

„Wir sind erst jüngst auf die Spur gestoßen. Dieser Mario gehört zur Familie des ermordeten Pizzeria-Besitzers, also weitläufig. Wenn wir John finden wollen, ist Ella wichtiger denn je."

Die Augen der Polizistin weiteten sich mit jedem Wort, das der Inspecteur ihr mitteilte. Sie machte einen geradezu begierigen Eindruck auf ihn.

„Ella arbeitet als Prostituierte. Das wäre erstmal alles, was Sie wissen müssen!"

Viella nickte. Die beiden stiegen aus und begaben sich zum Eingang des schmucklosen Beton-Mietshauses. Bongard suchte und fand die Klingel mit Aufschrift „Ella Fitzgerald" und drückte darauf.

„Warum sollte sie öffnen?", fragte Catherine Viella.

„Ach so, vergaß ich zu erwähnen", raunte Bongard ihr zu. „Ich habe mich als Freier angemeldet, vorhin, als ich auf Sie gewartet habe, Kollegin."

Ein Summer ertönte und die Haustür ließ sich öffnen. Bongard stieg voran die Treppe zum ersten Obergeschoss. Oben öffnete sich eine Wohnungstür und eine dicke Frau in knappem rosa Negligé trat heraus.

„Oh, welch schmucker Mann!", bemerkte sie lächelnd. „Du hast Glück, dass ich gerade frei bin!"

Oben angekommen, bemerkte Bongard einen Wechsel ihres Gesichtsausdrucks. Agent Viella, die sich auf leisen Sohlen hinter dem Inspecteur bewegte, geriet in ihr Gesichtsfeld. Bongard zog seine Dienstmarke und verbeugte sich höflich.

„Pardon, Madame, Bongard mein Name, Inspecteur der Sûreté du Quebec. Das ist meine Kollegin Viella, dürfen wir eintreten?"

Ella ging voran in die Wohnung und winkte lässig.

„Mich kann nichts mehr überraschen. Sind Sie von der Sitte?"

Im Vorbeigehen griff sie einen Morgenmantel von der Garderobe, zog ihn an und schlang ihn eng um sich.

„Nein Madame, darum geht es nicht!" Bongard sah, dass Agent Viella die Tür geschlossen hatte und neugierig das große Zimmer betrachtete, das direkt hinter dem kurzen Flur lag. Rosa war auch hier die vorherrschende Farbe: die Wände, die Bezüge des Doppelbettes, die einladend aufgedeckt waren, dazu Windlichter mit rosa Kerzen. In einer Ecke saß ein Riesenteddy. Gegenüber brannte eine größere Kerze vor einem kleinen goldenen Schrein, der aussah wie ein Tabernakel.

Bongard wies mit dem Kopf auf das Stofftier, sah Viella an und zog die Augenbrauen bedeutsam hoch.

„Ich erkenne Sie wieder", begann Ella, die sich rasch gefangen hatte, „vor zwei Monaten waren Sie doch schon mal hier!"

Bongard betrachtete ihre Mimik ganz genau.

„Meine Arbeit hier?", fuhr sie fort, „nur ein Nebenverdienst! Es macht mir Spaß!" Ella lächelte.

„Das glaube ich Ihnen", meinte Bongard. „Hauptberufliche Prostitution ist seit dem Urteil des Obersten Gerichtshofs 2014 verboten. Woher beziehen Sie denn sonst Ihren Verdienst?"

Ella lächelte weiter und schmetterte eine Tonleiter in C-Dur. „Gesang und Variété im Bohème", erklärte sie, „dem Clubrestaurant der Stahlarbeiter von St. Augustin!"

„Madame, jüngst konnten wir ermitteln, wer Ihnen den Teddy geschenkt hat: John Stewart. Seine Mitschüler nannten ihn John Irving!"

Das Lächeln in Ellas Gesicht erstarb. Sie presste die Lippen aufeinander. Bongard sah Gänsehaut auf ihren freien Unterarmen, die leicht zitterten.

„Was können Sie uns dazu sagen?"

„Warum sollte ich?" Die schmalen Lippen und kleinen Augen zeugten von Angst und Misstrauen.

Bongard bereute jetzt, Agent Wéber nicht dabeizuhaben. Er musste es selber schaffen, eine vertrauensvolle Gesprächsbasis mit Ella zu finden. „Madame", sprach er leise, „Ihnen kann und wird nichts zur Last gelegt. Ihr alter Schulfreund aber gerät ins Visier der Drogenmafia. Er braucht Schutz."

„Um dann im Gefängnis liquidiert zu werden?"

Bongard schüttelte den Kopf. „Diese Zeiten sind vorbei."

„Was werfen Sie ihm vor?"

„Nichts, Madame, gar nichts. An der Schießbude, das war ein Unfall. Aber die Drogenmafia versteht keinen Spaß und jagt ihn. Sie können ihm helfen!"

Ella sank auf die Bettkante, saß einen Moment teilnahmslos und winkte dann ab.

„Ich weiß nicht, wo er ist. Nur, dass er weg ist. Und klug. Den mag jagen, wer will, den kriegt keiner."

Bongard schwieg. Agent Viella ebenfalls. Schließlich griff Bongard in seine Manteltasche.

„Hier Madame, meine Visitenkarte. Sie können mich jederzeit anrufen."

Ella nickte. Der Inspecteur winkte seiner Begleitung zu und verließ leise die Wohnung mit ihr. Er wusste, dass er jetzt aufpassen und vorsichtig formulieren musste, wenn er alle seine Absichten verwirklichen wollte.

Sie verließen das Haus und stiegen wieder in den Streifenwagen. Agent Viella starrte geradeaus und umklammerte mit den Händen das Lenkrad. Dann löste sich ihre Haltung und sie wandte sich dem Inspecteur zu.

„Das war nicht aufschlussreich, oder?"

„Meinen Sie?"

„Was meinen Sie?"

Bongard war jetzt sehr wachsam. Offenbar beherrschte Viella taktisches Geplänkel wie ein Ping-Pong-Spiel. Das war keine Anfängerin! Bedächtig wiegte er seinen Kopf hin und her.

„Ohne Druck geht es, glaube ich, nicht."

„Womit denn?", kam es von Viella wie aus der Pistole geschossen.

Bongard grinste, aber nur innerlich und verzog keine Miene. Er wandte sich der Polizistin vollständig zu und raunte:

„Das geht nur mit einer geheimen Aktion! Wollen Sie mir einen Gefallen tun, der unter uns bleibt?"

Viella runzelte fragend die Stirn und nickte mit ernstem Gesicht.

„Melden Sie sich bei der Sitte", erklärte Bongard, „die sollen im Bohème eine Razzia machen. Aber umgehend!" Bongard drehte sich wieder um und blickte nach vorne. „Fahren wir bitte ins Präsidium. Das Bohème: Dort wird widergesetzliche Prostitution getrieben. So sicher wie das Amen in der Kirche."

Viella startete den Motor und fuhr an.

„Ella bekommt Ärger mit ihrem Arbeitgeber und braucht uns. Dann sind wir so weit", bemerkte Bongard noch.

Viella bog bereits aus der Rue Noire auf die Hauptstraße. Gelassen blickte Bongard auf die Boulevardszene.

„Ich kann mich auf Sie verlassen, Madame Viella?"

„Bien sûr, Inspecteur!" Ihre Stimme klang fest und sicher. Ruhig fuhr sie den Streifenwagen.

13. KAPITEL

SONDERERMITTLUNG

„WER SUCHT, DER FINDET."

MATTHÄUS-EVANGELIUM, KAPITEL 7, VERS 8

Bereits dreißig Minuten vor 5 Uhr Nachmittag saß Inspecteur Bongard an seinem Stammplatz im Sitzungsraum. Er musste sich beruhigen. Die Wunden hatte er inzwischen zu Hause desinfiziert, mit weißem Pflaster belegt und darüber einen Rollkragenpullover gezogen.

Jetzt also diese Riesenversammlung. Eine Sonderermittlung war angeordnet. Immer wieder hatte er sich gewünscht, einfach nur alle Daten auf seinem Laptop abzurufen und einzelne Beamten zu sich bitten zu dürfen. Alle waren dagegen, alle, außer seinen engsten Vertrauten, voran Mireille Wéber. Chernier gehörte inzwischen auch dazu. Der Oberstaatsanwalt bestand aber auf diesen Sitzungen. Dabei sagte er nie etwas. Fast nie. Gott sei Dank. Aber alle, die Informationen zutrugen, waren immer stolz und glücklich, hier vortragen zu dürfen. Oh doch, er, der leitende Inspecteur, war durchaus teamfähig. Aber in einem kleinen Team funktionierte es nach seiner Erfahrung besser. Bongard seufzte und blickte um sich.

Zehn moderne Klapptische waren herbeigerollt und aufgestellt worden. Helle Buche. Schön. Sie bildeten ein Hufeisen, an dessen Stirnseite er jetzt saß. Unter Neon-Arbeitslampen. Total ungemütlich. Der Blick geradeaus versöhnte ein wenig. Das Bedürfnis nach Tee, Kaffee und einem Happen zwischendurch war spät beachtet worden, jedenfalls zu spät für die Planung dieses Raumes. Es gab kein Budget für eine Küche. Also hatten Freiwillige eine ausrangierte Kiefernholzküche aufgegabelt und installiert. Davor wurde eine Sitzgruppe aufgestellt, die aus gleichem Holz und einem Tisch, der runde Abschlüsse hatte, bestand. Mit diesem warmen Holzton strahlte das Mobiliar ein wenig Gemütlichkeit aus.

Soeben ließ Hausmeister Lemère eine Leinwand von der Decke herunterfahren, die den einzig schönen Teil des Raumes dadurch verbarg. Bongard seufzte und klappte lustlos seinen Laptop auf. Schon eilte Lemère herbei und stöpselte das Kabel der Beamer-Anlage daran.

„Was wollen Sie zeigen, Inspecteur Bongard?", fragte er dienstbeflissen.

Dieser tippte auf dem Laptop herum und meinte: „Wie immer, Folie Nummer eins!" Die Leinwand flammte hell auf und es erschien Bongards Lieblingsliste. Laut las er sie vor, als wolle er sich seiner eigenen Arbeitsstruktur vergewissern:

„Vorgehen:
    1. Was ist geschehen?
    2. Ermittlungsresultate bisher.
    3. Der aktuelle zusammenfassende Ermittlungsstand.
    4. Schlussfolgerungen und mögliche weitere Zusammenhänge.
    5. Aufgabenverteilung."

Geschäftig eilte der Hausmeister weiter und stöpselte noch mehr Kabel und drückte zahlreiche Knöpfe. Wie leises Meeresrauschen erklang zunehmendes Gemurmel, Begrüßungen flogen hin und her. Bongard hatte die Augen geschlossen und suchte nach Antworten auf diese von ihm so oft gestellten Fragen. Dann bemerkte er ein Stühlerücken direkt neben sich. Wéber und Chernier hatten zu seiner Rechten und Linken Platz genommen.

„Inspecteur?", fragte Agent Wéber höflich.

Er öffnete die Augen, sah auf die Uhr über der Eingangstür, die sich jetzt schloss, und nickte. Seine Assistentin schlug einen kleinen Metallklöppel an eine buddhistische Schale, sein Mitbringsel von einem Nepal-Urlaub. Ein angenehmer Klang verbreitete sich, das Gemurmel erstarb. Etwa zwanzig Frauen und Männer hatten Platz genommen.

„Sehr verehrte Damen und Herren", begann der Inspecteur, „ich begrüße Sie zur ersten Sitzung zu unserem neuen Fall von heute früh, den fünffachen Mord im Hof der Pizzeria Venezia. Dabei möchte ich vorab meinen Dank zum Ausdruck bringen für Ihrer aller Einsatz, der unerlässlich ist, um die Jagd auf den oder die Mörder aufzunehmen." Bongard holte erneut Atem.

Diese Pause nutzte eine dunkle Stimme, um zu ergänzen: „Jawohl, vorbildlicher Einsatz!"

Bongard zuckte leicht zusammen. Rouen! Musste das sein? Als habe der Oberstaatsanwalt seine Gedanken gelesen, kam sogleich die Antwort.

„Harold McCartey, der Wohltäter von Quebec, ist getötet, ja regelrecht hingerichtet worden! Der Innenminister ist erschüttert wie wir alle. Der Fall hat oberste Priorität!"

Bongard schloss kurz die Augen, atmete nochmals tief ein, lächelte in die vollbesetzte Runde und wies auf seine Nachbarin.

„Agent Wéber führt uns in den Sachverhalt ein."

Er wusste, dass er sich auf ihre Diplomatie und auf ihre Fähigkeit, objektiv zu bleiben, verlassen konnte.

Sie stand auf. „Hochverehrter Herr Oberstaatsanwalt, verehrte Mitarbeiterschaft!" Pause.

Der Hochverehrte blickte sie mit zufriedener Miene an.

Wéber wies auf das, was Bongard „Folie eins" nannte. „Was ist geschehen? Schon diese erste Frage kann nicht klar beantwortet werden. Wir sehen aber diese Bilder vom Tatort."

Mit einem Blick zum Hausmeister veranlasste Wéber, dass die ersten Fotos der Ermittlung auf der Leinwand erschienen. Bongard lehnte sich zurück. Ruhig ließ er seine Assistentin darstellen, was bekannt war. Dann wurden weitere Resultate gesammelt, beginnend mit der KTU. Chernier stand auf und beschrieb nochmals die tödlichen Wunden. Allen fünf Toten war in die Stirn oder in die

Schläfe geschossen worden. Nur der erste Mann, ein Waffenträger, der mutmaßlich McCartey schützen sollte, war außerdem mehrfach durch die Brust und an der Halsschlagader getroffen. Die Schüsse kamen von oben, vierter Stock. Fingerabdrücke seien dort gefunden und gesichert worden. Die Recherche in den Kriminalregistern sei bisher ohne Treffer geblieben.

Als die Bilder der Beutel mit Drogen und der Geldkassette erschienen, stand ein Mitarbeiter Cherniers auf und beschrieb kurz die Details. Der Beamer an der Decke verlosch.

Agent Wéber bat die Vertreter der Hundertschaft, die zur Befragung der Nachbarschaft ausgeschwärmt war, erste Erkenntnisse zu berichten. Fünf Beamte standen nacheinander auf, wurden immer von Bongard mit einer freundlichen Namensnennung begrüßt, die er von Wébers Arbeitszettel ablas, so, wie sie mit dem Finger darauf zeigte, und mit einem „Danke, vielen Dank Monsieur!" abschließend belohnte. Die Männer, ja, es waren alles Männer, die berichteten, strafften mit sichtlichem Stolz ihre Haltung und waren sich der Aufmerksamkeit gewiss, auch wenn ihre Ermittlungsresultate sehr spärlich waren.

Agent Wéber schrieb auf ihrem Laptop mit und ließ eine Zusammenfassung auf die Leinwand beamen.

Bevor sie das vortragen konnte, tauchte seitlich der Leinwand ein Kopf auf, der fragte: „Kaffee? Wer möchte?"

Bongard sah sich gezwungen, einzugreifen. „Sehr, sehr freundlich, Monsieur Albert. Bitte warten Sie noch einen Moment bis zur ersten Pause. Der Kaffeeautomat mahlt sehr laut!"

„Sehr wohl, Inspecteur Bongard!" Agent Albert nahm eine stramme Haltung an und blickte auf die Stirnseite des Hufeisens. So konnte er die Daten auf der Leinwand nicht sehen, aber dafür blickte er wie verklärt auf Wébers Mund, die nun vortrug.

„Verständlicherweise ist, bei allem bisherigen Einsatz, der Informationsstand sehr dünn. An den ersten einhundert Meter des Boulevards westwärts des Tatorthofes und am Kreuzungsrondell konnten fast alle Bewohner im Vormittagsverlauf befragt werden. Niemand hat etwas gehört. Kein Schuss wurde registriert. Alle schliefen. Niemand hat etwas gesehen.

Eine Überwachungskamera hat nur das Kreuzungsrondell erfasst, hier fuhren insgesamt dreiundvierzig Fahrzeuge zwischen fünf Uhr und sechs Uhr morgens, der mutmaßlichen Tatzeit, über den Platz. Bis neun Uhr dreißig, als die Schwägerin des ermordeten Pizzabesitzers das Massaker bemerkte, wuchs der Verkehrsstrom beträchtlich an. Die Fahrzeuge des ersten Zeitabschnitts, deren Nummern erkennbar waren, werden zurzeit von einer Sondergruppe überprüft. Bisher ohne greifbares Ergebnis." Wéber pausierte.

„Die Angehörigen? Was ist mit der Pizzeria?", fragte jemand dazwischen.

Wéber nickte. „Familie Venezia. Ein bekannter Clan. Bisher sauber, also nichts nachweisbar. Der Verdacht auf Drogenhandel besteht schon länger. Tot sind jetzt Vater Lombardo und die Söhne Guido und Stefano. Erwähnt werden muss auch, dass der jüngst verstorbene Drogenkurier Mario Canetti zur erweiterten Familie gehört. Das tragische Geschehen heute beweist den Verdacht durch die gefundenen Kokainvorräte. Der erschossene McCartey und sein Begleiter ...“

„Ein unbescholtener Ehrenbürger!", polterte Rouen dazwischen. „Nicht der Hauch eines Verdachts bisher!“

„Selbstverständlich, Herr Oberstaatsanwalt", schaltete sich Bongard ein. „Monsieur McCartey ist hier Opfer und nicht Täter!“

„Das will ich wohl meinen!“

„Für Schlussfolgerungen und Mutmaßungen über die Zusammenhänge ist es ohnehin viel zu früh!", beschwichtigte Bongard weiter. „Agent Wéber, haben Sie die Familie McCartey über die traurigen Ereignisse informieren können?“

Mireille Wéber blickte etwas irritiert. Bongard grinste innerlich, weil seine formale Anrede seltsam klang.

„Mireille, bitte!", fügte er hinzu.

Sie fuhr fort: „Hier gibt es keine Angehörigen oder eine Familie. In Ontario, also in Toronto und Ottawa, leben seine geschiedenen Frauen."

Bongard fragte gezielt nach: „Wie viele?"

„Fünf, die letzte Beziehung endete vor zehn Jahren."

„Kinder?"

„Alle Ehen blieben kinderlos."

„Andere weibliche Beziehungspersonen zurzeit?"

„Wahrscheinlich aus der Bohème-Bar", begann Wéber, wurde aber von Rouen barsch unterbrochen.

„Privatsache. Gehört nicht hierher!"

„In der Tat, Mutmaßungen bringen uns nicht weiter, Herr Oberstaatsanwalt", wandte sich Bongard an Rouen.

Dann winkte er heftig in Richtung Leinwand. „Monsieur Albert! Jetzt können wir Kaffee brauchen!" Zu den Anwesenden gewandt, breitete er seine Arme aus und rief: „Danke, nochmals vielen Dank! Unsere Kerngruppe wird die Angehörigen weiter befragen. Wir erwarten auch Ergebnisse Ihrer weiteren Befragungen in der Umgebung des Tatortes. Morgen haben wir die Obduktionsbefunde. Also: morgen wieder hier zur gleichen Zeit!"

Seine letzten Worte gingen schon im lärmenden Mahlen des Kaffeeautomaten unter. Rasselnd fuhr die Leinwand hoch. Eine Kantinenmitarbeiterin war gerufen worden und fuhr klappernd einen Teewagen voller Croissants herein.

„Restbestand vom Frühstücksbuffet!", raunte ihm Mireille Wéber zu.

Bongard nickte und sah Rouen entgegen, der auf ihn zusteuerte.

„Kommen Sie mit nach draußen!" Beidhändig rudernd, bahnte der schwergewichtige Oberstaatsanwalt ihnen einen Weg zum Ausgang.

Dahinter überraschte sie ein Blitzlichtgewitter.

„Herzlich willkommen, verehrte Damen und Herren der Presse!", rief Rouen schlagfertig. Er winkte in alle Richtungen. Bongard bemühte sich, in bescheidener Haltung schweigend zu lächeln. Er würde jetzt ohnehin nicht zu Wort kommen. Kamerasurren ertönte, dazwischen Rufe:

„Haben Sie einen Verdacht? Gibt es eine Spur der Mörder? Wie schrecklich das alles war!"

Rouen breitete die Arme aus. „Schrecklich, schrecklich, Sie sagen es! Die Mörder? Wir kommen ihnen näher. Unaufhaltsam! Wir haben ja Inspecteur Bongard! Nein, nein, keine weiteren Fragen jetzt. Morgen gibt es eine erste Pressekonferenz, um elf Uhr!"

Daraufhin fasste er den Inspecteur am Oberarm, bugsierte ihn den Flur entlang zu seinem Zimmer und schob ihn hinein. Dann schloss er die Tür und blickte er ihn unter fragend hochgezogenen Augenbrauen an.

„Was haben Sie heute Morgen noch unternommen?"

„Monsieur Rouen, etwas noch kann ich berichten, das ist nur für Sie bestimmt!" Das Gesicht des Oberstaatsanwalts hellte sich erwartungsvoll auf.

„Es verdichten sich Hinweise, dass die toten oder vermissten Stahlarbeiter in Saint Augustin – Sie erinnern sich – dass sie vielleicht vergiftet wurden. Mario Canetti, der jüngst von einem Luftgewehr ins Auge getroffen wurde und an einer Hirnblutung verstarb, gehört zum Venezia-Clan. Ermittlungen ergaben, dass ein John Stewart, genannt John Irving, Absolvent des Collège de Jeanne d'Arc, der Schütze mit dem Luftgewehr war. Vermutlich traf er Mario Canetti ohne Absicht. Aber es war ein folgenschweres Unglück. Sein Vater aber war ebenfalls Stahlarbeiter und verschwand vor einem Jahr. Die Mutter haben Agent Wéber und ich heute Vormittag aufgesucht. Sie benutzt schnell wirkende Sedativa. Ihre engste Freundin, eine Madame Rubaix, möglicherweise auch. Chernier von der KTU bestätigte mir vor der heutigen Sitzung, dass der einzig überlebende Stahlarbeiter, der einen Arm verlor, das gleiche Sedativum, nämlich Lorazepam, im Blut aufwies."

Rouen trommelte ungeduldig mit Fingern auf der Zarge der Bürotür.

„Wurde das damals untersucht?"

„Nein, aber heute aus den asservierten Proben nachgeholt."

„Worauf wollen Sie hinaus, Bongard?"

Der Inspecteur lächelte.

„Ein Durchsuchungsbeschluss bei allen Witwen könnte bei Funden an Lorazepam den Zusammenhang erhärten. Die Presse würde bei dem Thema Stahlwerk nicht nur auf Harold McCartey achten."

Der Oberstaatsanwalt zuckte überlegend mit den Augenlidern.

„Soso, gute Idee. Kriegen Sie. Übrigens, was halten Sie von der Neuen?"

„Sie meinen Agent Catherine Viella?"

„Richtig!" Rouen lächelte breit. „Sie hat mich um einen dringenden Beschluss zum Bohème gebeten!"

„Ach ja, das war heute Morgen ihre eigene Idee!", behauptete Bongard.

„Hat sie auch bekommen! Man ist gerade bei der Arbeit!" Stolz wippte Rouen seine massige Gestalt mit seinen Füßen auf und nieder. „Man erkennt doch gleich, ob an einer Sache etwas dran ist! Die Viella habe ich übrigens aus Ontario geholt, war meine Empfehlung an Ihre Chefin Renée Blanche."

„Wo ist Madame Blanche eigentlich?"

„Krank, aber!", Rouen deutete mit dem Zeigefinger vor seinen Lippen das Schweigegebot an.

„Aber ich kümmere mich schon. Na, Salut, Inspecteur, ich habe noch viel zu tun. Sie doch auch!" Mit beiden Händen wedelnd drängte er ihn, sein Büro wieder zu verlassen.

„An die Arbeit, mein Lieber!"

14. KAPITEL

DER VENEZIA-CLAN

„GOTT WIRD ALLE TRÄNEN VON IHREN AUGEN ABWISCHEN."
OFFENBARUNG. KAPITEL 7. VERS 17

Schweren Herzens hatte Inspecteur Bongard zugestimmt, die Befragung der Witwe Venezia in Anwesenheit eines ihrer Verwandten durchzuführen. Ob das denn überhaupt sein müsse? Mit dieser Frage hatte dieser sich spontan telefonisch bei Bongard gemeldet. Die arme Frau sei doch schon so schwer vom Schicksal geschlagen. Was ja stimmte. Und die Sprache sei ja ein Problem. Madame Venezia spreche nur Italienisch. Doch wie immer, wenn Probleme sich häuften, sah Bongard darin auch eine Chance.

Man konnte mehrere Fliegen mit einer Klappe schlagen. Auch, indem er Agent Catherine Viella hinzuzog. Zur Übersetzung, offiziell. Der Verwandte, ebenfalls mit Namen Venezia, stimmte zu. So fanden sich denn drei Personen am frühen Vormittag des Folgemorgens vor der verwaisten Pizzeria ein. Bongard deutete Agent Wéber mit Blicken an, die Neue vorangehen zu lassen.

„Mireille, die Neue soll das mal machen!", raunte er seiner vertrauten Kollegin noch zu.

Ein großer schwarzhaariger Vollbartträger riss regelrecht die Türe auf, als Agent Viella nur zaghaft geklingelt hatte. „Sie sind von der Polizei?", fragte er von oben herab. Brav nickten die drei und zückten ihre Dienstmarken.

„Signor Venezia?", fragte die Viella nach einer gegenseitigen Betrachtungspause. Der Angesprochene nickte, versperrte aber immer noch den Weg und trommelte mit den Fingern seiner rechten

Hand auf den Türrahmen. Die Polizistin stellte mit einer Handgeste die Neuankömmlinge vor.

Schließlich trat Signor Venezia zur Seite und machte eine einladende Armbewegung, die großzügig wirken sollte. Dann erhob er mahnend den rechten Zeigefinger. „Rücksicht, ich darf darum bitten!"

„Selbstverständlich!", bestätigte Agent Viella, die vereinbarungsgemäß das Wort führte. Bongard sollte den rechten Moment für Fragen abwarten. Der groß gewachsene Verwandte schloss die Tür hinter ihnen, schritt voran und führte die kleine Gruppe in den Restaurantbereich.

Es herrschte ein Halbdunkel, in dem am Ende des Raumes eine Person an einem der Esstische zusammengesunken saß. Signor Venezia trat nahe an sie heran und sagte mit einer Stimme, die wohl beruhigend wirken sollte:

„Maria, der Besuch ist hier!" Die auf Italienisch Angesprochene setzte sich mit verweinten Augen auf, richtete den Zeigefinger auf ihren Verwandten und begann zu schreien:

„No, no, Don Corleone! No, no!" Das Schreien ging in ein Weinen über, unter dem sie sich schüttelte. Ihr Verwandter drehte sich zu den Polizisten, hob wie hilflos die Arme und zuckte mit den Schultern.

Agent Viella blickte Bongard an. Der blickte sie aufmunternd an, woraufhin sie Signor Venezia ansprach: „Sie erlauben?" Sie schob ihn einfach beiseite, beugte sich zur weinenden Witwe nieder und sprach leise behutsam mit ihr. Auf Italienisch. Sanft strich sie mit den Händen über die Schultern der Trauernden. Ihr Reden klang wie ein milder Wasserfall. Signora Venezia schien sich zu beruhigen und sagte einige wenige Worte. Dann entzog sie sich den Händen der Polizistin, stand auf, schritt zu einem Marienbild am Tisch gegenüber, kniete sich auf den Boden und versank offenbar im Gebet.

„Signor Venezia?", wandte sich Agent Viella an den Verwandten. Sie wechselten wenige italienische Worte.

„Ach, ich vergaß die Sprache!", meinte sie schließlich zu Bongard und Wéber. „Ich darf übersetzen: Von den furchtbaren Hinrichtungen gestern hat Madame Venezia von ihrer Schwester erfahren. Diese aber können wir nicht befragen."

„Wieso?" Es war das erste Wort, das aus dem Mund des Inspecteurs kam.

„Sie spricht nicht mehr. Kein Wort. Eine Depression. Sie befindet sich in der geschlossenen Abteilung Psychiatrie der Universitätsklinik." Agent Viella neigte den Kopf und hob entschuldigend die Hände. Der Verwandte lächelte höflich.

„Dann wollen wir nicht länger stören. Signora, Signor!" Bongard beendete den Auftritt und führte mit einem Wink die Polizistinnen zum Ausgang. Wortlos schloss Signor Venezia die Tür hinter ihnen. Nach wenigen Schritten aufs Trottoir fragte der Inspecteur nach:

„Madame Viella, was haben Sie noch erfahren?"

„Nichts weiter, Monsieur Bongard. Nur Trauer. Der ungeheure Verlust. Wie es bloß weitergehen solle!"

„Vielen Dank, Madame Viella. Bis zur Sitzung heute Nachmittag!"

„Salut!", grüßte Viella noch kurz, drehte sich um und ging zu ihrem Streifenwagen.

Bongard und Wéber schritten geradezu bedächtig auf Wébers zivilen Citroen zu und stiegen schweigend ein. Die Polizistin wartete auf eine Ansage ihres Chefs. Nichts kam. Schließlich meinte sie:

„Das war wohl nicht ergiebig, oder?"

Bongard lächelte vielsagend und meinte: „Einen Moment, ich kläre noch etwas!" Er nahm sein Mobiltelefon und stellte eine Verbindung her.

„Chernier? Salut! Was hat es ergeben?" Nach einer Weile nickte er, meinte: „Verstehe. Merci bien, Chernier!" und beendete das kurze Telefonat.

Lächelnd wandte er sich seiner Kollegin zu. Die lächelte ebenfalls:

„Ich höre, du wirst mir vieles erklären!"

„Chernier hat mir bestätigt, was ich erwartet habe. Das Bohème. Rouen gab gestern Viella die Bewilligung zu einer Hausdurchsuchung. Worum ich die Kollegin vertraulich gebeten habe. Sie ist gewissermaßen ein Ziehkind des Oberstaatsanwaltes. Jedenfalls wurde heute nichts gefunden. Kein Hinweis auf Prostitution. Im Gegensatz zu meinen Eindrücken vorige Woche."

Es trat eine kurze Pause ein. Agent Weber hob fragend die Augenbrauen.

„Da habe ich doch um ein Rendezvous mit Ella gebeten."

Die Polizistin nickte.

„Also hat Viella das denen gesteckt. Und heute hat sie uns nicht gesagt, was sie von der Witwe erfahren hat."

„Und zwar?"

„Don Corleone. Schon mal gehört?"

Wéber schüttelte den Kopf.

„Aus dem Film ‚Der Pate', mit Marlon Brando als Mafiaboss. Siebziger Jahre!"

„Da war ich noch nicht geboren!"

„Weiß ich. Also: Der so angesprochene Verwandte spielt wohl in seiner Familie dieselbe Rolle wie Marlon Brando in dem Film: Den Paten und Familienherrscher, der alles bestimmt. Madame Venezia und ihre Schwester haben Sprechverbot um jeden Preis. Mireille?"

Bongard sah seine Kollegin an, die verwundert mit offenem Mund sprachlos dasaß.

„Woher weißt du das?", fragte sie schließlich. „Verstehst du etwa Italienisch?"

Der Inspecteur nickte bescheiden und erklärte: „Unsere Familie in Aix la Chapelle stammt zu einer Hälfte von den ‚de Bongards' aus Paris ab, zur anderen Hälfte heißen sie ‚Caspari'. Mein Großonkel sprach Italienisch mit mir."

„Aha", meinte Agent Wéber nach einer Weile. „Eigentlich bist du, lieber Paul, sozusagen Adel, und die Einbestellung der Viella war Theater."

„Nun ja", Bongard öffnete beschwichtigend seine Hände. „Der Verdacht eines Informanten der organisierten Kriminalität bei der Sûreté besteht ja schon länger. Dann erhielt doch die Presse das Foto von Harold McCartey noch eher als der Oberstaatsanwalt. Da habe ich Viella die Chance gegeben, das Bohème vorzuwarnen. Gut, das sind keine absolut sicheren Beweise, aber ..."

Die Polizistin nickte. „Für uns reicht das. Wir wissen, wo möglicherweise die Informantin sitzt und worauf wir achten müssen."

Da ertönte das Mobiltelefon des Inspecteurs.

„Chernier? Schon wieder unterwegs? Zur Mutter von John Irving? Ja, dort bitte Fingerabdrücke von allen sichern, Sie wissen, wie das geht. Biomasse vom Verschwundenen wäre auch gut. Haben Sie oben bei Fjodr Schneider auch gemacht? Gut so. Ach ja, die Haarbürste. Jawohl. DNA-Untersuchung! Wie, zu teuer? Doch, doch, Rouen wird alles bewilligen, was McCartey reinwaschen könnte. Die anderen Witwen also morgen. Nein, dort nur Lorazepam suchen. Salut, Chernier!"

Agent Weber betrachtete interessiert die zufriedene Miene ihres Kollegen. „Das ist ja ein gewaltiger Aufwand, was meinst du?"

„Alles hängt mit allem zusammen. Das Stahlwerk steht im Zentrum. Die toten Stahlarbeiter. Der Halbweise John Irving. Sein Luftgewehr trifft den Drogenkurier Mario Canetti. Dessen verwandte Familie Venezia erleidet eine Hinrichtung im Hof der Pizzeria. Ein unbekannter Toter schwimmt im Sankt-Lorenz-Strom, enthauptet. Nirgendwo Zeugen. Oder nur Schweigen. Ein Nachbar kommt nicht zurück, der Schuster, aus dessen Wohnung geschossen wurde." Bongard hielt inne, blickte verträumt nach oben zwischen die Platanen in die Frühlingssonne.

„Genug kombiniert für heute, Sherlock Holmes", meinte Agent Wéber und startete den Wagen. „Die Pressekonferenz?"

„Theater, da redet Rouen."

„Die Sitzung heute Nachmittag?"

„Nochmals Theater. Es gibt zu wenig Neues."

„Morgen?"

„Da fällt der Vorhang hinter den Aufführungen. Da bleiben wir unter uns."

„Mit Viella?"

„Ohne, nur hin und wieder mit ihr!"

„Für Sonderaufträge?"

„Genau!"

„Und jetzt?"

„In die Zentrale der SQ. Kaffeetrinken."

„D'accord!"

15. KAPITEL

DIE PRESSE

Neugierig entfaltete Inspecteur Bongard den „Quebec Express" auf seinem Schreibtisch. Vor zwei Tagen hatte die erste Pressekonferenz stattgefunden. Wie zu erwarten, hatte er selbst kein einziges Wort gesagt, nur gelegentlich genickt. Rouen war der große Redner gewesen. Bongard wusste, was erfahrene Redakteure ebenso wussten: Hier sollte vielleicht etwas verborgen werden. Umso unberechenbarer war, was sie daraus berichteten. Vergeblich versuchten erfahrene Beamte immer wieder, dem Oberstaatsanwalt das begreiflich zu machen.

Die Titelseite? Wenigstens kein Foto. Schlagzeile: „Massaker im Pizzahof Venezia". Darunter kleingedruckt eine Summe von Tatsachen. Die fünf Toten. Der Wohltäter obenauf. Die Drogenfunde. Seite zwei ging es weiter. Doch ein Foto: Rouen mit ernstem Gesicht. Überschrift: „Fragen über Fragen und keine Antwort!" So konnte man es auch bezeichnen, wenn der Oberstaatsanwalt auf die Anfänge der Ermittlungen verwies. Aber man habe ja den erfahrensten Kriminalbeamten, Inspecteur Paul Bongard, mit der Leitung der schwierigen Sonderermittlung beauftragt.

Seite drei: eine Art Kondolenzbuch für, ja vor allem für den Wohltäter. In Form von Erlebnisberichten Betroffener, die Wohltaten empfangen hatten und sich entsetzt und betroffen äußerten. Der Innenminister gab auch seinen Senf dazu. Keine Bemerkung über Familie Venezia. Bongard dachte kurz daran, auch einen Leserbrief zu schreiben, wie gut die Pizza dort schmecke. Sein innerliches Grinsen aber schmeckte ihm bitter. Nein, absoluter Unsinn. Was jetzt anstand, war systematische, vorurteilsfreie saubere Ermittlung.

Seufzend faltete Bongard die Zeitung zusammen und legte sie auf die obere rechte Ecke des Schreibtisches. Seltsam, er bemerkte seine eigene Pedanterie bis in die letzte Kleinigkeit. Sein Blick hob sich über den polierten alten Eichenschreibtisch. An der Wand gegenüber hing ein Druck, der in warmen Farben den aufsteigenden Keimling aus einer braunen Bohne zeigte, alles eingebettet in orangenem Grundton. Ein Zeichen der Hoffnung. Ja, die brauchte man jetzt dringender denn je. Still nickte Bongard und öffnete seinen schweigenden Laptop.

Seinen Personal-Code – eine komplizierte Folge seiner Herkunftsnamen, die er sogar selbst manchmal durcheinanderbrachte, sodass er den Sicherheitsdienst zur Öffnung seiner Daten rufen musste –, diesmal bekam er ihn gleich richtig hin und klickte sich bedächtig in seine Word-Datei „Ermittlung". Die basierte auf seinem Wunschprogramm: Eine wachsende Datei, die automatisch zugesandte Informationen in die vorgegebene Reihe einfügte. Voran seine geliebte Liste, Folie Nummer eins!

Eine gewisse Unzufriedenheit bemächtigte sich regelmäßig seiner, denn in Gedanken war er immer schon drei Schritte voraus, ganz zu schweigen von den fehlenden Ergebnissen angeordneter Untersuchungen. Diesmal aber überraschten ihn Fülle und Qualität des Gebotenen, das im Wesentlichen den Herkunftsnamen „Chernier" trug. Bongards rechter Arm griff auf die linke obere Ecke des Schreibtisches, entnahm einen Hörer vom Bügel des altmodischen Telefons, seine linke Hand wählte mit der Drehscheibe die Nummer eins. Es tutete und klackte. „Wéber!" „Mireille? Ja, Salut, bitte komm gleich zu mir, es lohnt sich heute. Un bol du caffée? Ja bitte, mit allem!" Er legte auf.

Bongard schloss die Augen, zählte zwanzig Atemzüge und entspannte sich. Seine vertraute Mitarbeiterin kam. Dazu Kaffee. Das würde guttun und die Gedanken beleben. Bei Atemzug einundzwanzig öffnete er die Augen, stand auf und öffnete die Bürotür. Agent Wéber war soeben angekommen, in jeder Hand eine dampfende Bol, weshalb sie ja nicht anklopfen konnte. Dienstbeflissen machte der Inspecteur den Weg frei, schloss wieder die Tür, rollte einen zweiten Stuhl herbei, machte eine einladende Handbewegung und beide setzten sich vor den Schreibtisch. Agent Wéber stellte je eine Bol vor die obere rechte und die obere linke Ecke. Still dampfte der Kaffee.

„Merci bien, Mireille. Komm, ich lese vor, was ich meine, du liest mit."

„D'accord!"

Die Polizistin nahm feierlich ihre Bol und schlürfte einen ersten Schluck Kaffee. Bongard pustete bisweilen in Richtung seines Kaffees.

„Also hier: Erstens, was ist geschehen? Nichts Neues. Aber jetzt: zweitens, Ermittlungsresultate bisher? Chernier hat gemailt. Fingerabdrücke John Irving, in der Wohnung seiner Mutter und bei Fjodr Schneider, seinem Arbeitgeber. Dort am Fenster über dem Hof."

„War er der Mörder?"

„Nichts ist unmöglich. Aber die gesamte Wohnung wies seine Fingerabdrücke auf, vor allem die Büchervitrine im Wohnzimmer."

Bongard rollte die Datei weiter hoch. „Biomasse von Fjodr Schneiders Haarbürste ins Kriminalregister eingegeben: Übereinstimmung mit dem Toten im Sankt-Lorenz-Strom!" Wéber sagte nichts und schlürfte inzwischen geräuschvoll am Kaffee. „Und hier zur Ballistik: Die Kugeln stammen aus einem kleinkalibrigen Klappgewehr der italienische Marke Muti. Übereinstimmung mit Schusswechseln der Drogenkriege in Montreal. Also wenigstens der Gewehrtypen."

„Paul, dein Kaffee wird kalt."

Bongard nickte, griff die Bol und trank vorsichtig. Bedächtig stellte er sie wieder zurück auf die Tageszeitung.

„Obduktionsberichte: Alles wie bekannt. Tödliche Wunden bei Kopfschuss, außer bei dem Gorilla. Dem haben Kugeln auch den rechten Brustkorb und den rechten Hals zerfetzt. Und sieh mal hier: Das gibt Arbeit für die Viella. Die Hausdurchsuchungen bei den Stahlarbeiterwitwen haben tatsächlich überall das Medikament Lorazepam zutage gefördert."

Mit zufriedenem Gesichtsausdruck griff Bongard wieder nach der Bol, lehnte sich zurück und trank seinen Kaffee.

„Soll Viella die Witwen der Stahlarbeiter übernehmen?", fragte Wéber.

„Viella wird motiviert sein, vom Wohltäter abzulenken. Sie will eigenständig arbeiten und Erfolge vorweisen. Eine Karrierefrau, und …", hier zog Bongard vielsagend die Augenbrauen hoch, „uns kommt sie nicht zu viel in die Quere."

Wéber pustete über den Kaffeedampf ihrer Bol, blickte auf Bongards friedliches Bohnenbild und meinte schließlich: „Verstehe. Wenn überhaupt, gibst du ihr im Zusammenhang mit den Pizzamorden nur Aufträge, die ihre Beteiligung an der Drogenmafia bestätigen."

Bongard nickte. „Kommt Zeit, kommt Gelegenheit. In allem liegt eine Chance!"

Wéber wies auf den Monitor. „Was gibt es noch nach der zweiten Sitzung von vorgestern?"

„Wenig bis nichts. Die Hundertschaft hat ihre Befragungen beendet. Von weiteren Nachbarn ist rein gar nichts zu erfahren. Das Tracking der Fahrzeuge, die im Gesichtsfeld der Überwachungskameras um den Platz fuhren, tut nichts zur Sache; denn das hat nur einige Führerscheindelikte ans Licht gebracht."

„Punkt drei, aktuelle Zusammenfassung der Ermittlung?"

„Haben wir eben durchgelesen."

„Schlussfolgerungen?"

„Schwierig." Bongard trank seine Bol aus, setzte sie ab, stand auf und spazierte im Zimmer auf und ab. „Alles hängt zusammen. Die Drogenmafia steckt mittendrin. Der Verdacht, dass der Venezia-Clan beteiligt ist, darf als bewiesen gelten. Wer ein Interesse haben könnte, hier fünf Menschen zu ermorden, ist vorerst nicht zu erkennen. Raubmord scheidet aus!"

Bongard blieb einen Moment vor seinem Fenster stehen und blickte in die Kronen der Ahornbäume, deren Zweige zu knospen begannen.

„Der Schuster?", fragte die Polizistin.

„Rätselhaft. Sehr rätselhaft. Genauso John Irving. Ach ja, das haben Befragungen der Nachbarn ergeben: Der Junge arbeitete schon eine Weile für Schneider, putzte Schuhe vor seiner Werkstatt. Blieb aber weg, denk an unser Gespräch mit seiner Mutter, vier Tage vor dem Massaker."

„Warum hatte man einen Schuhmachermeister gefoltert, massakriert und geköpft?"

„Tja, Mireille, entweder Höchststrafe oder weil man mit Folter etwas herausbekommen wollte. Jedenfalls mafiatypisch."

„Vielleicht hatte er vom Drogenhandel etwas mitbekommen? Wollte die Nachbarn erpressen?"

Bongard blieb an seinem Schreibtisch stehen. „Zeugen, wir brauchen Zeugen. Den Chauffeur. Und John Irving. Der kann doch nicht auch umgebracht und verschwunden sein."

„Wenn er etwas weiß, dann sucht ihn auch das Drogenkartell."

„Stimmt, dann ist er dran. Wir sollten nach ihm fahnden!"

„Das Gewehr? Wieso Montreal?"

„Muss nichts bedeuten. Der Typus dieses ultrakleinen Klappgewehres ist in manchen Großstädten üblich. Also: im entsprechenden Milieu."

„Wieso ist jetzt noch so viel los im Drogenmilieu? Cannabis wird doch legalisiert. Dann soll die Kriminalität doch abnehmen?"

Bongard zuckte die Achseln. „Oder das Gegenteil passiert. Pfründe absichern. Neue Geschäftsfelder erschließen."

Beide schwiegen einen Moment. Wéber starrte gedankenverloren in ihre leere Bol. Schließlich raffte sie sich auf. „Na los, Paul! Aufgaben?"

„Richtig!" Bongard setzte sich wieder neben seine Kollegin, griff zum Laptop und schrieb, laut vorlesend, dort hinein: „Punkt fünf. Viella zu den Stahlarbeiterwitwen schicken."

Dabei lachte er kurz auf. Dann wurde er wieder ernst. „Erwägen: erster Kontakt zur Internen Ermittlung?"

Vielsagend blickte er die Polizistin an. „Mireille?" Sie nickte. „Kontakt zu Gerald Garnier, möglichst, wenn Rouen Urlaub hat. Auf unsere Chefin Renée Blanche warten."

„Mach mal. Kann dir in deinem PC auch niemand in die Datei sehen?" Wéber zog fragend die Augenbrauen hoch.

Bongard schüttelte den Kopf. „Ausgeschlossen! Für uns: Fahndung John Irving. Geldscheine analysieren und Geldflüsse der Venezia-Familie ermitteln. Beziehungsstruktur Harold McCartey!"

„Auch erst, wenn Madame Blanche wieder da ist?"

Bongard nickte und verharrte eine Weile reglos. Das Schrillen seines alten Telefons rüttelte ihn auf. Er nahm den Hörer von der Gabel.

„Zentrale? Wer? Ja bitte! Madame ... was können Sie berichten? Wir kommen!"

Mit ausgestrecktem Arm legte Bongard den Hörer ruhig in die Gabel, drehte sich zu Weber und lächelte.

„Paul?"

„Mireille, das war Oberärztin Levèvre. Der Chauffeur ist aufgewacht!"

Agent Wéber lächelte ebenfalls.

„Geschenke des Himmels gibt es doch!"

Sie griff in ihre Jackentasche und hob triumphierend den Autoschlüssel hoch.

16. KAPITEL

BRIEF AN ELLA

„ICH SETZE AUF GOTT, DEN HERRN, MEIN VERTRAUEN."

PSALM 73, VERS 28

Ella warf sich das Gebetsgewand über. Jetzt, am frühen Abend dieses jungen Frühlings, dessen milde Luft durch ihr halb geöffnetes Fenster grüßte, jetzt endlich hatte sie Zeit für sich. Kein Freier hatte sich angemeldet. Die Dealer kamen nur noch auf ihren Anruf hin. Ja, sie hatte sich an einen Entzug gewagt. Vorübergehend brauchte sie Medikamente. Ein Apotheker, der bei ihr regelmäßig seine Tochterphantasien auslebte, um es im wirklichen Leben auszuhalten, wie er sagte, dieser letzte regelmäßige Kunde hatte ihr das besorgt. Für ihn war Johns Teddy der Mittelpunkt dieser Wohnung.

Nachdenklich sah Ella auf das Marienbild über ihrem Goldtabernakel, ein Druck, den ihr John geschenkt hatte. Seltsam, in ihrer alten Gemeinde war Marienverehrung verpönt. Aber nun fühlte sich Ella dazu hingezogen. Sie entzündete die Osterkerze davor.

„Ach, heilige Maria", sprach sie dabei, „auch Dirnen können helfen, Menschen zu heilen und Gottes Ordnung zu bewahren." Ella pustete das lange Streichholz aus und legte es in die Tonschale vor dem Tabernakel.

„Nein, heilige Maria", sprach sie weiter, kniete sich vor das Bild und faltete die Hände. „Dieses Kleinod einer Schatztruhe kann ich nicht zurückgeben. Jetzt noch nicht. Nährt es für mich doch die Hoffnung."

Ella neigte den Kopf, lächelte und fuhr fort: „Auch Johns Gedanken haben nun eine Heimat. Seine Gefühle finden einen Ort zum Leben. Dies ist sein Gebet an dich, Heilige Maria!"

Dann nahm Ella das Papier vor dem Tabernakel und entfaltete den neuen Brief. Furcht erfüllte sie, ob die Nachrichten des Inspecteur vielleicht stimmten. Noch einmal schloss sie die Augen, atmete tief die Frühlingsluft und blickte schließlich erwartungsvoll auf die erste Seite. Laut las sie vor:

„Liebe Ella, nichts kann ich vergessen. Am allerwenigsten, wie du mich in den Armen hieltest, als du mich ganz zu dir gelassen hast. Deine Umarmung wärmt mir das Herz, immer noch, Tag um Tag. Dann weiß ich, wer ich bin und was aus mir werden kann. Es gibt Tage, da erwache ich aus einem anderen Traum und erinnere mich lange an ihn.

Da war ich ein kleiner Junge und übte das Schießen mit dem Luftgewehr. Da war eine große Wut und traf den Verbrecher ins Auge, das doch blind war für die Leiden derer, die zu ihm kamen. Nein, das war nicht ich, der geschossen hat. Das war Norval Morisseau, der zum Donnervogel wurde und die Mafiosi zermalmte und zerriss. Ihr unsägliches Treiben wurde beendete. Nein, das war nicht ich.

Was aber in mir wohnt, tobt in einem ruhelosen Kampf, dem ich nur staunend zusehe. Wut und Hass bemächtigen sich meiner. Ich kann sie nicht daran hindern. Wo ist die Güte geblieben, die aus den Augen meines Großvaters sprach? Fjodr Schneider wurde gefoltert und ermordet. Was musste er erleiden, dem seine Güte nicht gelohnt wurde? Wenn mir etwas vertraut und wie eine Heimat erscheint, wird es mir genommen. Kein Ort, der nicht eine Bedrohung wäre.

So ist es nun einmal. Das Drogenkartell verfolgt mich ebenso wie die Sûreté. Doch Kanada ist unendlich groß. Sorge dich nicht um mich. Ich finde den Weg nach Westen. Dem Sankt-Lorenz-Strom vertraue ich mich an. Dort sehe ich immer wieder Fjodrs Gesicht in den Tiefen des Unbekannten. Nein, man wird mich nicht erkennen und nicht finden. Selbst du würdest mich jetzt kaum wiedererkennen.

Schreiben kann und will ich dir. Es erstaunt mich immer wieder, was ich da niederlege. Du sprichst zu mir aus der Erinnerung und in meinen Träumen. Wir bewahren unser Geheimnis. Bitte, wenn du meine Zeilen in deine Erinnerung eingeschlossen hast, befreie sie aus dem Tabernakel und verbrenne sie. Niemand darf davon wissen. So mögen wir geschützt sein und doch einmal zueinanderfinden. Ängstige dich nicht um mich. Ich bin stark. Sorge für dich selber. Verbanne den Teufel der Drogen. Dein John."

Ella blickte vom Brief auf das Antlitz der Maria, nahm das Band von ihrem Hals und führte den Schlüssel in das Schloss der Tabernakel-Tür. Sie öffnete die zwei Flügel, faltete den Brief zusammen und legte ihn hinein. Lange ließ sie ihre Hand darauf ruhen. Diese Mitteilungen waren furchtbar und erfüllten sie mit Angst. Schließlich legte sie ihre Hände zum Gebet zusammen:

„Heilige Maria, schütze John." Dann blieb sie still und schloss zuletzt die Türen des Tabernakels, die golden im Schein der Osterkerze schimmerten.

17. KAPITEL

VOR DER ENTSCHEIDUNG

„WER VON EUCH OHNE SCHULD IST,
DER WERFE ALS ERSTER EINEN STEIN AUF SIE."
JOHANNES-EVANGELIUM, KAPITEL 8, VERS 7

Mit John konnte Ella nicht über ihr wichtigstes Anliegen sprechen. Doch sie hatte eine Sozialarbeiterin wiedergefunden, mit der sie jetzt in der OP-Schleuse des Hospital de Jeanne d'Arc stand. Diese Bekanntschaft bestand schon zu Schulzeiten. Der Bedarf an solchen Beratungen, wie Ella sie jetzt brauchte, war dort groß gewesen.

Nackt standen sie voreinander, nur die Scham und die Brust waren bedeckt. Eine Krankenschwester, schon ganz in Grün gekleidet, legte ihnen je einen Stapel auf den Tisch. „In dieser Reihenfolge anziehen!", sagte sie und wies der Reihe nach auf Hose und Hemd. „Dann an das Waschbecken nach nebenan gehen, anschließend Desinfektion. Kittel, Handschuhe und Haube bekommen Sie von mir. Madame Printemps, Sie kennen das!"

Ellas Begleiterin nickte. Kritisch blickte sie flüchtig auf Ellas Bauch.

„Du hast aber eher abgenommen, nicht wahr?"

Schon hatte Ella rasch die Kleidung übergezogen. Die ehemals gespannte Haut über dem Bauch warf hässliche Falten.

„Den Grund kennen Sie. Drogen. Darum sind wir hier."

Printemps hielt ihr die Tür zum Bad auf. An den Waschbecken bediente sie sich mit Ellenbogen an der Flüssigseife. Das Wasser floss auf ihre Hände, die sie darunter hielt. Ella machte ihr das nach.

„Die Entscheidung zum Abbruch ist gesetzlich frei in Kanada, seit 1988. Oft gibt es medizinische oder soziale Gründe. Die Patientin im OP ist zu jung und wurde vergewaltigt. In deinem Fall besteht die Ungewissheit der Missbildung. Aber du wolltest einmal selber sehen, was bei einer Abtreibung tatsächlich geschieht?"

„Ja. Danke, dass Sie das vermittelt haben."

„Niemand von uns macht sich das leicht. Ich habe meine Supervisorin, Lucienne Gabriel gefragt. Du weißt ja und verstehst, dass ich mit jemand vertraulich darüber spreche?"

Ella nickte nur.

„Sie hält das auch für einen guten Weg zur Klarheit. Bei dir jedenfalls."

Ella beendete die Händereinigung und hielt wie ihre Begleitung die Hände in einen Warmlüfter. Dann folgte sie ihr durch eine sich automatisch öffnende Tür in den nächsten Raum. Dort hielt ihnen die Schwester von eben einen Kittel entgegen.

„Mit den Händen hier hinein, ja, nacheinander, so, ich binde die Bänder hinten zu. Hände hochhalten, bitte. Jetzt Sie, junge Frau mit dem geheimen Namen. So, hier halte ich Ihnen geöffnete Handschuhe hin. Ja, Madame Printemps hat Übung. Junge Frau, sehen Sie, zügig hinein stoßen in die aufgepusteten Handschuhe."

Zuletzt zog sie den beiden Hauben über den Kopf. Ein Lautsprecher erklang.

„Der Besuch bitte eintreten in OP Numero drei!"

Wieder öffneten sich Türen automatisch. Ella und Printemps wurden von einem Pfleger empfangen, der ihnen einen Platz zuwies.

„Hier stehen bleiben, nicht rühren!", mahnte er.

Ella sah nur grün. Grüne Kacheln am Boden, an den Wänden, die Trennwand aus Stoff, hinter der es maschinelle Atemzüge gab, die Kleidung der großen Person, die darüber in ihre Richtung sah, die Kleidung der beiden Männer, die herantraten und sich zwischen zwei gespreizte Beine stellten, die an Lederhaltern fixiert waren, die Bedeckung eines Leibes, der unsichtbar blieb, alles grün.

Noch dachte Ella an das Mädchen, an das, was ihr widerfahren war, und blickte auf den Boden. Die Beine der Männer traten auf die Seite, drehten sich rhythmisch hin und her. Hände hingen herunter und nahmen Geräte an, metallene gebogene Schalen. Ella folgte mit ihrem Blick den Händen. Die Oberschenkel waren von den Körpern der Handelnden verdeckt. Die Metallschalen spreizten zwei Hautfalten, zwischen denen ein kreisrunder Mund erschien.

„Nächstes!", sprach einer der beiden.

Wie choreographisch einstudiert, führten sie in einer fließenden Körperbewegung zwei Zangen an den Mund und zogen ihn nach vorne.

„Nächstes!"

Immer das gleiche Wort. Ein dünner Stab glitt in den Mund, der sich leicht öffnete. Ein Schlauch wurde darunter gehalten. Saugende Geräusche füllten den Raum. Dem dünnen Stab folgte ein mehreckiger, hellmetallener Stab mit rundem Kopf. Von rechts und links abwechselnd griffen die Männer wachsende Stäbe und führten sie in den Mund. In einem Rhythmus, den leise Mozartmusik begleitete, die durch den Raum schwebte, schritt die Aufführung der beiden Männer weiter und weiter fort, bis der letzte Stab beiseitegelegt wurde.

„Fertig!", sprach einer der beiden nach langem Schweigen in das Adagio der Symphonie hinein.

„Hast du Blut gesehen?", fragte er den anderen.

„Nein."

„Sauber, sauber!"

„Gut so, armes Kind!"

„Der Besuch wieder in die Schleuse!", klang es blechern aus dem Lautsprecher.

Ella fühlte, wie ihre Begleitung sie am Ärmel zog. Mechanisch folgte sie ihr, warf die Schutzkleidung ab, entsorgte sie in einen Behälter, trat in die Umkleide und legte die Kleidung an.

„Du schweigst, Ella?"

„Da war doch gar nichts zu sehen von einem Kind!"

„Da ist nicht viel. Oft geht der Fötus ja spontan ab in den ersten zwölf Wochen, in mindestens der Hälfte aller Schwangerschaften."

„Und das Mädchen?"

„Darf nicht alleine bleiben."

„Es ging nicht anders?"

„Medizinisch nicht und psychisch schon gar nicht."

„Wer war der Schuldige?"

„Jemand aus der eigenen Familie. Wir kümmern uns. Aber jetzt bist du wichtig. Wie schwer ist der zu erwartende Schaden am Kind? Was bedeutet dir der Vater? Wir sprechen morgen. Soll ich dich nach Hause bringen?"

Ella schüttelte den Kopf. „Ich schaff' das alleine. Niemand soll Sie bei mir sehen."

Printemps nickte. „Du hast schon so vieles geschafft!"

18. KAPITEL

GESTÄNDNIS

*„Die Hand meines Verräters ist mit mir über
Tische." Lukas-Evangelium, Kapitel 22, Vers 21*

Die Hand, die dem Inspecteur eine graue Mappe über den Schreibtisch reichte, war auffallend klein, zartgliedrig und trug einen
schmalen Ring mit Rosenquarz. Stolz sprach aus der Stimme, die
ihm verkündete:

„Rätsel gelöst, die Rubaix hat gestanden! Die anderen Witwen
können den sichergestellten Indizien nichts entgegensetzen!"

Bongard nahm die Mappe entgegen und blickte auf.

„Wer hat Ihnen geholfen, Madame Viella?"

„Selbstverständlich war immer eine Polizistin als Zeugin mit
dabei, das wechselte. Polizeichefin Blanche rief immer jemand ab.
Die Gespräche habe ich geführt."

„Soso, Blanche ist wieder im Dienst?"

„Bien sûr, Inspecteur!"

„Merci, merci bien, Madame Viella."

Bongard rang sich ein Lächeln ab und bemühte sich intensiv,
dies auch mit seinen Augen zum Ausdruck zu bringen. „Das alles
weiß ich außerordentlich zu schätzen. Ich sehe mir sofort alles
durch. Haftbefehle?"

„Hat der Oberstaatsanwalt bereits unterschrieben. Man ist unterwegs."

Bongard öffnete die Mappe und versank in das Studium der Texte.
Ein kurzes Klacken der Zimmertür war der einzige Laut, den er noch

von der Polizistin hörte, die sich still zurückgezogen hatte. Bongard hoffte, dass sein Misstrauen nicht bemerkt worden war.

Als Erstes suchte er aus den Unterlagen den Bericht über das Verhör von Madame Rubaix. Aus der Darstellung der Szene konnte er, unabhängig vom Gesprächsinhalt, erkennen, dass die Viella in der Wohnung der Witwe außerordentliche psychologische Kenntnisse bewiesen hatte. Nach dem Beileid über den Verlust des Ehemannes setzte sie voll auf den Verdacht eines unbewältigten Schuldgefühls.

„Ich weiß, wie sehr Sie unter der Gewalt Ihres Ehemannes gelitten hatten. Es war Notwehr. Das Gewissen quält Sie, nicht wahr?"

Beidseitiges Streicheln der Arme, so war es als Erklärung beigefügt, und *Weinkrämpfe der Befragten*, so beschrieb das Protokoll die Szene.

„Wollen Sie nicht den Heimlichkeiten ein Ende machen, Zeit haben, Ihre eigenen Wunden heilen zu lassen?"

So fragte Viella, in *einfühlsamem Ton*, wie beschrieben wurde. Da brach mit den Tränen der Damm des Schweigens.

Das Kartenhaus der Vertuschung, an dem Johns Mutter und die Witwen Gaston, Rubaix und Clermont beteiligt waren, brach vollständig zusammen. Bongard lehnte sich zurück, schloss die Augen und sah die Szenen vor sich. Unglaublich. Nein, die Viella war keine Anfängerin! Aber was bedeutete das? Renée Blanche wusste vielleicht mehr. Bongard gab sich einen Ruck, öffnete die Augen und griff den Hörer von seinem musealen Telefon. Auf der Wahlscheibe drehte er drei Mal die Ziffer eins. Tuten.

„Blanche ici, s'il vous plait?"

„Bongard. Madame Blanche, es geht Ihnen gut?"

„Bien sûr. Was gibt es, Inspecteur?"

„Viella hat ja mit ungeheurem Einsatz die Witwen der Stahlarbeiter überführt, nicht wahr?"

„Der Durchsuchungsbeschluss, den Sie beim Oberstaatsanwalt bewirkt hatten, war die Voraussetzung dafür."

„Richtig, Lorazepam im Blut von Monsieur Rubaix, der später der Verletzung erlag, das bei allen Witwen in der Wohnung sichergestellt worden war."

Die Polizeichefin nahm das zunächst mit Schweigen zur Kenntnis.

„Madame Blanche?"

„Nun, Bongard, dieser Einsatz der Viella war sehr tüchtig. Darum wird das Gesuch nach einer Versetzung wohlwollend geprüft."

„Was für eine Versetzung?"

Erneutes Schweigen zunächst.

„Sie wissen nichts davon?", fragte Madame Blanche.

„Non, non." Bongard hörte sie räuspern.

„Pardon. Also: Viella möchte nach Alberta. Verwandtschaftliche Beziehungen. Der Polizeidirektor stimmt zu, es soll sogar eine Beförderung geben, Inspecteur Catherine Viella. Klingt gut, nicht?"

Bongard kannte Blanche gut genug, um die Ironie herauszuhören. Seine Gedanken kreisten um eine mögliche Lösung des Rätsels.

„Danke für Ihre Information, Madame Blanche. Es bleibt vertraulich. Ich melde mich wieder. Bald."

„Das bezweifle ich nicht im Geringsten. Salut!", versetzte Blanche, die ihn ebenso gut kannte – seit vielen Jahren.

Kurz nur blieb der Hörer auf seiner Gabel, schon wählte Bongard die Nummer eins.

„Mireille? Salut! Un Bol Caffée, gleich, ja, es eilt. Nein, nicht der Kaffee, der Bericht der Viella ... Ach, du weißt es schon? Bis gleich!"

Ungeduldig wartete Bongard zwanzig Atemzüge, ohne sich zu entspannen, dann sprang er vom Stuhl, eilte zur Tür und riss sie auf. Vom Ende des Flurs nahte Agent Wéber und schwenkte sachte die Hände mit den dampfenden Bols. Ihr Schweben über dem Boden war engelsgleich und mündete endlich in seinem Büro.

Sicher und sachte setzte Wéber die Schalen ab. Bongard warf die Tür zu, eilte zum Schreibtisch, nahm den zweiten Drehstuhl im Vorübergehen und schob ihn der Polizistin unter.

„Hier, Mireille, meine neuen Nachrichten. Jemand hat die Viella-Protokolle schon in die Datei eingefügt."

Bongard sprang wieder auf, umkurvte den Schreibtisch und sah der Polizistin auf seinem Stammplatz ins Gesicht, wobei er beschwörend seine Hände hob.

„Mireille! Alberta! Das kam doch vor in den Ermittlungen. Findest du das?"

Agent Wéber nahm die Hände von ihrer geliebten Bol, lächelte, nickte, tippte ein paarmal auf das Keyboard des Laptops, grinste und zeigte auf den Bildschirm: „Hier, bitte!" Sie rollte beiseite und machte dem Inspecteur Platz, der hastig wieder auf die Vorderseite des Schreibtischs eilte.

„Wie hast du das gemacht?"

„Es gibt ein Suchwortverfahren, Taste F – Zwei." Wéber schlürfte an ihrem Kaffee.

Bongard nahm die Maus und bewegte den Text langsam rauf und runter. Wie erschöpft lehnte er sich zurück und rollte seinen Drehstuhl ans Fenster. Dort blickte er in den blassblauen Frühlingshimmel, den mehr und mehr Ahornblätter verdeckten, und berichtete: „Wusste ich doch. Dieser John Irving stammt aus Alberta. Genauer: seine großväterliche Seite. Ein Onkel lebt noch dort. ‚Good lands‘ heißt der Hof im Süden."

„Was sagt uns das?"

Bongard richtete sich wieder auf, rollte vorwärts, ergriff seine Bol mit Milchkaffee, pustete, schlürfte, hielt inne und fuhr fort. „John Irvin wird auf der Flucht sein. Er hat niemanden hier. Die Mutter sitzt in Haft. Die Tochter wird dem Jugendamt übergeben. Zu Hause ist er auch nie mehr gesehen worden. Die Wohnung haben wir überwacht. Aber das eine mögliche Ziel hat er: Alberta."

„Wo die Viella ihn erwarten will."

„So nehme ich an. Wenn sie ihn erwischt, ist das unsere völlige Niederlage."

„Und der Chauffeur erinnert sich an nichts mehr."

„Angeblich. Kann man aber verstehen. Reden wäre für ihn der Tod. Hätte ich mir gleich sagen sollen."

„Keine Chance?"

Agent Wéber hatte ihren Kaffee ausgetrunken und sah den Chef erwartungsvoll an. Der nahm seine Bol, pustete und nahm zwei Schlucke. Jetzt wärmte er sich die Hände an der Schale und nickte.

„In allem ist eine Chance. Wir sind einen Schritt voraus. Das wollen wir nutzen!" Entschlossen setzte er den Kaffee ab, griff zum Hörer und wählte wieder drei Mal die eins.

„Madame Blanche? Bongard. Nochmals zu Viella. Wir müssen die Interne Ermittlung einschalten: Gerald Garnier. Ja, ich weiß, ein schwerwiegender Verdacht. Doch ein Unschuldsbeweis ist immer gut. Jawohl, ich schreibe einen vertraulichen Bericht."

19. KAPITEL

ERWACHEN

„ICH HATTE SEINETWEGEN HEUTE NACHT
EINEN SCHRECKLICHEN TRAUM."
MATTHÄUS-EVANGELIUM. KAPITEL 27. VERS 19

John erwachte wie aus einem Traum. Er saß auf dem Stuhl eines Straßencafés des Boulevard Charest. Ungläubig las er den Namen auf dem Schild über sich an der Laterne. Wie war er hierhergekommen? Ein suchender Blick ringsum ließ ihn das Fahrrad vermissen. In seiner rechten schweißnassen Hand hing die Tasche. Das Öffnen der Hand schmerzte. Die Tasche fiel herab und mit dem Berühren des Bodens tönte ein leises Klirren. Erschrocken sah John auf die anderen Gäste ringsum. Sie waren meist paarweise im Gespräch, tunkten Croissants in eine Bol oder lasen interessiert in aller Ruhe Zeitung. Niemand hatte etwas gemerkt.

„Monsieur, s'il vous plait!"

Eine junge Frau in schwarzem Minirock stellte auch ihm Croissant und Kaffee auf den Tisch.

„Bon appetit!"

Sie blieb neben ihm stehen. Ratlos blickte John auf und sah in das Gesicht der Frau, die ihn mit einem Lächeln erwartungsvoll ansah.

„Sind wir verabredet?", fragte er spontan, ohne zu wissen, warum.

Die junge Frau lachte. „Wie immer, Sie zahlen doch gleich, bisher jedenfalls."

Ihr Lächeln wurde immer breiter, wobei John die Röte bemerkte, die in sein Gesicht schoss.

110

„Pardon, Madame, ich wollte nicht unhöflich sein. Es ist zu früh für mich, ich bin noch nicht richtig wach."

„Toute est très bien!", antwortete die junge Frau. Ihre schwarzen Haare flatterten leicht im Wind.

„Der Wind des Sankt-Lorenz-Stroms", dachte John und fingerte ungeschickt nach seiner Tasche. „Wie bezahle ich?"

„Bar bisher", antwortete die Bedienung geduldig.

Also musste ein Portemonnaie in seiner Tasche sein.

„Wie oft war ich schon hier?", fragte John und versuchte, sein Sprechen beiläufig klingen zu lassen.

„Seit drei Tagen beehren Sie uns, junger Mann."

Johns rechte Hand hob die Tasche, die linke zog den Reißverschluss auf und fingerte suchend in der Tiefe. Kaltes Metallgerippe und ein umgeklappter Metallstab lagen zuunterst, daneben spürte er das Leder seines Portemonnaies. Er zog es hervor und suchte nach Kleingeld.

Ach ja, Fjodrs erste Gehaltszahlung. Er reichte der Bedienung drei kanadische Dollarscheine. „Stimmt das so?"

„Exactement. Merci bien!"

Die junge Frau nahm es mit einem offenen Lachen an, drehte sich um und ging zum nächsten Tisch. Ihr Gang wirkte auf John anmutig. Sie blickte sich tatsächlich noch einmal um und lächelte wieder. Eine neue Wärme durchzog Johns Brust. Das Gefühl von Vertrautheit stellte sich ein. Dennoch fühlte er einen aufkeimenden Schmerz in der Brust. Er ahnte den Grund: den Schmerz des Verlustes.

Seine Hände umschlossen die Bol und sogen deren Wärme auf. Das Frieren schüttelte ihn immer wieder. Ja, daran erinnerte er sich. Die Kälte des Morgens. Sein Blick war ungezielt in die Ferne gerichtet, dann wieder auf die junge Frau. Ein wechselndes Gemurmel klang herüber. Als die Bedienung zum nächsten Tisch ging, faltete der dort aufbrechende Gast seine Zeitung zusammen. Kurz betrachtete er nochmals ein Foto und verglich es kopfschüttelnd mit seinem Smartphone, bevor er sie auf den Stuhl zwischen ihren Tischen legte. Dann sah John das Foto der Titelseite: seine Mutter.

Entschlossen beugte sich John zur Seite und ergriff die Zeitung. Sorgfältig schuf er Platz auf seinem Tisch, tunkte das Croissant, nahm einen ersten Bissen und legte die Zeitung mit der Titelseite zuoberst auf den Tisch. Er atmete tief und gleichmäßig, wie er es von sich kannte, wenn er Bücher las oder Schulunterlagen studierte.

„Mörderwitwen entlarvt!", war die Schlagzeile.

Ungläubig tasteten sich seine Augen Wort um Wort, Zeile um Zeile vor. John wusste nicht, was ihn mehr erstaunte. Die Ruhe, mit der er das Croissant dabei verzehrte, oder die Zufriedenheit, die ihn erfüllte. Schließlich lehnte er sich zurück und schloss die Augen, das Gesicht ostwärts gerichtet, der wärmenden Sonne entgegen.

Nein, sein Vater hatte die Familie nicht im Stich gelassen. Nein, sein Vater war nicht gewalttätig gewesen wie sein Kollege Rubaix. John öffnete die Augen und blinzelte in die Sonne. Aber was bedeutete das für ihn selber? Er hatte kein Zuhause mehr! Keinen Ort. Nirgends. Der Verfasser des Artikels lag wohl richtig mit seiner Annahme: Die Stahlfabrik war nicht nur der Ort dieses Witwendramas. Das war ebenso der Ausgangspunkt für den Drogenhandel in Quebec. Die Mafia steckte dahinter, Harold McCartey war sicher beteiligt am Drogenhandel. Er hatte doch die versuchte Übergabe des Cocains im Pizzahof gesehen. Von wegen Wohltäter! Und er, John, von dem die Zeitung kein Wort erwähnte, wurde gejagt. Weil ein Informant der Verbrecher bei der Polizei von den Ermittlungen an der Kirmesbude wusste. Die Szene auf dem Trottoir mit den Pizzeriasöhnen spielte sich nochmals vor Johns Augen ab.

Entschlossen stand er auf, riss seine Tasche an sich und marschierte los. Er näherte sich dem Parc de Victoria. Wie wohl jeden der vergangenen Abende, woran er sich jetzt erinnerte. Hier im Park hatte er übernachtet. Wie lange schon hielt er sich hier in dieser Gegend auf? Seit drei Tagen, hatte die Bedienung berichtet. Automatisch lenkten seine Schritte ihn weiter mitten in das noch lichte Grün. Stille. Keine Menschen. Erschöpft setzte sich John auf eine Bank. Nein, so konnte es nicht weitergehen!

20. KAPITEL

FLUCHT

„So befiehl, dass aus diesen Steinen Brot wird."
Matthäus-Evangelium, Kapitel 4, Vers 3

Sosehr John auch in seiner offenen Tasche wühlte, er fand nicht mehr
als dies: Die Tageszeitung, die er ungefaltet hineingequetscht hatte,
darunter sein Tage- und Adressbuch, ein Schreibmäppchen, wenige
frankierte Briefumschläge mit Ellas Adresse, das Portemonnaie, das
Gewehr, eingewickelt in ein Handtuch, und eine kleine Schachtel, die
beim Heben und Schütteln rasselte wie eine Kinderspieldose. Ach ja,
Restmunition. Ein Handtuch. Sein altes Klapp-Mobilphone schließlich. Mit einem Blick rundum versicherte er sich, dass niemand in
der Nähe war. Was war noch in seinem Portemonnaie? Sorgfältige
Durchsicht brachte wenige Dollarscheine hervor, Fjodrs erstes Gehalt
für John. Dann noch die Driving Licence, die gleichzeitig die persön-
liche Identifikation und Krankenversicherung beinhaltete. Schließlich
eine Kreditkarte, mit der er für Mutter Lebensmittel kaufte. Und die
Schlüssel? Fjodrs Werkstattschlüssel und sein Sicherheitsschlüssel
für die Fahrradtasche? Sie waren nicht mehr zu finden.

Aus den Augenwinkeln bemerkte John erste Fußgänger, ein älterer
Herr mit einem kleinen Hund näherte sich. Erschrocken warf John
alles in die Tasche zurück mit einem unklaren Gefühl des Schuld-
bewusstseins. Mit zitternden Händen deckte er die Tasche ab. Als
ob er sie gestohlen und den Inhalt untersucht hätte! Ja, so konnte
das wirken, was er hier tat. Sorgfältig strich John die Zeitung glatt,
die er mitgenommen hatte, und breitete sie über der Tasche aus.
Der Hund lief an einer langen Zugleine und schnüffelte unentwegt

kreisförmig auf dem Rasen neben dem Weg. Bald war er ganz in der Nähe der Bank. John blickte auf und lächelte den Herrn im verschlissenen Trenchcoat freundlich an. Der lächelte ebenfalls und zog den Hund von der Bank zurück.

Gedankenverloren blätterte John weiter in der Zeitung, ohne zu lesen.

„Junger Mann", sprach der ältere Herr auf einmal neben ihm. „Unweit in der Rue Batiste ist ein Obdachlosenbad. Das könnten sie gut brauchen. Dort fragt niemand, wer sie sind."

Johns Hände ließen die Zeitungsblätter zittern. Er blickte kurz auf und sah ein freundliches Gesicht.

„Salut! A demain!", grüßte der Herr noch und ging ruhig seines Weges.

Nein, so ging es wirklich nicht weiter! John fühlte sich ertappt und dachte nach. Quebec musste er verlassen. Mindestens die City. Oder die Provinz. Kanada war unendlich groß. Aber was brauchte er, welchen Weg sollte er einschlagen, wie vorgehen? Zunehmend erwachte er aus seiner Lethargie und sah aufmerksam die Seiten des Quebec Express durch. Vielleicht fand er hier eine Idee? Dort gab es Stellenanzeigen! Nur die City oder überregional? Aha, hier:

„Mitfahrer gesucht. Frachter nach Detroit. Ladungshelfer und Bürogehilfe gesucht".

Die Kainummer am Hafen der Bas-Ville war genannt. John richtete sich auf. Den Weg würde er finden. Dorthin gab es sicher einen Supermarkt. Mit Mutters Kreditkarte konnte er sich vielleicht das Nötigste für eine Reise besorgen. Umständlich legte er die Zeitung beiseite und griff in die Tasche. Denn wie immer, wenn er beunruhigt war und sich Zweifel in ihm regten, nahm John auch jetzt sein Tagebuch zur Hand und schrieb seine Gedanken auf. Seine linke Hand wurde sicher, der Atem ruhiger und Zufriedenheit erfüllte John, als er alles nochmals durchlas. Zuletzt fügte er einen Gruß an Ella hinzu, trennte die Seite sorgfältig aus dem Tagebuch und steckte sie in den vorbereiteten Umschlag. Schließlich betrachtete er nachdenklich sein Mobil-Phone. Wenn man ihn suchte, würde man ihn damit vielleicht aufspüren? Er kannte sich damit nicht aus. Kein Risiko eingehen, sagte er sich und ließ das alte Gerät in den Papierkorb neben der Bank fallen.

Die Sonne stand schon höher am Himmel, es wurde heißer. Wind ließ das erste Laub der Platanen rauschen. Der Sankt-Lorenz-Strom rief! John packte alles sorgfältig in die Fahrradtasche und hängte sie über die rechte Schulter. Wie immer, wenn er wusste, was zu tun war, bewegte sich John ruhig und sicher. Er nahm den Weg, der südwärts aus dem Park führte. Bald ging er entlang der Stadtmauer und fand unterwegs zum Hafen das Einkaufsviertel. Das dichter werdende Gedränge der Menschen störte ihn nicht mehr.

Ein weitläufiger Parkplatz und die bekannte blaue Fassade signalisierten ihm, dass er das Richtige gefunden hatte. Entschlossen betrat er den Walmart. Musikgedudel und rastlos eilende Menschen umgaben ihn. Die Luft war seltsam trocken. Mit suchendem Blick fand er einen Stand mit Rollkoffern und Taschen. Ja, dazwischen steckte auch ein Rucksack aus braunem Leder mit Seitentaschen und einem Schnürverschluss oben. Gelassen zog er ihn heraus und ging zur Kasse. Wortlos nahm eine ältere Dame die Ware entgegen und schob ihm ein Kartenterminal zu.

Jetzt bemerkte John doch seinen schnellen Atem und fast rasenden Herzschlag, während er seine Tasche öffnete. Trotzdem nahm er nach außen hin ruhig Mutters Kreditkarte aus dem Portemonnaie. Als er sie in den Schlitz des Gerätes schob, wurde sein Mund trocken. Die Gedanken überschlugen sich. War das jetzt ein Risiko? Was, wenn die Karte gesperrt worden war? Dann würde er sich entschuldigen und ankündigen, er hole Bargeld. Wenn diese Kreditkarte zur Fahndung nach ihm genutzt wurde? War es denn schon so weit? Die Dame an der Kasse würde ihn vielleicht um Geduld bitten, zum Telefon greifen und die Polizei rufen? Gab es Überwachungskameras hier?

„Jetzt bitte Ihre Geheimzahl eingeben!", forderte ihn die Bedienung auf.

John reagierte mechanisch und tippte das Geburtsdatum seiner Mutter ein.

„Merci. Monsieur!" Mit diesen Worten entfernte die Bedienung einen Anhänger vom Schulterriemen des Rucksackes, den sie John zuschob, und deutete mit einer Handbewegung an, dass er die Kreditkarte aus dem Terminal entfernen konnte.

Das Herzklopfen hielt an. John sprach halblaut zu sich selber. „Es funktioniert, Junge. Nichts ist passiert. Mach ruhig weiter. Packe um und kauf weiter ein." An einem Seitentisch, wo auch andere Kunden ihre Taschen füllten, stellte er die alte Fahrradtasche ab, den Rucksack daneben und verstaute sorgfältig alles in dem Rucksack. Das Klappgewehr war mit dem Handtuch umwickelt und nicht erkennbar. Am Rucksack gab es kein Schloss. Der Schnürverschluss obenan musste genügen.

„Die alte Tasche lässt du einfach hier, weiter geht es!" Die Schulterriemen des Rucksacks erschienen ihm richtig eingestellt zu sein, er streifte den ersten über seinen linken Arm, schwang ihn auf den Rücken, glitt mit dem rechten Arm in den zweiten und ging weiter. Ja, so waren das Laufen und Reisen bequemer.

Mit leisen Streicherklängen eines Orchesters lösten vertraute Klänge das Popgedudel aus den Lautsprechern ab. John blieb kurz stehen und lauschte. Ja, Loreena McKennitt sang „Annachie Gordon". Als wären es Ellas Worte, die ihre Sehnsucht nach ihm beschrieb. Aus dem Lied sprachen Vertrauen und Hoffnung.

„Das brauchst du jetzt!", sprach John leise, aber bestimmt zu sich selber. „Denk auch an alles, was du besorgen willst. Du bist in Sicherheit!"

So sah er sich durch diesen Walmart gehen und alles kaufen, was er brauchte. Dabei nur das Nötigste, was in den Rucksack passte. Drei Unterhosen, drei Paar Socken, drei T-Shirts, Zahnbürste, Zahnpasta, Seife und noch ein Handtuch, nein, keinen Rasierer, der Vollbart sollte ihn unkenntlich machen. Dazu wenig Obst und Knäckebrot als Proviant. Nach Wasser konnte er überall fragen. Zuletzt fand John sich in einer Abteilung wieder, wo ein Schild den Weg zu den ausgestellten Waren kennzeichnete: Gewehre und Munitionspackungen.

Das Popgedudel begann wieder und erschwerte Johns Konzentration. Musste er sich nicht wehren können? Aber welche Munition brauchte er? Wie lautete noch einmal der Name seiner Waffe? Muti, italienisch, Kaliber neun, so stand es auf dem Schaft. Würde er das überhaupt bekommen? Ach, so viel hatte hier im Walmart gut funktioniert. Auch das wollte er versuchen.

Hinter dem Tresen lungerte ein junger Mann in verschlissener Kleidung herum.

John winkte ihm. „Pardon, können Sie mir helfen?"

Der Verkäufer schüttelte den Kopf. „Für Waffen muss ich den Chef rufen."

„Nein, nein", versuchte John abzuwiegeln. „Mein Vater braucht nur Munition. Für eine Muti, Kaliber neun."

Der junge Mann wurde schlagartig dienstbeflissen. „Natürlich Monsieur! Das wird ja regelmäßig hier geordert!" Mit zitternden Händen legte er drei Packungen auf den Tresen und sah John unterwürfig an.

„Der hält mich wohl für einen Mafiosi", dachte John und meinte: „Eine genügt." Er bemühte sich, selbst keine eigene Unsicherheit zu zeigen. Schon hatte er die Kreditkarte bereit, bestätigte wieder mit dem Geburtsdatum von Mutter, nahm das Paket und verstaute es in den Rucksack, in dessen Riemen er schließlich mit beiden Armen glitt, und zurrte den Bauchgurt fest.

Auf dem Weg zum Ausgang sah er einen Briefkasten. Ach ja, der Brief für Ella. Nochmals nahm er den Rucksack ab, öffnete ihn und fingerte das Couvert heraus. Entschlossen warf er es in den Briefkasten. Zufrieden schnallte er den Rucksack wieder über, verließ den Walmart und lenkte nachdenklich seine Schritte zum Hafen. Ein weiter Weg noch. Aber er hatte Zeit und Kraft genug. Seine Erinnerungen und die Zeitungsartikel von heute fügten sich zu einer sich immer mehr verfestigenden Gewissheit: Jemand, der möglicherweise er selber war, hatte Menschen getötet. Verbrecher. Die Fjodr gefoltert, getötet, enthauptet und dem Sankt-Lorenz-Strom übergeben hatten. Der mächtige Strom, auf den er sich jetzt begeben wollte. Seine Mutter war eine Mörderin, wie alle Welt in der Zeitung lesen konnte.

21. KAPITEL

NÖRDLICH DER GRENZE

„ER FÜHRTE MICH HINAUS IN DIE WEITE. ER BEFREITE MICH."

PSALM 18. VERS 20

Am Zusammenfluss des Sankt-Charles-Flusses mit dem Sankt-Lorenz-Strom würde John zum alten Hafen kommen. Dort, das wusste er, legten nur kleinere Schiffe an. Eine angenehme Brise erfrischte ihn. An dem Kai, der in der Annonce bezeichnet war, setzte er sich auf eine Bank, legte den Rucksack ab und griff einen Apfel heraus. Zufrieden sah er dem Treiben der Arbeiter zu, die Gangways für Ausflügler bereitstellten. Ein weißes Schiff drehte sich mit schäumenden Wellen achtern gegen die hier noch wirksame Strömung des Flusses. Matrosen warfen Kugelfender aus. Das Schiff näherte sich zentimeterweise der Kaimauer und stand bald still. Der Anlegesteg wurde endgültig vor die Eingangstür des Schiffes gewuchtet. Diese öffnete sich, Personal sicherte mit Seilen das Schiff an einem Poller und gab den Weg frei.

Ein Strom sommerlich gekleideter Touristen ergoss sich auf den Kai. Kinder hüpften umher. Fahrräder und Kinderwagen wurden geschoben. Hunde wuselten dazwischen. Die Matrosen am Schiffsausgang grüßten und schlürften einen Kaffee aus Tassen. Schließlich versiegte dieser Menschenstrom. Seltsam. Ein Ausflugsschiff? Was hatte das mit einer Fracht nach Detroit zu tun? Immerhin: Am Anleger war ein Plakat aufgehängt mit dem Logo der Annonce, ein Anker mit Lorbeer. Auch ungewöhnlich, mindestens.

John gab sich einen Ruck, packte den Rucksack und schritt zum Schiff, die Zeitung aufgeschlagen mit der Annonce obenauf in der rechten Hand. Beruhigt sah er das Plakat genauer an: dieselbe Anzeige wie in der Zeitung. Jetzt kam es darauf an, selbstbewusst aufzutreten. Die Matrosen wollten eben ein Gitter vor dem Steg abschließen, als John sie erreichte.

„Messieurs! S'il vous plait!", grüßte er. „Diese Stellenanzeige! Wird noch jemand gesucht?"

Ein glatzköpfiger junger Mann in tadelloser Uniform betrachtete ihn von unten bis oben.

„Bien sûr", meinte er grinsend. „Kommen Sie mal mit zum Kapitän. Der hat schon viele Bewerber kennengelernt."

Das Gitter wurde wieder beiseitegeschoben. John beschloss, den ironischen Ton zu überhören und sich nicht beirren zulassen. Der Glatzköpfige ging voran. Sie durchquerten einen Raum mit Gepäckregalen. Hinter einem Kassenhäuschen ging eine schmale Treppe aufwärts zum Oberdeck. Mit einer scharfen Biegung schloss sich die Treppe zur Schiffsbrücke an. John wurde die Tür aufgehalten. Sein Begleiter rief in den Raum:

„Kapitän! Wieder ein Bewerber!" Dann grinste er John an und schloss die Türe.

Der großgewachsene Kapitän ging auf seinen Besucher zu. „McKennitt!", grüßte er höflich und hielt seine rechte Hand dem Bewerber offen entgegen.

John blickte in dunkelbraune Augen und einen lächelnden Mund inmitten eines schwarzen Vollbarts und schlug ein. „John Irving!"

„Ist das Ihr Spitzname?" Der Kapitän schien ein kluger Mann zu sein.

„Ich heiße wirklich John. Stewart. Und Sie sind der Bruder der Sängerin?" John freute sich über seine Schlagfertigkeit. Sein Gegenüber lachte.

„Das nicht. Aber entfernt verwandt, tatsächlich. Darf ich dich mit Vornamen anreden?"

John nickte dankbar.

„Gerade von der Schule gekommen?"

Wieder nickte John. „Collège de Jeanne d'Arc!"

Der Kapitän wies auf zwei Stühle an einem Tisch hinter der Brückenarmatur.

„Setzen wir uns! Das Collège kenne ich, sehr gute Lehrer!"

Erstaunt setzte sich John. Die Welt war offenbar klein. Der Kapitän stammte vielleicht selber aus Quebec.

„Willst du einen Kaffee?"

Wieder nickte John. Welch eine Höflichkeit! Hatte der Name seiner Schule das bewirkt? McKennitt goss ihm eine Tasse ein.

„Bitte sehr, hier sind Milch und Zucker."

John beschäftigte sich ausführlich mit diesen Zutaten und beruhigte das aufkommende Herzrasen.

„Musst Geld verdienen, nicht wahr?"

John schluckte, nickte und schwieg.

Der Kapitän lächelte wieder. „John Irving, du kannst doch auch südlich des Sankt-Lorenz-Stroms Arbeit suchen. Da gibt es eine Menge Möglichkeiten. Wie wäre es mit einem Job in Maine? In einem Cider-House?"

Der Mann hatte ja Ahnung von Literatur! Diesen Ball nahm John gerne auf.

„Eh bien, Monsieur le Capitain, da gibt es erst im Herbst Arbeit!" Er dachte noch einen Moment nach und fügte hinzu: „Die Regeln dort sind gut. Aber sie werden gebrochen. Menschen werden verletzt." Er schüttelte den Kopf. „Nein, ich bleibe nördlich der Grenze."

Der Kapitän sah in lange an.

„Ich erinnere auch sehr gut das letzte Kapitel dieses Buches. Nördlich der Grenze willst du bleiben. Mit klaren Regeln, die eingehalten werden. John, du kennst deine Grenzen?"

John schaute in das offene Gesicht seines Gegenübers und fühlte sich verstanden. So gut, wie er es nur von Fjodr gekannt hatte. Dann schüttelte er den Kopf.

„Ich bin noch auf der Suche."

Der Kapitän nickte. „Das steht dir auch zu in deinem Alter. Eine Liebe gibt es auch, die dich verfolgt?"

John wurde rot und der Kapitän lachte.

„Na, sag mal, welche Art von Jobs willst du denn?"

Nach einem Pusten über den Kaffeespiegel stellte John die Gegenfrage:

„Was brauchen Sie denn am dringendsten?"

„Buchführung für die Reederei. Vorbereitung der Steuererklärung. Wir haben neben diesem Ausflugsschiff auch Frachter in der Flotte. Die liegen in Montreal. Da fahren wir wieder hin. Dann fallen Ladearbeiten an. Ich bin übrigens Teilhaber der Reederei."

Nach einer Pause, die John zum Kaffeeschlürfen nutzte, fragte der Kapitän.

„Eine Ausbildung für die Büroarbeiten kannst du ja kaum haben. Oder was fällt dir dazu ein?"

„Eh bien, le Ministère de Finances du Quebec, Formulare über die Gazette officielle du Quebec", begann John eine Aufzählung von Behörden.

McKennitt nickte anerkennend und unterbrach ihn.

„Kannst du das auch auf Englisch?"

„Aye, aye, Sir. Mein Vater stammt aus Alberta. Meinem Onkel habe ich die Steuererklärung für die Ortsbehörden gemacht."

„Soso!" McKennitt wurde nachdenklich. Dann lächelte er wieder. „Bist du krankenversichert? Hast du eine Bankverbindung?"

John holte Driving Licence und Kreditkarte aus seinem Portemonnaie.

„Schon gut", McKennitt winkte ab. „Ich mach dir einen Vorschlag: Wenn Zeit für dich kein Problem ist, fährst du einfach mit nach Montreal. Dabei siehst du dir Unterlagen durch, die ich dir vertraulich gebe", dabei zog er zur Betonung seine Augenbrauen hoch. „Wenn du mir eine gute Struktur für die Buchhaltung und die Steuer vorlegst, wird das ordentlich bezahlt. Aber erst einmal", jetzt lachte er wieder breit, „erst einmal kriegst du eine Dusche und einen frischen Mannschaftsanzug."

John stand auf und nahm Haltung an. „D'accord et merci bien, Monsieur le Capitain!"

Auch der Kapitän erhob sich. „John, auf eine gute Probezeit!"

Dann trat er an das Brückenpult und sprach in ein Mikrofon: „Tom, komm und bring unsern Kandidaten bei dir unter, zuerst Duschen, Rasieren und Kleidung, der Jogging-Anzug für die Mannschaft."

„Aye, Sir!", klang es blechern zurück.

Nach wenigen Minuten ertönten seine Schritte auf der Treppe. Die Tür öffnete sich und der Glatzkopf hielt John seine Hand entgegen: „Tom!"

„John!"

Dann salutierte der Glatzkopf in Richtung des Kapitäns, sagte nur: „Sir!", nahm das Nicken von McKennitt entgegen und wies John die Richtung zur Treppe. Kurz entschlossen tat John es ihm nach und salutierte mit kurzem „Sir!" und sah das Nicken seines neuen Vorgesetzten.

Draußen hielt sein neuer Kollege einen Moment inne. Sie vernahmen den Kapitän, der telefonierte.

„Agenture civile de Quebec? John Stewart, ist der bei Ihnen gemeldet?"

Tom fixierte John mit den Augen.

„Tja, unser Kapitän ist sehr erfahren und gründlich. Aber auch sehr menschlich. Du musst ja was geboten haben! Gratuliere zu deiner Chance! Komm mit in meine Kabine unter Deck!"

John nickte und folgte Tom. Gut, er nahm ein Risiko auf sich. Aber noch wurde offiziell nicht nach ihm gefahndet. Hauptsache, er kam weg von Quebec City. Das Weitere würde sich finden. Aber, er musste auf der Hut sein, ob er gesucht wurde.

22. KAPITEL

AUF DEM

SANKT-LORENZ-STROM

"DU LÄSST UNS FLIEHEN VOR UNSERM FEIND."
PSALM 44. VERS 11

Zum ersten Mal in seinem Leben hatte John das Gefühl, Mitglied einer wirklichen Familie zu sein. Er kannte alle Matrosen mit Namen. Tom, Herman, David, George, alles Anglokanadier und Matrosen, Rod Armstrong, der erste Offizier, dann noch Lorena, die junge Frau von der Kasse am Gepäckraum. Sie versorgte während der Fahrt auch die Küche und brachte ihm jeden Morgen einen Kaffee und ein Croissant in die Schiffsmesse, wo er die Geschäftsunterlagen der Reederei bearbeitete. Das war sein kleines Frühstück. Die anderen Mahlzeiten richteten sich nach dem Schiffsfahrplan, wenn alle Passagiere von Bord waren und Zeit blieb bis zur nächsten Abfahrt. Dann brachte Lorena einen Servierwagen in die Messe. Es gab Fertigwaren aus dem Passagierangebot. John wählte meist ein zweites Frühstück mit Croissants. So liebte er es in Quebec. Abends aß er nur Obst. Meist nahm er still die Mahlzeiten zu sich, mit gesenktem Blick. Das Geplauder der andern klang für ihn wie der leise Wellenschlag der Seen an die Bordwand des Schiffes. ‚Good Water', hieß es. Ähnlich wie ‚Good Lands', die Ranch des Onkels in Alberta. Das hatte er sogar den andern erzählt, gleich zu Anfang.

Die Tage hatten somit einen festen Rhythmus. Hafen für Hafen kamen und gingen Passagiere. Abends wurde das Schiff gereinigt.

John half mit beim Wischen und Schrubben. Er bot außerdem Schuh-pflege für alle an. Utensilien gab es im Wirtschaftsraum. Geschlafen wurde in den Kabinen. Für John gab es eine Hängematte bei Tom. John gewöhnte sich gut daran. Tom war immer schneller müde als er selbst, stand aber auch als Erster auf. So führte John spätabends sein Tagebuch und gab an manchem Hafen einen Brief an Ella ab.

In der Messe stapelte ihm Kapitän McKennitt immer mehr Bücher und Akten auf. Schnell zeigte sich, dass John die richtigen Reihen-folgen erkannte und als Erstes eine Chronologie herstellte. Den Briefwechsel mit den Finanzagenturen ordnete er extra. Oft klopfte ihm McKennitt auf die Schulter. Lorena brachte ein Croissant und den Kaffee bald morgendlich perfekt vorbereitet mit Zucker und Milch. Sie plauderte gerne. John erfuhr, dass ihr Vater tatsächlich Fan von Loreena McKennitt, der Sängerin, war, seiner Tochter deshalb diesen Namen gegeben hatte und dies bei ihrem Bewerbungsgespräch auf der ‚Good Water‘ erwähnte. Was den Ausschlag gab: Sie bekam die Stelle auf dem Schiff.

Was denn ihr Lieblingslied sei, fragte John Lorena einmal. Sie antwortete, das sei ‚Dickens Dublin‘. Es seien die Stimmen der verlo-renen Kinder, die Zwischentexte sprachen, dies habe sie besonders berührt, erklärte sie. John staunte über diese Gedanken, die seinen eigenen ähnlich waren. Gedankenverloren sah John oft aus den Fens-tern der Messe und dachte darüber nach. Wasserspiegel blendeten ihn mit den Silberreflexen der Frühlingssonne. Bei Wellengang hob und senkte sich der Horizont. Der Sankt-Lorenz-Strom hatte sich westwärts der Ile d'Orléans wieder endgültig geweitet und bot grandiose Blicke auf die Uferszenen. Ja, Charles Dickens berührte auch sein Herz. Genauso wie eben John Irving, der Schriftsteller. Das Cider-House in Maine, das seinem Roman den Namen gegeben hatte, wo die Jugendfreundin den geflohenen Internatskameraden suchte und fand, dieses Haus war aber letztlich eher ein Ort der Gewalt als des Friedens. Nein, Maine konnte kein Ziel für John sein. Er hatte eine andere Wahl getroffen. Eine gute Wahl, wie er glaubte.

Vielleicht musste es für John diese Flucht auf dem Sankt-Lorenz-Strom geben, um ihm selbst das Erlebnis einer Familie zu schenken. Tag um Tag wurde ihm das klarer und er empfand Dankbarkeit dafür. Wenn nur nicht die Ängste gewesen wären. Angst vor der Drogenmafia, Angst vor der Polizei. Oft bemerkte John diese Angst nicht, bis der Stein im Bauch ihn daran erinnerte. Dieser Stein blieb sein Begleiter, so lange die Reise auch währte.

Nach einer Woche hatte sich der Blick auf die Breite des Stromes wieder verengt. Sie befanden sich westwärts von Montreal, wo McKennitt ihm noch mehr Akten besorgte. Es war auf dem South Shore Canal, als der Kapitän sich in der Messe neben John setzte. Er wuchtete diesmal keine neuen Akten auf den Tisch, sondern legte still eine Tageszeitung vor sich hin. John warf einen Blick darauf und erkannte – wieder seine Mutter. Die Tasse fiel ihm aus der Hand. Unsicher suchte er ein Küchentuch. McKennitt zog Papiertaschentücher aus seiner Hosentasche und betupfte Akten und Tischplatte.

Wortlos sah John im zu.

Schließlich unterbrach der Kapitän das Schweigen. „Junge, es tut mir sehr leid für dich, dass deine Mutter als Mörderin deines Vaters verdächtigt wird." McKennitt klopfte mit einem Finger auf das Foto. „Ich kann mir vorstellen, wie es zu Hause für dich war. Ein Elend. Der Vater tot. Die Mutter vielleicht eine Mörderin. Nein, das war kein Zuhause."

Wieder schwiegen beide. John brachte keinen Ton heraus.

Der Kapitän fuhr fort: „John, die Polizei sucht dich!"

Helle Flecken schwammen vor Johns Augen. Kraftlos sank sein Oberkörper herab. McKennitt fing ihn auf, legte John auf die Sitzbank und öffnete ein Fenster. Stehend sah er ihm in die Augen.

„Bist du wieder da?", fragte er. John nickte.

„Junge, die Polizei spricht von einem Unglück und davon, dass ein Verbrechersyndikat dich ebenfalls sucht. Mit keinen guten Absichten. Du brauchst Schutz." Der Kapitän setzte sich wieder. „Bei uns bist du sicher, nehme ich an. Aber nicht auf Dauer. Jedenfalls kannst du uns vertrauen. Der Polizei ebenfalls. Entscheide selber, wann du dich dort melden willst. Wir legen gleich kurz in Kingston an und fahren dann über den Ontario-See."

John nickte, reichte ihm die Hand und zog sich hoch. „Ist gut, ich kann wieder sitzen. Sie haben Recht, Sir, aber ich brauch' noch etwas Zeit."

Der Kapitän nickte. „Ist in Ordnung. Nimm dir die Zeit, die du brauchst. So, ich lasse dir jetzt nochmals einen frischen Kaffee und ein Croissant bringen."

Leise verließ der Kapitän die Messe. Die Zeitung ließ er liegen. John aber schob nur mechanisch die Akten hin und her. Sein Blick wurde von hellen Sonnenstrahlen geblendet, die mittags vom Südufer des South Shore Canal durch die Fenster der Messe fielen. Er schloss die Augen.

Die Bilder vom Hinterhof in Quebec tauchten auf. Der Spiegel an der abgestellten Jugendstilkommode. Das Ferrari Cabrio. Die italienischen Söhne. Die Codetastatur. Das Gewitter. Der verborgene Schrank. Der Griff ans kalte Metall des Gewehrs. Diese fotografischen, ja filmischen Erinnerungen liefen auf das eine Ereignis zu: Harold McCartey, Lombardo, der Pizzavater, seine Söhne, der Gorilla, alle tanzten den Totentanz und legten sich aufeinander. Aus dem Telefon erklang eine indianische Flöte und erstarb alsbald wieder.

Dabei hatte der Indianer Norval Morisseuau neben ihm gestanden. Sein langes, schwarzes Haar, teils ergraut, fiel in langen Strähnen über sein Gesicht. John erkannte dennoch ein Lächeln. Als könnte er Gedanken lesen, sprach dieser Indianer zu ihm in diesem Tagtraum: „Richtig, mein Name ist Norval Morisseau, aber eigentlich heiße ich Miswaabik Animiiki!" John sah ihn fragend an. Der Mann nickte und fuhr fort: „Das ist die Sprache der Ojibwa und bedeutet: Thunderbird – Donnervogel." Er zog ein Federkleid über, öffnete das Fenster weit und sprang hinaus. Der riesige Vogel stürzte in den Hof. Dann hob er sich in die Lüfte und entschwand.

John spürte einen warmen Kaffeebecher an seiner Hand.

„Hey, hier ist auch ein Croissant!" Lorena setzte sich zu ihm.

„Was blickst du so entsetzt?"

In dem Moment, als John die Augen öffnete, weil Lorenas Schatten die Sonnenstrahlen verbargen und ihn der erste Kaffeeduft erreichte, tauchte plötzlich das Bild von Fjodrs Gesicht auf, das leblose, tote Gesicht des abgetrennten Kopfes, dessen Augen durch John hindurchsahen. Sofort verschwand das Bild, als Lorena weitersprach. Er sah wieder das vertraute Gesicht des Mädchens, das seine Hand sacht berührte. Kein Wort brachte er hervor.

„Iss und trink ruhig", meinte Lorena und setzte sich zu ihm. „Wir fahren bald über den Ontario-See. Ein wunderschöner Anblick, seine Weite."

John knabberte an seinem Croissant, seine Hände zitterten. Lorena plauderte weiter in ruhigem Ton.

„Wir fahren nach Kingston nur die Häfen von Brighton und Toronto an. Toronto ist das vorläufige Ziel unserer Fahrt. Da haben wir ein paar Tage Zeit. Hast du schon etwas vor?"

John zuckte die Schultern. Eifrig erzählte Lorena weiter.

„Von dort ist es nicht weit bis Stratford on Avon. Kennst du das?"

John nickte.

„Shakespeare!" Es war das erste Wort, das er hervorbrachte.

Lorena lächelte.

„Richtig. Aber das ist England. Hier in Ontario liegt der gleichnamige Ort. Da lebt Loreena McKennitt, die Sängerin!"

Eifrig stand das Mädchen auf, ging zum Messe-Buffet und schaltete einen CD-Player an. Mit einem Strahlen im Gesicht eilte sie wieder zu John an den Tisch. Sanft erklangen Streichinstrumente und die Sängerin begann mit ihrer Ballade.

„Ancient Pines", erklärte Lorena. „John, es sind die wunderbar weiten Nadelwälder, die mit reinen Vokalen stimmlich beschrieben werden."

John nickte. Der Knoten in seinem Bauch löste sich.

„Wenn wir in Toronto sind, können wir ein Open Air Concert von Loreena McKennitt besuchen. Das passt zeitlich. Willst du mit mir kommen?"

John sammelte mit beiden Händen die Krümel seines Croissants, schaufelte sie in eine Hohlhand und nahm sie mit den Lippen auf. Das Zittern war verschwunden. Er nickte. „Etwas Geld habe ich auch", meinte er schließlich. „Nur bekomme ich von solchen Dingen nichts mit."

Lorena rückte näher an ihn heran. „Da habe ich eine Idee!" Sie zog ein Mobiltelefon aus der Tasche und legte es auf den Tisch. „Das ist mein Uralt-Smartphone. Aber mit WLAN kannst du Informationen lesen. Sieh mal!"

Sie drückte eine Seitentaste und demonstrierte den Einstieg ins Programm. „Mein Pin ist ..."

„Dein Geburtsjahr!", unterbrach John sie.

„Schlauberger! Richtig: 1997! Und hier sind meine Telefonnummern, die Nummer dieses alten Telefons und das ist die neue. Da können wir Kontakt halten!"

Das Gefühl, eine Schwester zu haben, eine seelenverwandte junge Frau, dieses völlig neue Gefühl ergriff und begleitete John. Er vergaß alle Finanzämter und Steuerordner, die den Tisch bedeckten. Lorenas Stimme erreichte sein Herz. Sie erklärte die Nutzung des Gerätes, das sie ihm überließ, ausführlich. Bis die Bordglocke erklang.

„Nächster Hafen Kingston, Besetzung der Bordkasse, bitte!"

23. KAPITEL

TORONTO

JA. LEICHEN DIESES VOLKES WERDEN DEN VÖGELN DES
HIMMELS UND DEN TIEREN DES FELDES ZUM FRASSE DIENEN."
BUCH JEREMIA. KAPITELL 7. VERS 33

Morgen für Morgen sah John die unendliche Weite der blauen Fläche des Ontariosees. Es waren die Vormittage, an denen er alleine in der Messe saß und diese Bilder an den Backbord-Fenstern vorbeiglitten. Auf der anderen Seite tauchte die kraftvolle Sonne des nahenden Sommers Uferszenen in frische Farben. Felsküsten wechselten mit weißen Sandstränden, eine grüne Wand der Wälder erhob sich darüber. Strahlend hell grüßten einzelne Leuchttürme auf Landzungen, die sich tief in den See hinein erstreckten. So beschrieb er es in den Tagebuchnotizen, die er als Brief an Ella schickte, den Letzten am Hafen von Brighton.

Je näher sie Toronto kamen, umso unruhiger aber wurde John. Die Träume der Nacht wurden vom Donnervogel beherrscht. Inhalte oder filmische Szenen konnte er, entgegen allen bisherigen Erfahrungen, morgens nicht mehr erinnern und nachvollziehen. Aber in kurzen Momenten der Entspannung am helllichten Tag erschien oft ein Trugbild vor seinem Auge. Eine Möwe auf dem Oberdeck saß still da, sah ihn an und verwandelte sich blitzartig. Von der hohen Statur des Indianers sah ein schwarzer Vogelkopf auf ihn herab.

Wem nur konnte er davon erzählen? Was genau sollte er sagen? Diese Fragen bewegten John, als das Schiff sich dem Hafen von Toronto näherte. Er stand mit Tom auf dem Oberdeck und stützte sich an der Reling. Vor ihnen erhob sich die Skyline der Stadt.

„Siehe mal, links ist der riesige Dachbogen des Football-Stadions, rechts daneben der CN-Tower!" Stolz erklärte Tom alles.

„Ich bin ja in Toronto geboren. Es ist, als sei es gestern gewesen: In meiner Schulzeit wurden immer wieder Filme gezeigt, wie 1976 hier das höchste Gebäude der Welt eingeweiht wurde!"

„Ist es das?"

Tom lachte. „Nichts ist für die Ewigkeit. 2007 baute man in Dubai noch höher. Aber unser Turm mit 553 Metern bleibt unser Stolz!"

Die ‚Good Water' manövrierte behutsam in den Hafen, vorbei an Yachten und anderen kleineren Schiffen.

„Hier ist die Fahrtrinne nur fünf Meter tief", erklärte Tom.

John hörte kaum noch hin. Er betrachtete unentwegt den CN-Tower und bewunderte die Vögel, die ihn umkreisten. Welche atemberaubende Perspektive musste es von dort oben geben. Langsam hob John beide Arme und breitete sie aus wie Flügel. Tiefe Atemzüge beruhigten sein Herz.

Die Stöße der Bordwand am Kai rissen ihn aus seinem Tagtraum. Er ließ die Arme sinken und blickte herunter auf die Kugelfender, die Hermann ausgehängt hatte. Der Matrose sprang nun an Land und fing die Leinen auf, die jemand ihm zuwarf. Rasch und geübt schlang er sie in Achtertouren um die Poller. Der Steg wurde ausgefahren. Metallisch klingendes Trampeln und Geplärr klangen herauf vom Zug der eifrig ausschreitenden Passagiere, die das Schiff verließen. Hunde zogen an Leinen und kleine Kinder an den Armen der Eltern. Rollkoffer tönten scheppernd. Das lange Band der abreisenden Gäste wirkte grau mit ihren schützenden Mänteln und Anoraks. Auf dem Kai warteten und winkten Menschen in heller und bunter Sommerkleidung. Wie die Mündung eines Abwassers ergoss sich die Ladung der ‚Good Water' auf den Kai und durchmischte sich mit den hellen Fluten des Großstadtstroms. Bald schon war das Grau aufgelöst mit der fortschreitenden Entfernung vom Schiff.

Tom stieß John in die Seite. „Aufwachen, du Träumer! Jetzt wird aufgeräumt. Mach flott, dann haben wir gleich frei. Geschrubbt wird morgen!"

Mechanisch arbeitete John mit Abfallsäcken das vordere Oberdeck ab. Tom räumte achtern. Schließlich gelangte John zur Brücke.

Der Kapitän verließ das Steuer, trat ins Freie und sprach ihn an. „Alles klar? Wirst du dich bei der Polizei melden?"

John setzte die Müllsäcke ab und nickte. „Morgen. Heute fahren Lorena und ich aufs Konzert."

„In Stratford?"

„Das ist zu weit weg. Heute ist Loreena McKennitt in Toronto. Im Norden, Lorena weiß Bescheid."

Der Kapitän nickte. „Hat sie mir erzählt. Geh ruhig runter. Sie hat die Kassenabrechnung fertig. Ihr könnt schon mal los!"

„Danke, Sir!"

Mit den zwei Müllsäcken ging John herunter bis ins Unterdeck und verstaute alles im Sammelcontainer, der achtern lag. Auf dem Rückweg zum Zwischendeck suchte er Lorena. Vom Landungssteg kamen blau gekleidete Reinigungskräfte, um die zahlreichen Passagier-Kabinen frisch herzurichten. Alle trugen Trainingsanzüge und einen Synthetic-Kittel darüber. Das Logo eines Subunternehmens kündete die Tätigkeit an: „Clean up!" Teilnahmslose Gesichter ließen keine Vorfreude auf die Arbeit erkennen. Diese ausschwärmenden Gestalten schienen mit ihrer Freudlosigkeit nur eine Botschaft mitzuteilen: Mein Leben ist ein Irrtum!

Schließlich erreichte John den Schiffsausgang zum Steg. Lorena stand dort bereits in Jeans, weißer Bluse und sportlichem Jackett.

Sie winkte und fragte: „Hast du alles?"

„Noch nicht. Ich geh rasch in die Kabine."

„Mach ruhig!"

Stolpernd folgte John dem Gang, vorbei an den Passagierkabinen bis zur Tür von Tom und ihm. Er betrat die kleine Kabine. Ein frisches Hemd? Ja, das hatte er von Tom erfragt und gestern Abend bereitgelegt. Ebenso Jeans statt Jogging-Hose. Die Schuhe konnte er anlassen. Alles andere lag im Rucksack bereit. Über das Hemd zog er die alte Reisejacke und hängte den Rucksack an die Schulter. Einen Moment schloss er die Augen und überdachte den Inhalt. Das

Tagebuch. Papiere mit Geldbeutel. Lorenas Smartphone. Eine Decke. Darinnen zusammengeklappt das Gewehr? Doch das konnte er nicht hier herumliegen lassen. Ins Hafenbecken werfen? Womit sollte er sich sonst verteidigen? Trotzdem: Er würde das überdenken. Jetzt aber nichts wie hoch zu Lorena!

Durch das Geklapper und Rumpeln aus den Kabinen, wo Fremde räumten und reinigten, hastete John zum Ausgang. Nein, Lorena war nicht verschwunden.

Sie lächelte. „Was siehst du so gehetzt aus? Wir machen einen Ausflug. Niemand jagt uns. Komm."

Dicht beieinander überquerten sie den schmalen Steg. Auf dem Kai herrschte Stille. Die Menschenströme waren versiegt.

Lorena begann zu plaudern. „Das Konzert ist heute Abend. Im Norden, auf einer neu angelegten Waldbühne. Es gibt Abendkarten. Wir sind einfach früh genug dort. Dann essen wir eine Kleinigkeit auf dem Gelände. Wäre das okay? Du wirkst so ratlos?"

John drehte sich um seine Achse. Schlendernd hatten sie den Kai und auch den Yachthafen schon verlassen. „Alles gute Ideen! Aber ich kenn mich hier nicht aus. Wo gehen wir jetzt hin?"

Lorena nahm ihn am Arm. „Da vorne, eine Café-Terrasse. Jetzt gönnen wir uns erst mal ein Frühstück!"

John ließ sich mitziehen. „Wo sind die denn alle geblieben?"

„Wer, unsere Fahrgäste? Da hinten ist ein Bus-Terminal, alle wurden pünktlich abgeholt. So komm, hier können wir uns setzen."

Vorsichtig ließ John sich auf den Korbstuhl nieder, der an einem runden Holztisch stand. Umständlich nahm er seinen Rucksack ab, öffnete die Schnallen und fingerte Smartphone, Tagebuch und Geldbeutel heraus. Sacht und vorsichtig legte er den Rucksack zu seinen Füßen. Als er aufblickte, bemerkte er, wie Lorena ihm interessiert zusah. Jemand trat an den Tisch und sagte etwas. Zwischen dem Jemand und Lorena fiel Johns Blick auf die Wand des Kiosk-Cafés. Ein Ständer bot Informationsblätter über Toronto an. Auffallend leuchtend steckte in der Mitte das Bild eines Vogels.

John schloss die Augen, hielt tief atmend inne und wagte einen zweiten Blick. Nein, das war kein Trugbild, kein Tagtraum. Langsam erhob er sich, drängte die Bedienung vom Tisch, nahm den Flyer und setzte sich wieder.

Der schwarz gekleidete Kellner rückte wieder näher. „Was darf es sein?"

„Un bol du café, une croissant", kam es leise über Johns Lippen.

„He John", meldete sich Lorena. „Hier spricht man Englisch!"

„Kein Problem", meinte die Bedienung, „ich habe verstanden."

Der Schatten verschwand. Stille breitete sich aus. John betrachtete eingehend das Titelbild des Flyers. „Erleben Sie die Faszination des Donnervogels", stand darüber. Darunter: „Wir laden Sie ein ins McMichael-Museum in Kleinburg, Toronto." John faltete den Flyer auseinander. Auf der Rückseite befand sich eine Wegbeschreibung von der City Torontos in das Dorf nördlich der Stadt. In der Nähe befanden sich offenbar ausgedehnte Wälder.

John suchte Blickkontakt mit Lorena. Die stand kurz auf und nahm sich den gleichen Flyer vom Ständer. Als sie sich wieder setzte, wurde der Morgenkaffee gereicht. Vor Lorena stellte der Kellner eine Tasse und einen Teller mit Sandwich, vor John eine Bol und eine Schale mit Croissant.

„Bon appetit!", meinte er freundlich.

„Merci", antwortete John und zeigte Lorena die Rückseite des Flyers.

„Liegt das Museum nicht auf dem Weg zur Waldbühne?"

„Stimmt! Wir nehmen die U-Bahn-Linie eins bis zur Vaughan Metropolitan Station. Von da aus am besten mit dem Taxi."

„Heißt das, du kommst mit dahin?"

„Klar doch. Hier, das klingt wirklich interessant: Dieses Bild des stilisierten Donnervogels ähnelt einem Felsengemälde, das der uralten Tradition des Donnervogels entstammt. Der Indianer und Schamane Norval Morisseau malte Bilder nach indianischer Tradition, gemeinsam mit sechs anderen indianischen Künstlern."

„Richtig", ergänzte John und las weiter vor: „Der Maler wechselte seine Identität und nannte sich in der Sprache seines Stammes „Miskwaabik Animiiki", übersetzt: Copper Thunderbird."

„Kann ein Mensch sich mit diesem Donnervogel gleichsetzen?", fragte Lorena und nahm einen ersten Schluck Kaffee.

John schob sein Frühstück zur Seite, entfaltete den Flyer vollständig und ergänzte:

„Der Mythos des Donnervogels begegnet uns in allen indianischen Kulturen Nordamerikas. Eine von vielen Legenden erzählt, dass heute noch Donnervögel im Norden von Vancouver leben, die sich in Menschen verwandelt haben. Wenn sie sehen, dass Menschen erniedrigt und versklavt werden, kann es geschehen, dass sie sich wieder rückverwandeln und Rache nehmen."

John lehnte sich zurück, sah in den südöstlichen Himmel über dem Hafen, wo unter hell beschienenen Wolken dunkle Vögel kreisten. Schließlich nahm er die Bol in beide Hände und trank langsam. Der bittere Geschmack riss ihn aus seinen Gedanken.

„Iiiih, der schmeckt aber nicht!"

Lorena lachte. „Da, nimm Sahne und Zucker, das steht auf dem Tisch!"

John errötete, stellte die Bol ab und begann, mit der Sahne und dem Zucker zu hantieren.

„Ertappt!", Lorena schmunzelte. „Fragt sich nur, wobei, du Geheimniskrämer!"

John runzelte nur fragend die Stirn, rührte im Kaffee, biss einmal ins Croissant und schlürfte an der Bol.

Lorena vergrub ihre Zähne ins Sandwich, kaute ausgiebig und meinte schließlich: „Wenn dir der Besuch zu diesen Bildern guttut, dann machen wir das. Am Abend gibt es ein schönes Konzert, und Morgen gehst du ausgeruht zur Polizei."

John nickte und verspeiste still sein Frühstück. Aus der Ferne waren leise Schreie zu hören, die sich stetig näherten. Ein Scharren zeugte von Bewegungen auf dem Kiosk-Dach. Ein lauter Schrei von oben stach John in die Brust. Erschrocken sah er auf die Möwe am Rand des Daches.

Lorena lachte wieder. „Was hast du denn? Die will dich nicht fressen, sie wartet, dass wir Krümel übriglassen!"

Zügig nahm Lorena ihren Geldbeutel und legte einen Schein unter ihren Teller. „Komm, nutzen wir die Zeit, auf los geht's los!"

John griff seinen Rucksack und verstaute seine Sachen. „Wohin müssen wir?"

„Hier kenn ich mich aus. Komm, raus aus dem Hafen, zur Linie eins Richtung City!"

Bis zur ersten Hauptverkehrsstraße konnten beiden nebeneinander gehen. Dann wurde es belebter und John hielt sich dicht hinter Lorena. Er musste nichts denken und nichts entscheiden. Sein Blick war fast immer gesenkt auf Lorenas weiße Turnschuhe gerichtet. Dem Asphalt folgten Böden aus Steinplatten und schließlich aus hellem Metall. Kurz hob John seinen Blick. Lorena zog Tickets aus einem Automaten, wendete sich um und ging zielstrebig zu den Drehschranken. Sie drückte ihm einen Streifen in die Hand.

„Hier, wie ich es mache, Streifen rein, Stempeln, wieder raus, Schranke lässt sich öffnen, raus auf die Rolltreppe."

Auf dem Bahnsteig angekommen, vernahm John die zischende Anfahrt des silberfarbigen Zuges. Aus den sich öffnenden Waggons quollen Menschen hervor. Lorena packte Johns Arm und zog ihn durch eine geöffnete Wagentür. Gleich daneben setzten sie sich.

„Das dauert jetzt", rief ihm Lorena ins Ohr, „bis zur Endstation!"

Ein Wechsel von beschleunigt verschwindenden und wieder neu erscheinenden Wänden hinter den sitzenden Fahrgästen bereitete John leichte Übelkeit. Die sich vorwärts und rückwärts schiebenden Menschenreihen wirkten in den Schlaglichtern der Stationen wie Szenen aus einem alten Stummfilm, begleitet von diffusem Lärm. Beim Verlassen eines Bahnhofs versanken sie im Dunkeln. Das Deckenlicht des Waggons flammte wieder auf und flackerte.

Kopfschmerz und Übelkeit ließen John alles soeben Erlebte vergessen. Ihm war, als säße er im Kino und erlebte Filmrisse auf der Leinwand. Schließlich brach der Film ab. Das Deckenlicht des Waggons erstrahlte.

„Metropolitan Vaughan Station", verkündete eine Stimme. „Please leave the train!"

Lange blieb John sitzen, bis Lorena ihn am Arm hochzog. Er fühlte sich geschoben, über den Bahnsteig, auf Rolltreppen, durch eine Halle, bis hinaus auf eine Plattform.

„Warte hier, atme tief frische Luft, ich suche ein Taxi! Rühr dich nicht von der Stelle!" Mit diesen Worten ließ Lorena ihn stehen.

John hob sein Gesicht dem Himmel entgegen. Das gewölbte Dach der Station sog an seinen Rändern dunkle Wolkenfetzen auf. Die Sonne war nicht zu sehen. Ein Raunen und Trampeln erklangen, und John spürte noch auf dem Platz die Stöße von Passanten, deren Strom sich aus der Station auf den Platz ergoss. Ängstlich zog er die Schnallen des Rucksacks enger und flüchtete westwärts entlang der Glasfront. Hinter grauen Müllcontainern verlor sich die Menschenmenge. Vorsichtig ging John ein Stück weiter und schreckte zurück. In Sichtweite unter der Plattform stand ein dunkler Wagen, eine Luxuslimousine.

Gepresst an den Container erinnerte er wieder den Boulevard in Quebec, den Trottoir vor Fjodrs Werkstatt, an dem ein solcher oder gar dieser Wagen gehalten hatte. Hier liefen drei junge Männer die Plattform hinab, blieben aber in gebührendem Abstand vor der Limousine stehen. Das Wagenfenster der hinteren Beifahrertür glitt halb herab, ein Arm mit schwarzem Handschuh winkte in einer Weise, die wohl bedeutete: Bitte folgen! Langsam rollte der Wagen westwärts ins angrenzende Geschäftsviertel. Die drei jungen Männer schlängelten sich durch den Verkehr der Hauptstraße und bogen in einen Seitenweg.

John spürte, wie seine Beine ihn vorwärtsbewegten, er folgte ihnen auf demselben Weg. Er atmete tief und in seine Brust fuhr eine nie gekannte Kraft. Zielstrebig näherte er sich den drei Männern, die auf dem Asphalt neben dem schwarzen Wagen warteten. Der vornehme Mann in dunklem Zweireiher entstieg selbständig dem hinteren Seitenfond. Rasch erschien auch ein zweiter Mann, der John an den Gorilla in Quebec erinnerte. Eine schnarrende Stimme erklang wie aus einem alten Radio.

„Los, euer Ertrag! Her damit!"

Den dreien wurde vom Gorilla ein offener Koffer entgegengehalten. Der größte der jungen Männer nahm einen Rucksack von der Schulter. John stand inzwischen nur noch wenige Meter hinter ihnen. Mit zitternden Händen wurde von dem jungen Mann die Schnürung gelöst und kleine Pakete herausgenommen. Mit metallischem Klang landeten sie im Koffer.

„Ist das alles?", schnarrte die Stimme.

Der Angesprochene schüttelte den Kopf.

John stellte seinen eigenen Rucksack auf den Boden, schnürte ihn auf und zog ein Paket heraus, das in ein Handtuch gewickelt war. Er griff mit beiden Händen hinein und klappte etwas auseinander.

In diesem Moment versuchte John zu schreien. Ihm fehlte die Luft dazu. Die Erde zog ihn unwiderstehlich nieder. Er ging in kniende Haltung wie ein Jäger auf Wildjagd. Der Mann im dunklen Zweireiher ging rückwärts. Der Gorilla sah John, warf den Koffer beiseite und griff unter sein Jackett.

„Nein!", schrie John.

Endlich hatte sich seine Stimme gelöst. Wie durch ein Opernglas sah er Bilder der Akteure, ihre Gesichter zum Greifen nah. Mit Entschlossenheit löschte er diese Bilder.

Schließlich breitete er seine Arme aus. Er spürte wieder diese Kraft in seiner Brust. Er sah an sich herab und betrachtete sein schwarzes Federkleid. Mit einem Gefühl der Erlösung erhob er sich in die Lüfte, vollzog einen Bogen über der Szene und stieß wieder hinab. Auch seine riesigen Krallen besaßen ungeahnte Kraft. Sie rissen den großen schwarzgekleideten Mann empor. Bewegungslos hing diese Beute an seinen Krallen und entschlossen flog der Donnervogel in die Höhe. Wütend hackte er mit seinem Schnabel in diesen Körper, immer wieder. Blut floss in Strömen. Mit einem Jubelschrei ließ er den Körper fallen, weit draußen über dem See.

Nun er hatte das Blut gerochen, wollte mehr und kehrte wieder an seinen Ausgangspunkt zurück. Kraftlos lagen vier Körper dort übereinander. Allein die Kraft des Vogels war unverbraucht. Er fuhr fort, all seine Beute zu vernichten.

24. KAPITEL

JAMES FALLON

„UND HABET NICHT DIE LIEBE."
JOHANNES-EVANGELIUM, KAPITEL 5, VERS 42

Weiß strahlten Deckenleuchten auf die Liege, neonweiß und kalt. Die Liege bewegte sich langsam in Richtung einer offenen Röhre, von deren Rändern ein rotes Licht ausgesandt wurde, das auf dem Schädel des Patienten eine feine Linie zeichnete. Der Patient lag regungslos. Eine Person in weißem Bleimantel stand daneben und sprach mit dem Patienten. Paul Bongard sah Mundbewegungen einer medizinisch-technischen Assistentin, ohne etwas zu verstehen.

„Sein IQ ist mit 142 Punkten herausragend", erläuterte Professor Harvey Hawkins, der Leiter der forensischen Psychiatrie in Toronto. Gemeinsam mit ihm und Mireille Wéber saß Paul Bongard an einem kleinen Tisch vor dem Sichtfenster zum PET-CT.

„John Irving nennt er sich, total interessante Person!" Hawkins Stimme klang dunkel, melodiös und irgendwie beruhigend. Als könnte es nur Gutes geben auf der Welt. Der Professor verschränkte die Arme vor seiner Brust, ruckelte sich bequem auf seinem Stuhl zurecht und erzählte weiter.

„Anfangs konnte man gar nicht mit ihm reden. Nachdem die Polizei ihn von diesem Leichenberg aufgesammelt hatte. Sie wissen ja Bescheid?"

Bongard nickte.

„Wir wurden in Quebec kontaktiert. Massaker an fünf Personen, das Muster wie in unserm ersten Fall in Quebec-City."

„Hochinteressant!", schwärmte Hawkins. „Das hört man nicht alle Tage. Und die Identität des Täters ist gesichert, also dass er beide Taten verübt hat?"

„Fingerabdrücke", bestätigte Bongard, „auf dem Messer, das er hier in Toronto dem Gorilla von McCartey Nummer zwei abgenommen hatte."

„Womit er dem Kerl gründlich im Bauch gerührt hat, dabei war er schon tot!"

Wieder nickte Bongard.

„Kopfschüsse. Präzise in jeden Kopf der fünf. Kein Fehlschuss."

Hawkins löste seine Armverschränkung und fuhr gestenreich fort.

„Das ist es ja gerade, nahezu unfassbar und dennoch pathognomonisch!"

„Wie bitte?" Agent Wéber meldete sich.

Mit nach oben offenen Händen, als lägen Goldmünzen darauf, deren Gewicht er abschätzte, blickte Hawkins Wéber an und sprach sanft und langsam, ebenfalls seine Worte abwägend:

„Die überintelligente Person, die kalt und gefühllos Menschen hinrichtet, um im nächsten Moment von unbeschreiblicher Wut überwältigt zu werden! Allerdings", Hawkins hielt einen Moment inne und wies mit dem Zeigefinger abwechselnd auf seine Gäste das Sichtfenster zum Großgeräteraum nebenan, „wir müssen neben organisch begründetem Verhalten auch eine Psychose abgrenzen."

Bongard faltete seine Hände, hob sie in Richtung des Professors und bat:

„Bitte, wir sind nicht vom Fach. Was heißt das denn nun? Und was geschieht hier?"

Der Professor wandte sich zum Sichtfenster in den CT-Raum, wies mit ausgebreiteten Armen auf die Untersuchung und sprach weiter, mit beruhigender Stimme, die zunehmend von Stolz, ja von Triumph gefärbt war.

„Wir haben Zeit. Viel Zeit. Jetzt spricht die Assistentin mit dem Probanden."

„Proband?", fragte Wéber wieder dazwischen.

„Also auch ein Proband! Ihr Tatverdächtiger, ich weiß. Aber diese Gelegenheit zur wissenschaftlichen Auswertung werden Sie uns doch nicht verwehren?"

Bongard beeilte sich, kopfschüttelnd alle Bedenken zu zerstreuen. Zufrieden fuhr Hawkins fort.

„Soeben stellt die Assistentin dem Probanden Konzentrationsaufgaben. Der PET-Scanner arbeitet weiter. Die Bilder des Gehirns sehen wir bald auf dem Monitor hier."

Bongard und Wéber blickten auf die noch schwarze Oberfläche des kleinen Wandgerätes neben dem Fenster.

„Inzwischen kann ich schon einmal unser Interview mit John Irving erläutern. Das war gestern."

„War er denn vernehmungsfähig?", fragte Bongard.

Hawkins vollführte eine wegwischende Handbewegung.

„Nein. Das wurde doch keine Vernehmung! Wir bemühten uns um eine behutsame Gesprächsannäherung. Darum ging es: die Bilder des Traumes vom allmächtigen Donnervogel zu bestätigen, immer wieder, dann jede Gelegenheit zur Rückkehr in die reale Welt zu unterstützen. Antipsychotika haben wir ihm auch infundiert. Na ja, wir brauchten zehn Tage, dann haben wir das Interview durchführen können."

Blinkende Textzeichen auf dem Monitor lenkten den Professor ab.

„Ah da! Aber es dauert noch fünf Minuten. Die Fragen stammen vom FBI-Profiler Jim Clemente. Er hat sich in die Logik von Serienkillern eingearbeitet. Zwanzig Persönlichkeitsmerkmale werden abgefragt. Die machen den Kern der psychopathischen Persönlichkeit aus. Etwa Stimulationsbedürfnis, blendende Sprachgewandtheit, frühe Verhaltensauffälligkeiten, Mangel an Empathie und so weiter. Dafür werden Punkte vergeben. Psychisch normale Menschen erreichen null bis fünf Punkte. Unser Proband hier aber ..."

Hawkins Stimme verkündete nach einer Kunstpause stolz:

„... sechsunddreißig Punkte!"

Der Monitor flammte auf. Bunte Bilder erschienen. Der Professor setzte sich mit dem Gesicht dicht vor den Monitor, als sei er kurzsichtig. Zunächst warf seine Stirn runzlige Falten, nach einer Weile glättete sie sich wieder. Mit einem Lächeln lehnte sich Hawkins zurück und zeigte auf den Monitor.

„Sehen Sie selbst! Das Bild zeigt einen Querschnitt des Gehirns, links der frontale Bereich, also stirnwärts, rechts der occipitale Bereich, Hinterhaupt."

Nun schob Hawkins seinen rechten Arm zwischen die neugierig näher gerückten Polizisten und wies auf den linken Bereich:

„Im vorderen Hirn, wir nennen es orbitalen, temporalen und frontalen Cortex, fehlt nahezu jede Anfärbung. Die anderen Bereiche sind grün oder rot. Sehen Sie?"

Bongard und Wéber lehnten sich wieder zurück und nickten.

Erneut breitete Hawkins die Arme aus und verkündete:

„Diese Regionen für Empathie und Selbstkontrolle sind bei unserm Probanden nahezu tot!"

Wohlklingend hingen diese Worte im Raum und riefen in Bongard Wellen der Empfindung hervor. Er wusste nur nicht genau, was er jetzt empfand. Seine Gefühle waren unklar.

„Hilft uns das jetzt weiter?"

Wohlwollend nickte der Professor.

„In den USA sind bereits Verbrecher mit diesem Muster freigesprochen worden!"

Wéber blickte irritiert.

„Wem hilft das denn?"

„Na ja", Hawkins machte eine unterstreichende Handbewegung. „Sicherheitsverwahrung in der Psychiatrie rettet das Leben des Angeklagten, er wird nicht hingerichtet und weitermorden kann er auch nicht."

Bongard überlegte und rang sich zu einer Frage durch:

„Ist das also festgelegt? Entscheidet das Gehirnmuster alleine über das Schicksal, zum Mörder zu werden?"

„Beruhigen Sie sich!"

Der Professor lehnte sich zurück und vollführte eine nahezu segnende Geste.

„Der Entdecker dieser Hirnmuster, James Fallon, hatte selber diese Struktur im PET-CT!"

Jetzt schlug sich Hawkins lachend auf die Schenkel. Nach zwei tiefen Atemzügen fuhr er mit der schon vertraut warmen und beruhigenden Stimme fort:

„Ich kann Ihnen wirklich versichern: James Fallon und viele andere sind nicht zu Mördern geworden, auch wenn sie hoch intelligent waren und diese Hirnstrukturen im PET-CT aufwiesen. Nein, der Weg des Lebens ist nicht von Geburt an vorgegeben. Das soziale Umfeld ist wichtig. Das haben Soziologen beschrieben, gemeinsam mit uns Psychiatern. Wer kein Trauma erleidet und in einer Familie Fürsorge und Liebe erlebt, wird vermutlich niemals zum Mörder."

25. KAPITEL

ZWILLINGE

„VERRATST DU DES MENSCHEN SOHN MIT EINEM KUSS?"
LUKAS-EVANGELIUM. KAPITEL 22. VERS 48

„Also ist unser Täter vollkommen schuldunfähig?", fragte Paul Bongard, zur Wand gerichtet, um einen kleinen Nagel dahinein zu hämmern. Die Zimmertür stand sperrangelweitoffen. Neonlicht tauchte die Welt in kaltes Licht, unterschiedslos den Flur der Polizeizentrale von Toronto und ebenfalls dieses kleine Zimmer, das Bongard und seiner Kollegin zugewiesen worden war. Mireille Wéber balancierte ein Tablett mit Kaffeetassen und Croissants durch die Tür. Behutsam setzte sie es auf den blanken Stahlschreibtisch, trat neben Bongard und schloss die Tür.

„Paul, Pardon, das Gehämmer war zu laut. Was meinst du?"

Bongard hob den Wechselrahmen vom Boden auf und hängte ihn auf.

„An den Nagel damit! Wenn nicht schon meinen Beruf, dann doch ein Bild von mir!"

Lächelnd betrachtete er die vertrauten orangen und braunen Farbtöne, den kleinen Bohnenkeimling, der hoffnungsvoll spross.

„Du wirst halt noch gebraucht, du alter Fuchs!"

„Füchse haben wenigstens ihre vertraute Höhle!" Bongard drehte sich zum Schreibtisch und holte einen Karton darunter hervor. Umständlich öffnete er die kreuzweise verschränkten Deckel und hob schließlich eine Tischlampe hoch. Zufrieden stellte er sie auf den Schreibtisch, entwickelte das Kabel, steckte es in die Steckdose der Schreibtischleiste, hastete zur Tür, nahm mit dem Lichtschalter der Neonleuchte an der Decke den Strom, schritt an seinen neuen Arbeitsplatz, setzte sich und berührte die mitgebrachte Leuchte.

„Touch-Screen!", erläuterte er und lehnte sich zufrieden zurück. „Komm, setz dich, Mireille!"

Behutsam umfasste er die Kaffeetasse, die seine Hände wärmte. Mildes Gelb erhellte sparsam Tisch und Wände, die Bohne an der Wand grüßte friedlich wie eh und je.

„Wenigstens die Drehstühle sind brauchbar."

Mireille Wéber bewegte sich probehalber hin und her, griff dann ebenfalls zur Kaffeetasse und nahm einen Schluck.

„Nochmals bitte, Paul, was sagtest du vorhin?"

„Was meinst du, ist unser Täter vollkommen schuldunfähig?"

Die Polizistin zuckte die Schulter.

„Eine wichtige Frage. Vor allem für die Richter. Andere Fragen, die an uns in der Ermittlung gestellt wurden, haben wohl eine Antwort erhalten."

Bongard nickte zufrieden. Seine Kollegin beherzigte die grundlegenden Prinzipien der Polizeiarbeit sicher.

„Die Fragen sind wichtig, die Antworten können wir uns nicht aussuchen. Ist eine Übersicht hier verfügbar?"

Wéber nickte, biss in ihr Croissant und klappte den Laptop auf, der sich mit seinem metallischen Glanz kaum vom Schreibtisch abhob. Bongard sah ihr Tippen auf Tasten und das Aufleuchten eines Bildes auf der ersten Oberfläche.

„Sieh da, ein Fuchs in seiner Höhle. Welch ein Zufall!"

„Wieso?" Wéber tippte weiter, gab ihrer beider Namen ein und das Bild verschwand. Blau unterlegte Tabellen tauchten auf.

„Abgesehen von mir selbst: Es scheint, als hätte unser Täter hier sozusagen eine Höhle, jedenfalls eine Bleibe gefunden und sei in sicherem Gewahrsam."

„Aber?", fragte Wéber, „wieso der Konjunktiv?"

„Ein Gefühl nur, Mireille. Schon gestern, bei unserm fabelhaften Professor Hawkins wurde mir mulmig. Genau kann ich es nicht beschreiben, aber ich kann einfach keine Begeisterung aufbringen für diese Erklärungen und für den Gang der Dinge."

„Vielleicht beruhigt dich das hier!"

Wéber zeigte auf die erste Datei und rollte langsam den Text weiter.

„Chernier hat die Biomasse von Wohltäter McCartey mit seinem Double verglichen."

„Und?"

„Es ist der Zwillingsbruder."

„Ich kann nicht erkennen, wieso uns das beruhigen soll."

„Der Justizminister in Quebec persönlich hat die Durchsuchung des Stahlwerks in Saint Augustin angeordnet."

„Einfach so?"

„Nein, bei McCartey zwei, George mit Vornamen, wurden zu Hause Drogen und Geldmengen in seinem Safe gefunden. Ein Familiensyndikat! Das reichte als Begründung."

„Was sagt Rouen dazu?"

„Nichts mehr. Er ist im Ruhestand!"

Genussvoll nahm Bongard einen ersten Bissen von seinem Croissant. „Wie schön. Was macht Familie Venezia?"

„Es gibt Geldflüsse aus Toronto. Klare Verbindung zu George McCartey alias Henry Miller. So weit die Konten. Das Bargeld im Pizzahof war nicht gelistet, seine Herkunft ist diffus."

„Drogeneinnahmen halt."

„Genau. Beschäftigt uns nicht mehr."

„Anderes Dezernat?"

„Natürlich. Die Drogenfahndung hat übernommen. Damit brauchen wir uns nicht mehr herumzuschlagen."

Die Polizistin lehnte sich zurück und nahm einen großen Schluck aus ihrer Kaffeetasse. „Aber Paul, was machen wir denn hier in Toronto?"

Bongard wischte sich mit einem Taschentuch sorgfältig die Krümel seines Croissants von den Lippen, schob sie mit der rechten Hand vom Schreibtisch in die linke Hohlhand, blickte einen Moment ratlos, meinte:

„Kein Papierkorb hier!", stand auf, schritt zum Fenster, öffnete es und schüttelte seine linke Hand draußen an der frischen Luft. „Kommt, ihr Vögel des Himmels!"

Dann schloss er das Fenster, drehte sich um und nahm wieder Platz.

„Was machen wir hier? Gute Frage wieder, Mireille. Offiziell sind wir wegen John Irving hier. Er ist Bürger von Quebec. Über alles andere will man uns auf dem Laufenden halten. Wir bleiben vollständig im Bilde."

„Bist du sicher?"

Bongard wies auf den Bildschirm. „Siehst du doch!"

„Na ja, und wann bekommen wir Kontakt zu unserem Verbrecher oder psychiatrisch Kranken, John Irving?"

„Das entscheidet der Professor. Sieh mal nach, da im Laptop gibt es doch sicher einen Briefkasten für uns."

Wéber nahm noch einen Schluck Kaffee, tupfte behutsam ihren Mund mit einer Papierserviette ab, die sie auf dem Tablett mitgebracht hatte, und bediente wieder die Tastatur.

„Tatsächlich: Hier, lies mal!"

Bongard beugte sich vor.

„Sehr geehrte Mistress Wéber, sehr geehrter Inspecteur Bongard, es hat mich sehr gefreut, Sie gestern in der Radiologie der Universitätsklinik kennenzulernen. Ihr Interesse und Ihre rasche Auffassung der fachlichen Erkenntnisse bestärken mich in der Erwartung, dass wir mit hoher Kompetenz auch Ihrerseits gut zusammenarbeiten werden."

Wéber lachte. „Hattest du etwa Zweifel an unserem Professor?"

Bongard schüttelte sacht den Kopf. „Am nötigen Selbstbewusstsein mangelt es ihm nicht."

Wéber las weiter:

„Morgen Nachmittag wird der Proband, also Ihr Verdächtiger John Irving, zu einem Gespräch mit Ihnen bereit sein. Ich erwarte Sie drei Uhr Nachmittag an anderem Ort: in meinem Institut. Der Proband ist auch hier in unserer Beleg-Abteilung untergebracht."

Es klopfte.

„Come in!", rief Wéber.

Die Tür öffnete sich und ein junger Polizist trat ein.

„Good morning Mistress Wéber, Mister Bongard. Beckham mein Name. Unsere Pressestelle schickt Ihnen die Tageszeitungen von Toronto zur Information."

„Bleiben Sie doch nicht so steif in der Tür stehen, Kollege Beckham. Legen Sie es hier ab, bitte, und vielen Dank!"

Der Polizist brachte es fertig, mit zackigen Schritten und steifen Armbewegungen einen Stapel Zeitungen auf dem Schreibtisch zu platzieren. Ebenso zackig ging er zurück zur Tür und drehte sich nochmals um. Er sah die erstaunten Blicke der beiden und konnte sich soeben noch davon abhalten, zu salutieren.

„Good morning!", grüßte er abschließend und schloss die Tür.

„Man will uns wohl höflich behandeln", meinte Bongard.

Wéber löste sich aus ihrer kurzen Erstarrung und griff die oberste Zeitung vom Stapel. ‚Toronto Star', las sie vor. „Vor zehn Tage die Schlagzeile: Amok an der Metropolitan Vaughan Station? Darunter ein aus großer Entfernung aufgenommenes Foto von einem Hügel aus Menschen, die am Boden liegen. Man schreibt weiter: Offenbar ein Geistesgestörter, der sich widerstandslos festnehmen ließ. Es geht weiter auf Seite zwei."

Wéber blätterte um. „Aha, hier: Drei polizeilich bekannten Drogendealern wurde in die Stirn geschossen, ebenso einem unbekannten Mann und seinem mit Pistole bewaffneten Begleiter. Der Unbekannte lag zuoberst. Der mutmaßliche Amoktäter hatte mit einem Messer seinen Bauch blutig aufgewühlt. Derzeit befindet er sich im Gewahrsam der forensischen Psychiatrie. Professor Harvey Hawkins untersucht den Täter."

„Wissen wir ja schon", meinte Bongard. „Das sind doch nicht etwa zehn Exemplare vom ‚Star'?"

„Nein, nein, hier ist nur noch die Ausgabe von gestern." Wéber faltete die erste Zeitung zusammen und legte sie beiseite. Dann nahm die nächste und zitierte: „Schlagzeile: Licht im Dunkel der

Amokmorde? Unglaubliche Erkenntnisse! Lesen Sie weiter im Lokalteil, Seite eins!"

Wéber blätterte. „Also hier: Die unbekannte Leiche mit blutig zerfetztem Bauch stellte sich heraus als Zwillingsbruder des Stahlmagnaten Harold McCartey in Quebec. Auch dieser wurde auf ähnliche Weise mitten in Quebec City erschossen. Der Tote von Toronto lebte ohne Anmeldung und Papiere privat in Kleinburg, in der Nähe des berühmtem ‚McMichael Museum for Canadian Art'. Recherchen unserer örtlichen Polizei fanden die Spur dorthin, wo George McCartey, so hieß der Tote, in einem entlegenen Einfamilienhaus unter der Adresse ‚Miller' unerkannt lebte. Die Nachbarn kannten ihn als ‚Mister Miller, den Kinderfreund'. Man hatte ihn beim Spazieren mit unbekannten kleinen Kindern beobachtet. Aber bei der Durchsuchung fand sich umfangreiches Material vom Drogenhandel. Weiter Seite sechs der Berichte aus den anderen Provinzen."

Wieder blätterte Wéber weiter. „Hier: Neue Schlagzeile: Polizeipolitisches Erdbeben in Quebec City! Wie sich herausstellte, waren nach den Morden in Quebec City keinerlei Ermittlungen beim Stahlmagnaten Harold McCartey veranlasst worden. Der Mann war in Quebec als sozialer Wohltäter bekannt und wurde ausschließlich als Opfer gesehen. Der Hinweis aus Toronto erging unmittelbar an das Justizministerium in Quebec, wo die nötigen Maßnahmen sofort eingeleitet wurden. Es rollten Köpfe. Oberstaatsanwalt Rouen zum Beispiel wurde in den vorzeitigen Ruhestand versetzt. Polizeichefin Renée Blanche veranlasste sofort Durchsuchungen im Privathaus vom Harold McCartey und im Stahlwerk St. Augustin. Die Ergebnisse werden aus ermittlungstaktischen Gründen zurückgehalten. In einer Pressekonferenz erklärte Renée Blanche, man sei nicht naiv und untätig gewesen und habe sehr wohl schon in die jetzt bestätigte Verdachtsrichtung der McCartey-Brüder ermittelt. Vor allem der erfahrene Inspecteur Bongard habe dies vorangetrieben und sei jetzt vor Ort in Toronto. Sieh mal, Paul, ein Bild von dir!"

Interessiert sah Bongard genauer hin. „Das ist mindestens zehn Jahre alt! Damals trug ich noch einen schwarzen Vollbart."

„Ein Bild, das von Tatkraft zeugt!" Wéber klopfte ihm auf die Schulter.

„Die arme Blanche", meinte Bongard. „Die Suppe muss sie auslöffeln. Gerald Garnier hat sie sicher entlastet. Was wohl die Viella macht? Unsere Pizzafreunde sind ja aus der Schusslinie genommen."

„Warte mal, hier ist auch ein Exemplar vom ,Calgary Herald' aus Alberta, Datum gestern!" Wéber legte den „Star" beiseite und schlug eine neue Zeitung auf. „Schrecken südlich vom Dinoland! Was soll denn diese Schlagzeile?"

„Ich ahne nichts Gutes", meinte Bongard. „Johns Onkel hat die Farm ,Good Lands', am südlichen Rand der ,Bad Lands'. Eine karge Gegend mit alten erdgeschichtlichen Ausgrabungen, Dinosaurier eben."

„Mal den Teufel nicht an die Wand! Hier, Seite drei: Die Post konnte nicht mehr zugestellt werden. Der alte Farmer John Stewart ist spurlos verschwunden. Der Bote hatte einen überquellenden Briefkasten vorgefunden, der nie geleert wurde. Die Polizei ermittelt. Andere Höfe liegen weit entfernt. Gleichwohl kennt man sich. Die westlich gelegene Farm ,West Lands' wird von sizilianischen Migranten bewirtschaftet. Die Familie, deren Name nicht genannt werden soll, beschwört die Geister der Dinosaurier. Man habe John Stewart immer davor gewarnt."

Bongard legte seinen Kopf zurück und sah durch das Fenster, wo jegliches Grün fehlte. Hochhäuser sahen ihn an: Aus seiner Perspektive wirkten sie wie auf den Kopf gestellt. Graue Wände an einem grauen Tag. Ein Blick an die Zimmerdecke bot eine von verlöschten Neon-Arbeitslampen unterbrochene weiße Fläche, die milde gelb leuchtete im Licht der Schreibtischlampe. Dann sah er wieder Wéber an.

„Glaub mir, meine mulmigen Gefühle haben etwas zu besagen. Für mich sind die Mafiosi in Quebec noch nicht raus aus der Mord-Geschichte. Denk an den geköpften Fjodr Schneider. Wenn jemand in Alberta verschwindet, dann ist das kein gutes Zeichen."

150

„Es gibt aber keinen großen See zum Versenken eines Ermordeten. Daran denkst du doch, oder?"

„Spürhunde, die könnten was finden. Wir rufen mal bei denen in Alberta an."

Wéber suchte im PC weiter nach Informationen. „Sieh mal, es gibt doch schon große Seen, der Athabaca-See im Süden misst mehr als siebentausend Quadratkilometer."

„Ist aber zu weit weg." Bongard hatte schon nach dem flachen unscheinbaren Telefon gegriffen. Mit einer Taste rief er die Zentrale.

„Bongard hier, ja, Sonderermittler im Mordfall McCartey. Bitte geben Sie mir doch die Dienstleitung in Calgary. Worum es geht? Der vermisste John Stewart im Süden von Alberta, nahe der ‚Bad Lands'. Ja? Danke!"

Still tranken Wéber und Bongard ihren Kaffee leer. Nach einigen Minuten erklang eine Melodie: „God save the Queen!" Bongard drückte die Abnahmetaste und stellte den Lautsprecher an.

„Bongard hier. Wer da?"

„Herman Hermits, Superintendent Calgary!"

Der Inspecteur schwieg irritiert. Am andern Ende der Leitung lachte jemand lauthals.

„Na, Bongard, welches Semester sind Sie denn?"

„Ach ja, jetzt dämmert es mir. Jahrgang 1953."

„Genau, dachte ich mir!" Superintendent Hermits lachte weiter. „Sie sind alt genug, um die englische Pop-Band zu kennen. Nein, keine Verwandtschaft von mir. Aber", der Mann beruhigte sich und fuhr ohne Lachen trocken fort: „Was kann ich für sie tun, mein Bester? Sie sind ja inzwischen bei der Polizei in ganz Kanada berühmt!"

Bongard räusperte sich.

„Erlauben Sie ohne Umschweife eine gezielte Frage zum verschwundenen John Stewart. Er bewirtschaftet eine Farm am Rande der ‚Bad Lands'. Wie steht es dort? Haben Spürhunde nach ihm gesucht?"

„Sie fragen wegen unserer Zeitungsberichte?"

„Genau. Also wissen Sie, es gibt einen möglichen Zusammenhang mit den Morden in Quebec-City, die Enthauptung eines Exilrussen, das Verschwinden dieser Leiche, der Mord an Harold McCartey und einer italienischen Familie, alles kann mit mafiösen Strukturen zusammenhängen. Schließlich gibt es den jungen Mann, Stewart, der John Irving genannt wird. Er kommt als Täter sowohl in Quebec als auch hier in Toronto infrage. Also: Der Verschwundene ist sein Onkel!"

Erschöpft schwieg Bongard. Er fragte sich, ob diese Erklärungen nicht kürzer oder jedenfalls klarer hätten ausfallen können. Am andern Ende der Leitung herrschte Schweigen.

Nach einer Weile räusperte sich Hermits und erklärte: „Also John Stewart, bei uns ist das bisher eine harmlose Vermissten-Meldung."

„Noch keine Suche?"

„Doch, begrenzt, ich sehe mal eben nach im PC!"

Wieder verging eine Weile. Die gute Tonleitung übertrug das unregelmäßige langsame Tippen von Fingern auf einer Tastatur. Bongard grinste. Sein Gesprächspartner war ja auch schon etwas älter.

„Ach doch, hier!" Es kam eine Fortsetzung. „Auf seiner Farm war die Wohnung unauffällig. Nichts Verdächtiges. Eine Anfrage der entfernten Nachbarn nach Suchhunden wurde abgelehnt."

Bongard dachte nach.

„Hallo Bongard, haben Sie gehört?"

„Jaja", beeilte sich der Inspecteur zu antworten. „Wer hat die Ermittlungen geleitet?"

„Ach, der neue Star aus dem Osten, Inspecteur Catherine Viella!"

Bongard verschlug es die Sprache.

Auch am andern Ende der Leitung wurde geschwiegen. Schließlich meldete sich Hermits wieder:

„Mein lieber Bongard, wissen Sie etwas, was ich nicht weiß?"

Wéber sah Bongard mit hochgezogenen Augenbrauen an und nickte anerkennend.

„Vielleicht", meinte Paul Bongard. „Superintendent, wir klären hier etwas bis morgen. Wir dürfen uns wieder melden? Und bitte, unser Gespräch bleibt vertraulich?"

„In Ordnung. Bongard, Ihr guter Ruf rechtfertigt das in diesem Fall!"

26. Kapitel

Heavens Home

„Er sass mitten unter den Lehrern."
Lukas-Evangelium. Kapitel 2. Vers 46

Der Weg von ihrem neuen Arbeitszimmer zum Ausgang des Head-
quarters dauerte. Aufzüge, Lagepläne, Nachfragen, kurze Gespräche
mit immer freundlichen Kolleginnen und Kollegen, die schwarzge-
kleidet uniformiert stets Haltung annahmen und salutierten. Es war
ermüdend, trotz aller Freundlichkeit, die Wéber und Bongard endlich
an ihr Ziel brachte: einen weißen Streifenwagen mit schwungvol-
lem blau-rotem Diagonalstreifen, ebenfalls blau überschrieben
mit „Police". Aus dem Wagen sprang der junge Mann von gestern,
riss eine hintere Tür des Streifenwagens nach der andern auf und
machte einladende Gesten. Die so höflichst Empfangenen nahmen
auf der Rückbank Platz. Alle Türen wurden zugeworfen. Nichts weiter
geschah. Der Polizist setzte sich ans Steuer, lächelte unentwegt
und sah die Passagiere auf der Rückbank durch den Rückspiegel
erwartungsvoll an.

„Sir? Madam?", fragte er schließlich.

Bongard gab Auskunft. „Zur forensischen Psychiatrie bitte, Constable Beckham, Abteilung Professor Harvey Hawkins, wir werden
erwartet."

Ernst nickte Beckham, deutete ein Salutieren an und startete.

„Wir wollen nicht unhöflich sein, Constable Beckham", begann
Bongard nochmals. „Kollegin Wéber und ich bereiten uns eben vor
und sprechen Französisch."

„All right, Sir!"

Eine Glasscheibe fuhr leise hoch und trennte die Rückbank des Wagens vom Fahrer. Mireille Wéber blieb vor Erstaunen der Mund offen. Paul Bongard schmunzelte.

„Paul, was soll die Geheimniskrämerei?"

„Ach, schau mal, die Edlington Avenue, welch wunderschöne Baumpracht!"

„Und die Sonne scheint, ich weiß. Alors, worum geht es?"

„Die ganze Geschichte ist mir unheimlich. Das fängt damit an, dass ich kein schlüssiges Motiv erkenne. Wir haben es zu tun mit elf Morden, dazu die toten Stahlarbeiter von Saint Augustin. Na ja, da gibt es das Motiv der enttäuschten Ehefrauen, einige wurden verprügelt, andere, wie Johns Mutter, hassen alle Männer. Eh bien, das kann man vielleicht trennen vom Rest. Fjodr Schneiders Beseitigung trägt typische mafiöse Züge. Aber die andern zehn Toten? Alles die Taten eines Wahnsinnigen?"

„Paul, die Mafia ist nicht mehr das, was sie vor Jahren oder vor Jahrzehnten war. Es gibt Wechsel zu nicht-kriminellen Geschäftszweigen, von Geldwäsche einmal abgesehen. Morde gibt es praktisch keine mehr, höchstens singulär, gezielt. Alles spricht dagegen, dass aus diesem Bereich die zehn Morde zu verantworten sind."

Bongard wiegte seinen Kopf bedenklich hin und her. „Ein Bandenkrieg um Einflusssphären?"

„Non, Paul! Ich habe heute Morgen die Zeit genutzt und mit dem Drogendezernat in Quebec konferiert."

„Interessantes dabei?"

„Letztendlich nur so viel: Die Reviere sind abgesteckt und werden respektiert. Der Mord am Exilrussen passt eher in dieses Bild. Wenn auch niemand weiß, was wirklich der Anlass war. George McCartey war in Ontario polizeilich völlig unbekannt und trug mehr zur Geldwäsche als zur Drogenverteilung bei. Obwohl dieser Nebenverdienst ihm offenbar das Leben gekostet hat."

„Also doch ein Milieuproblem?"

„Eher Zufall, das ist nahezu sicher. John Irving wurde von der Videoüberwachung an der Metropolitan Vaughan Station erfasst. Es war zu erkennen, dass er die Dealer wohl zufällig gesehen hat und ihnen und McCartey Nummer zwei gefolgt ist. Hast du noch etwas herausbekommen?"

„Ach sieh mal, so viel schönes Grün!" Bongard klopfte an die trennende Glasscheibe und deutete mit der Hand ein Absenken an. Leise surrte die Scheibe herab.

„Constable, was für ein wunderbares Grün hier. Wo sind wir?"

„Queens Park Sir, sehr richtig, eine wunderbare Oase in der Großstadt!"

„Die Klinik ist in der Nähe?"

„Stimmt, Sir. Ein Neubau. Damit gefährliche Insassen sicher verwahrt sind."

„Prächtig! Also: Die Nähe zum Park, der mit dem Parlament, da geh ich mal öfters hin! Nein, nein, lassen Sie die Scheibe unten!"

Bongard lehnte sich zufrieden zurück.

„Mon dieu, Paul!", bemerkte Wéber. „Was soll das heißen? Wird diese Klinik unser neues Zuhause?"

„Ma chère Mireille!" Bongard lachte. „Wir wollen uns doch in Ruhe mit John Irving unterhalten. Das wird ein paar Tage dauern, fürchte ich. Hoffentlich bekommen wir Sicherheit bei unserer Motivsuche. Ach ja, was ich noch berichten will: Die Durchsuchung im Stahlwerk hat Dateien hervorgebracht, die unverkennbar Verbindungen zu Drogenhandel und Geldwäsche beweisen: Es lagen Adressen und Kontoverbindungen zum entsprechenden Syndikat vor. Gewaltige Summen wurden hin und her geschoben. Der Wohltäter bekommt kein Denkmal in Quebec, so viel ist sicher!"

„Danke Paul. Ist es nicht eine seltsame Polizeiarbeit geworden? So ruhig und undramatisch. Keine Schießerei, keine Verfolgungsjagden. Teamwork. Sammeln von Informationen. Das habe ich mir früher anders vorgestellt."

„Bist du enttäuscht?"

„Non, non. Ich hatte Angst davor. Darum habe ich mich gerne dir zuteilen lassen. Dir eilt der Ruf der Ruhe und des Undramatischen voraus."

„Wie schön, ich bin ja auch ganz zufrieden. Aber wieso hast du dich überhaupt zur Polizeiarbeit entschieden?"

„Mon cher Paul", Wéber klopfte ihrem Kollegen auf den Arm. „Lange Geschichte. Habe ich noch nicht erzählt."

„Dann bin ich jetzt ganz Ohr. Wir stehen im Stau!"

„Gerechtigkeit, Paul. Das ist mein tiefster Antrieb. Von Kindesbeinen an."

„Was war denn zu Hause los, wenn ich fragen darf?"

„Du darfst. Meine Eltern und meine drei Brüder wollten mich nur Hausarbeit machen lassen. Nach der Grundstufe am Collège de Jeanne d'Arc sollte ich in eine Hauswirtschaftsschule."

„Kann ich mir bei dir nicht vorstellen!"

„Konnte ich auch nicht, wollte ich nicht. Habe mich einfach geweigert. Streik! Nahrungsverweigerung!"

„Und das Ergebnis?"

„Ich bin selber zur Schulleitung, habe die Papiere für die Oberstufe besorgt, ausgefüllt und den Eltern zur Unterschrift vorgelegt."

„Respekt!" Anerkennend nickte Bongard. „Das wäre etwas für unsern Professor Hawkins. Überwindung der Fremdbestimmung! So etwas wie ein eigener Wille. Von wegen Psychose oder Hirnversagen! Wie ging es weiter? Hast du noch Hausarbeit gemacht?"

„Das musste ich. Das war der Kompromiss: Ich durfte werden, was ich wollte, aber der Haushalt musste laufen."

„Vor der Polizeiausbildung hast du Jura studiert?"

Wéber nickte. „Komplettes angloamerikanisches Recht. Nebenbei englische Literatur."

Bongard lachte. „Erzähl das besser nicht unserm Hawkins. Der hält dich für hochbegabt und potentiell gefährlich! He, Mireille!"

Wéber hatte ihrem Kollegen nochmals einen Klaps auf den Oberarm verpasst. Da hielt der Streifenwagen vor einem Tiefgaragentor, das sich langsam öffnete.

„Ach Constable, sind wir doch angekommen?"

„Aye, Sir!", bestätigte Beckham und lenkte den Streifenwagen vor einen Aufzugsschacht. Er stellte den Motor aus, eilte zur hinteren

Türe der Fahrerseite des Wagens und öffnete sie für Wéber. Bongard öffnete seine Tür selbst und stieg aus.

„Lieber Beckham. Lassen Sie uns auch etwas tun!"

Beckham lachte sogar, zum ersten Mal. Er wies auf die Aufzugstür: „Dritte Etage, Zimmer 303!"

„Vielen Dank, Sie hören von Hawkins, wann wir wieder abgeholt werden möchten."

„Aye, Sir!"

Beckham salutierte. Wéber betätigte den Aufzugknopf, der sich nach einem leicht anschwellenden Summen öffnete.

„Welcome in ‚Heavens-Home-Klinik'", verkündete eine angenehme Frauenstimme. „Die Türe schließt. Bitte nennen Sie Namen und Anliegen. Bitte sehen Sie in den Spiegel. Es gibt eine Videokamera dahinter!"

Bongard überlegte, Wéber kam ihm zuvor und betrachtete sich in dem Spiegel, richtete ihre Haare und verkündete:

„Agent Wéber und Inspecteur Bongard der Sûreté du Quebec, Termin bei Professor Harvey Hawkins!"

„Thank you very much!", tönte es angenehm zurück. „Einen Moment bitte!"

Leise erklang Popmusik. Wohl etwas Aktuelles. Bongard kannte sich nicht aus. Wéber wippte mit fröhlichem Gesichtsausdruck im Rhythmus der Melodie.

„Ihre Gesichter wurden Professor Hawkins gezeigt. Sie sind damit verifiziert. Professor Hawkins hat den Zahlencode für sie genannt. Der Aufzug fährt jetzt zur dritten Etage, hält und öffnet automatisch."

Es surrte und die Deckenleuchten sandten ein angenehmes farbig wechselndes Licht in den Raum der Aufzugskabine.

„Wie in der Disco meiner Jugend!", bemerkte Bongard.

„Sie dürfen sich wohl fühlen!", antwortete die angenehme Stimme.

„Feind hört mit!", versetzte Wéber.

Darauf fiel dem Feind offenbar nichts ein. Das Surren endete, die Tür öffnete sich und die Stimme verkündete: „Etage drei, bitte rechts den Flur entlang, Zimmer 303, Sie werden erwartet. Good bye und angenehmen Aufenthalt in der ‚Heavens-Home-Klinik'!"

Bongard winkte zum Spiegel. „A demain!"

Wéber marschierte bereits entschlossen den Flur entlang. Abrupt blieb sie stehen und zeigte auf eine Tür: „Hier sind wir schon: 303!"

Bongard stellte sich davor, drehte sich um seine eigene Achse, sah gründlich auf den Flurboden und die Flurdecke, entdeckte außer angenehm orangen und braunen Farbtönen nichts, was er erwartet hätte. Schließlich meinte er: „Keine Spiegel, keine sichtbaren Kameras!" und klopfte an die dunkelbraune Tür.

Eine Weile geschah nichts. Dann öffnete sich die Tür, mit dem Professor persönlich an der Klinke. „Bongard! Wéber! Sie hier? Ihre Gesichter im Aufzug haben mich vollkommen überrascht!"

„Dürfen wir eintreten?" Bongard wurde ungeduldig.

Hawkins trat zur Seite, ließ die beiden ein, schloss die Tür und ging zu einer Couchgarnitur. Gestikulierend erklärte er: „Entschuldigen Sie meine Bemerkung. Aber ich dachte, es wäre alles erledigt!"

Er hatte offenbar seine Fassung wieder gefunden und bot Sitzplätze auf der Couch an. Wéber nahm zügig Platz. Bongard ließ sich nur langsam sinken.

„Was soll das heißen, Professor Hawkins? Im Himmel mag es ja Überraschungen geben. Aber feste Termine werden doch wohl eingehalten, oder?" Bongard blickte auf seine Armbanduhr. „Eh bien, 3.15 Uhr Nachmittag. Wir hatten einen Stau, Pardon."

Der Professor setzte sich ebenfalls und vollführte eine wegwischende Handbewegung. „Akademisches Viertel! Kein Problem! Aber ...", er lachte und fuhr fort: „Die schöne Kollegin war doch schon um zwölf Uhr hier und hat alles erledigt. High noon. Na ja, habe ich mir gedacht, wenn Quebec so ungeduldig ist, wollen wir mal sehen, was sich machen lässt." Hawkins bemühte einen jovialen Ton. „John Irving war fit, die Infusion beendet, alles kein Problem!"

Bongard blickte ernst. „Machen Sie keine Scherze, Herr Professor! Niemand außer uns hat einen Auftrag aus Quebec!"

„Aber sie hat ihre Dienstmarke gezeigt. Inspecteur Viella, Catherine Viella. Sie wollte mit John Irving sprechen!"

27. KAPITEL

ENTFÜHRUNG

„Hast du mich gefunden, mein Feind?"
Erstes Buch Könige, Kapitel 21, Vers 20

„Sehr verehrter Professor Hawkins!" Paul Bongard bemühte sich um Fassung. „Ist Ihre Abteilung nicht in der Polizei von Ontario organisiert oder dem Justizministerium unterstellt?"

„Aber nein, Inspecteur Bongard, dies ist eine rein medizinische Einrichtung. Sicher, hauptsächlich forensische, also rechtsmedizinische Untersuchungen in Pathologie und Histologie bilden die Grundlage, sind aber organisatorisch Bestandteil der Universitätsklinik. Arbeit an Toten eben. Die Lebenden sind neu bei uns und dieses Gebäude steht noch nicht lange. Aber glauben Sie mir!", Hawkins legte eine freundliche Kunstpause ein, „sie, also die Lebenden, sind eine erfrischende Bereicherung für uns alle hier! Also, für die meisten. Ich selbst habe schon immer Lebende behandelt und diesen Lehrauftrag als universitärer Psychiater hier neu angenommen. Aber wir vertragen uns gut, die Lebenden und die Toten!" Hawkins lachte ausgesprochen herzlich.

Bongard atmete tief durch, sah Wéber etwas verzweifelt an und fragte weiter: „Mit Strafverfolgung haben Sie, Professor Hawkins, demnach keinerlei Erfahrung?"

„Aber nein, Inspecteur, hier wird Medizin ausgeübt!"

Der Inspecteur betrachtete seine zu Fäusten gefalteten Hände, deren Finger zuckten. „Sie wissen, dass John Stewart, genannt Irving, dringend Tatverdächtiger in zehnfacher Mordangelegenheit ist und dass er außerdem von anderen Verdächtigen aus dem Mafia-Milieu bedroht wird?"

„Äh, nein. Mafia? Milieu?"

„Wo ist denn unser Proband, Professor?"

Hawkins sprang auf und ruderte mit beiden Armen wild im Raum. „Hier, kommen Sie mit an meinen Schreibplatz!"

Leicht schlingernd wie ein aus der Bahn geworfener Satellit, steuerte der Professor auf einen überdimensionalen Tisch im Zimmer zu und bediente mit einem Zeigefinger eine Keyboard-Tastatur, die mit einem PC-Tower auf der Tischplatte verbunden war. Diesem wiederum schloss sich ein Monitor an, der an einen Fernseher aus dem vorigen Jahrhundert erinnerte, altmodisch in Gelb-Beige gehalten, oder auch von der Zeit verfärbt.

Stolz verwies der Professor auf das aufflackernde Schwarz-Weiß-Bild. Wéber und Bongard waren ihm gefolgt und drängten sich dicht an ihn, um eine filmreife Szene zu beobachten. Der Inspecteur glaubte sich an ‚Raumschiff Enterprise' erinnert, das seine Jugend bereichert hatte. Statt des spitzohrigen Mr. Spock wirbelte ein anderer besserwisserischer Mann umher, der ihm bekannt vorkam. Ständig tippte er den Frauen und Männern auf die Schulter, die vor einer Batterie zahlloser Monitore saßen, und verkündete, wie aus fortwährenden Mundbewegungen erkennbar, ständig Anordnungen. Dabei erhielt er durchaus Antworten, deren Inhalt den Betrachtenden aber ebenfalls in diesem Stummfilm verborgen blieb.

„Garnier!", entfuhr es Bongard, „das ist der Leiter der internen Ermittlung in Quebec, Gerald Garnier! Professor, um Himmels willen, kann man mit diesen Leuten in Ihrer Überwachungszentrale kommunizieren?"

„Beruhigen Sie sich, Inspecteur! Selbstverständlich machen wir das!" Der Professor fingerte leicht zitternd am Keyboard herum. „Ach, der Schlüssel!", rief er und griff nach einem Foto, das offenbar ihn als Großvater inmitten von Enkeln zeigte. Es mussten mindestens acht sein, ganz sicher konnte Bongard das auf den ersten Blick nicht erkennen. Schon hatte Professor Harvey den Kristallblock, der das Bild trug, mit beiden Händen gefasst und sah auf die Unterseite.

„Ein Totschläger", dachte Bongard und wartete gespannt auf die Fortsetzung von Professors eiliger Handlung.

„Halten Sie mal!", forderte dieser Bongard auf, der bereitwillig das Kristall mit beiden Händen packte und soeben noch verhindern konnte, damit auf die Schreibtischplatte zu schlagen. Hawkins las etwas vom Boden des Kristalls ab, murmelte Zahlen und tippte mit dem linken Zeigefinger auf das Keyboard.

Offenbar erfolgreich. Ein langsam aufjaulender Ton mündete in ein klarer werdendes Sprachgewirr, dessen Wortfetzen einzelnen Akteuren auf dem Monitor zugeordnet werden konnten.

„Hier, Flur Etage zwei", schrie Garnier, „was macht die Polizistin denn dort mit Irving?"

Bongard ließ den Kristallfuß auf der Schreibtischplatte nieder, wo er mit einem stampfenden Laut aufkam. Sofort riss Garnier den Kopf hoch und blickte durch eine Kamera direkt in den Monitor des Professors.

„Wir haben Kontakt zu Professor Hawkins. Wen sehe ich denn da? Bongard, Sie? Und Wéber?"

„Richtig, Garnier, wir sind hier, um mit John Irving zu sprechen. Was ist los? Wo geistert er herum? Wer ist die Polizistin?"

„Catherine Viella! Also, wir sind dabei, sie der verdeckten Tätigkeit für Syndikate zu überführen. Mit Videobeweisen. Hier sind reihenweise Monitore, die das gesamte Haus überwachen! Sagte mir der junge Mann hier neben mir."

„Richtig, richtig", mischte sich Hawkins ein. „Meine Idee, alle Zellen, also Zimmer der Insassen, werden wechselnd eingeblendet."

„Und die Flure?", fragte Bongard.

„Befinden sich in Dauerbildaufnahme, selbstverständlich. Sozusagen Web-Camera!" Stolz schwang mit in der Stimme des Professors.

„Klappt auch meistens", ergänzte der als „Junger Mann" von Garnier Angesprochene. „Es wurde ein eigenes Programm entwickelt, das in letzter Zeit auch fast nie mehr abstürzt!"

Bongard fasste sich an den Kopf. „Garnier, können Sie Irving und Viella fortlaufend orten?"

„Ach Inspecteur, nichts ist vollkommen. Da gibt es kurze Pausen an der Blickfeldgrenze der Videokameras. Aber meist sehen wir die beiden!"

„Wo waren Sie denn bisher?"

„Im Besucherraum Etage drei, in der Nähe vom Professor!"

„Wieso sind die jetzt auf irgendeinem Flur?"

„Entführung!", rief Garnier, „die Viella holt ihn aus dem Gewahrsam hier heraus!"

„Stoppen Sie das, Garnier!"

Der interne Ermittler sah von anderen Monitoren weg und wandte sich nochmals Bongard zu. „Nicht nötig. Wir haben alles im Blick und im Griff. Es gibt sogar eine Tonspur, die das Gespräch der beiden aufzeichnet. Jede Menge Beweise. Aber die Tat muss vollbracht werden. Draußen stehen Beamte bereit, die beiden einzufangen!"

Bongard sah in die Gesichter von Hawkins und Wéber. Der Professor entspannte sich wieder und bot einen Gesichtsausdruck zunehmender Begeisterung und Verzückung. Die Polizistin starrte mit offenem Mund regungslos auf den Monitor. Dessen Bild begann auf und ab zu wogen, als blicke man aus einem Schiffsbullauge auf hoher See. Das Schwarz-Weiß wurde zu Lila und erlosch mit einem explosionsartigen Funken. Die Freude in Hawkins Gesicht fror zu einer unbewegten Maske.

Der Inspecteur griff ihn mit beiden Händen an den Schultern und schüttelte ihn. Prompt löste er sich aus der Erstarrung und beschwerte sich.

„Schütteln Sie von mir aus den Monitor, aber nicht mich!"

„Systemabsturz?"

Hawkins nickte. „Typische Symptome, aber meist nur von kurzer Dauer!"

„Fabelhaft. Hochverehrter Herr Professor. Bitte sagen Sie mir: Wo können Viella und Irving das Haus verlassen?"

„Äh ja, durch den Parterreausgang, durch die Tiefgarage, ein paar Hinterausgänge für die Versorgung gibt es noch, aber", beschwichtigend fuchtelte er mit den Händen vor Bongards entsetztem Gesicht, „da wird man überall nur mit einem Code herausgelassen!"

„Was für ein Code?"

Professor Hawkins zeigte auf sein Familienbild. „Ganz geheim, bekommt nicht jeder!"

Bongard wuchtete noch einmal den Kristallfuß empor und sah auf den Boden.

„Ach, Sie sind Jahrgang 1960?"

Stolz nickte der Professor.

„Und schon acht Enkel!"

„Da kommt bestimmt niemand drauf!", bemerkte Wéber und sah ihren Chef entsetzt an.

„Man kann ja auch nicht erwarten, dass unser Professor versteht, was gemeint ist. Medizin ist Medizin, Polizeiarbeit ist Polizeiarbeit."

„So ist es, so ist es!", nickte Hawkins und sah wieder zufrieden aus.

„War Inspecteur Viella bei Ihnen, hatten Sie die Polizistin vielleicht einmal hier alleine gelassen?"

Der Professor verschränkte die Hände, drehte Daumen und nickte. „Ich glaube schon!"

„Dann kennt Sie den Code. Jetzt wird die Polizei aktiv!", erklärte Bongard. „Ich gehe sicherheitshalber bereits zum Hauptausgang. Agent Wéber sichert Ihre Person, Professor. Wenn Ihr musealer Bildschirm wieder erwacht, teilen Sie mir das mit. Mireille?"

Er winkte mit seinem Mobiltelefon. Die Polizistin nickte. Entschlossen schritt Bongard zur Zimmertür. Das Drücken der Klinke zeigte keine Wirkung.

„Die Code-Tastatur rechts neben der Tür bedienen!", rief Hawkins in einer Anwandlung von Geistesgegenwart.

„Ach ja, der Sechziger!"

Bongard sah nach, suchte, fand und tippte Zahlen. Die Tür schwang lautlos auf.

„Die Klinke ist nur zum Schmuck da!", rief Hawkins.

Bongard nickte ergeben. Im Hinausgehen hörte er noch die letzten Gesprächsfetzen der Zurückgebliebenen.

„Ist das nicht gefährlich?", fragte Hawkins. „Kann der Inspecteur auch mit einer Pistole schießen?"

„Mein Chef ist der Friede selber. Vor ihm weichen alle Gefahren wie von selbst."

„Dein Wort in Gottes Ohr!", dachte Bongard noch und wandte sich im Flurgang in Richtung des Aufzugs.

Zunächst ging alles gut. Mit einem Druck auf die Ruftaste ertönte das vertraute Summen. Die Taste leuchtete rot. Auf einem Display über der Tür zeigten Zahlen die wechselnde Position des Aufzugs, der offenbar von Minus zwei gestartet war und sich ruhig der dritten Etage näherte. Als dort die Drei erschien, blinkte die Ruftaste kurz und verlosch wieder. Nach einem zarten Klingeln ertönte eine Musiksequenz, die aus der sich öffnenden Tür erklang. „Treulich geführt", erkannte Bongard. „Warum werde ich mit Musik empfangen? Mag Hawkins Wagner?" Arglos trat er ein. Ruckartig verschloss sich die Tür.

Das Innenlicht leuchtete milde farbig, romantisch wie im Theater. Bongard hörte weiter die betörende Musik und verspürte den Drang, in der Hochzeitsprozession zu schreiten. Doch der Spiegel der Aufzugskabine bremste ihn.

„Türe geschlossen!", bestätigte die angenehme Frauenstimme zunächst. Unmittelbar darauf klang sie streng und fuhr fort:

„Unangemeldete Aufzugfahrt. Bitte blicken Sie in den Spiegel und verifizieren Sie sich!"

„Inspecteur Bongard, der Beauftragte von Professor Hawkins!", rief Bongard in den Spiegel und sah seinen verzweifelten Gesichtsausdruck.

„Das kann jeder behaupten", sprach die Frauenstimme in weiterhin freundlichem Ton. „Sie haben sich nicht angemeldet und verifiziert. Es fehlt der Code!"

„Habe ich!", rief Bongard. „Wo ist hier eine Tastatur?"

„Zu spät, draußen vor der Tür!"

„Verflucht", entfuhr es dem Inspecteur.

„Fluchen Sie nicht!", bemerkte die Stimme.

„Pardon, Pardon, das war nicht böse gemeint. Ich weiß den Code, ich kann ihn sagen!"

„Das ist nicht zulässig. Verlautbaren des Codes wird mit geschlossener Anstalt von zwölf Monaten bestraft, vorbehaltlich weiterer Strafen durch das Ortsgericht."

„Aber wie kann ich das sonst mitteilen?"

„Die Systeme reagieren nur auf digitale Informationen. Das ist modern. Und es ist sicherer."

Bongard blickte fest in den Spiegel und beschwor sich selber.

„Sind Sie nicht mit der Überwachungszentrale verbunden? Man kennt mich dort!"

„Der ‚Große Bruder' hat nichts über sie mitgeteilt. Wir haben unsere internen Regeln."

Die Stimme klang unverändert freundlich, aber bestimmt.

„Eine interessante Kombination", dachte Bongard, „Mireille könnte noch viel lernen."

Die Stimme fuhr fort. „Sie haben den Himmel nicht verdient!", verkündete sie.

Das angenehme Theaterlicht wechselte abrupt zu gleißend weißem Neonlicht. Der erste Akkord von Beethovens „Schicksalssymphonie" erklang.

Bongard spürte ein Frieren. „Kompliment, Hawkins", dachte er, „volle Wirkung!"

Ein Surren kündete davon, dass der Aufzug sich in Bewegung setzte.

„Wohin geht die Fahrt?"

„Die Heavens-Home-Klinik schickt Sie in die Tiefen der Unterwelt, zur Hölle: Dort gehören unwillkommene Gäste hin!"

„Geht es etwas konkreter?"

„Die Hölle ist immer konkret!"

Das Surren endete.

„Höllengeschoss", verkündigte die freundliche Stimme. „Türe öffnet. Unbedingt aussteigen. In der wieder geschlossenen Aufzugskabine wird gleich die Luft abgesaugt!"

Hastig sprang Bongard nach draußen.

„Türe schließt!"

Das waren die letzten Worte, die ihn erreichten. Frierend stand er vor der Aufzugstür. Es war kalt. Tatsächlich. Zitternd näherte Bongard seinen rechten Zeigefinger der Zahlentastatur, die er neben dem Eingang entdeckte. Entschlossen gab er die Daten ein: 11.11.1960.

„Fehler!", erschien im Display darüber. „Sicherheitsnotfall, Wechsel der Codenummer!"

Erschöpft hielt Bongard inne. Manchmal funktionierte hier tatsächlich etwas. Bloß im falschen Moment. Wo war er denn überhaupt?

Mit einer Drehung zum offenen Raum bemerkte Bongard im blassen blauen Licht eine Reihe von Metallliegen, die alle mit weißen Tüchern abgedeckt waren und die eine Figur verbargen. Mindestens zehn solcher Liegen zählte er. Vor seinem Mund bildeten sich weiße Atemwölkchen.

„Ich lebe", stellte er fest. „Die hier aufgebahrten Genossen offenbar nicht mehr."

Es war also klar, die Forensik beherbergte hier ihre Untersuchungsobjekte. Nicht alle, aber vermutlich die neuen.

An der Wand gegenüber prangte ein Spruchband.

„Willkommen!", stand dort in großen Lettern. Darunter ein Satz in kleineren Lettern. Vorsichtig bewegte sich Bongard zwischen den Liegen auf diese Wand zu. Vielleicht gab es eine nützliche Information? Er las weiter:

„Sicherheit ist oberstes Gebot! Hier sind Sie so sicher wie die Gefangenen in den venezianischen Bleikammern! Bloß ist es hier nicht heiß, sondern eiskalt. Es gibt keine Verbindung für elektronische Kommunikation. Die Toten begraben ihre Geheimnisse lautlos. Oh göttliche Komödie!"

„Hahaha", lachte Bongard vor sich hin. „Warum hat es die Viella nicht hierhin verschlagen? Was wusste sie schon, was ich nicht

166

wusste?" Flüstern vor Toten beruhigte irgendwie. Langsam schob sich der Inspecteur wieder Richtung Aufzugstür.

„Das Tor zum Leben, ihr Toten. Wer seid ihr überhaupt? Aber das ist euch wohl längst egal, wer ihr wart oder was ihr seid?"

Neugierig überwand Bongard seine Scheu und hob eines der Leichentücher an. Blau gefroren erschien das Gesicht des Wohltäters, mit einem Loch in der Stirn. Der Wohltäter? Nein!

„Du also bist George, der Zwilling, alias Henry Miller. Willkommen unter deinesgleichen!"

Ein Surren erklang. Mit neuer Hoffnung ließ Bongard das Leichentuch fahren und sah erwartungsvoll auf die Etagenanzeige des Aufzugs. Gestartet bei drei, sank er immer tiefer in diese Abgründe verlorenen Lebens. Bei Minus zwei blinkte die Ruftaste, die Türe öffnete sich und Beethovens Schicksalssymphonie erklang. Unwillkürlich trat Bongard zurück. Die Kabine war gerammelt voll. Vorneweg stiegen zwei weißgekleidete Pfleger aus, beide etwa einsneunzig groß. Der erste hielt bedeutungsschwer eine altmodische Spritze empor, so eine aus Glas und Metall, voll hitzebeständig für die Wiederaufbereitung. Aus ihrer Kanüle blinkte ein Tropfen hell im Neonlicht der Kabine.

Hinter den beiden sah Bongard erleichtert vertraute Menschen. Drei schwarz uniformierte Beamte der Polizei von Ontario. Unter ihnen Beckham. Sofort spürte der Inspecteur neuen Tatendrang.

„Beckham! Sie sind mein Retter!"

Mit einem Sprung wollte Bongard in die Aufzugskabine hechten. Zwei eiserne Griffe aber hielten ihn mitten im Sprung schwebend in der Luft. Die weißgekleideten Riesen hatten zugegriffen. Vergeblich zappelte Bongard mit den Beinen. Langsam, erbarmungslos und sicher senkte sich die Spritze mit der Kanüle in Richtung seines Hinterns.

„Jetzt schicken sie mich ins Koma!", dachte Bongard und schrie: „Beckham, sagen Sie etwas!"

Der Constable schreckte auf und winkte beidhändig.

„Nein, nein! Keine Spitze! Loslassen. Der Inspecteur ist völlig harmlos!"

„Sind Sie sicher?", fragten die weißen Riesen synchron. Das Neonlicht der Kabine schickte gleißende Reflexe von der Glasspritze, die ihren Anflug auf Bongard gestoppt hatte und in der Luft verharrte.

„Jaja, völlig sicher, setzen Sie den Inspecteur sachte ab. Er darf sich nicht die Knochen brechen!"

Zentimeter für Zentimeter spürte Bongard sein Sinken und endlich wieder Boden unter seinen Füßen.

Seine alte Ruhe und das zielgerichtete Handeln stellten sich wieder ein.

„Danke, vielen Dank allerseits!" Bongard verbeugte sich leicht in alle Richtungen. „Darf ich jetzt die Aufzugskabine betreten?"

„Erst Verifizierung!", meldete sich die angenehme Frauenstimme.

Beckham winkte einem der Weißen zu:

„Code Nummer drei eingeben, bleiben Sie noch unten und sichern Sie die Leichen."

Mit ausdruckslosem Gesicht tippte der Spritzenlose mit einem Zeigefinger auf eine Tastatur neben der Ruftaste.

„Jetzt schnell reinkommen!" Beckham winkte dem Inspecteur, der mit ruhigem Schritt eintrat.

„Türe schließt!", prophezeite die angenehme Frauenstimme. So geschah es. Sonst aber nichts. Doch: Das Licht wechselte wieder in angenehme Theaterfarben.

Beckham salutierte. „Sir?", fragte er.

„Erstes Kellergeschoss, bitte, ich vermute stark, wir müssen im Streifenwagen der Viella folgen."

„Aye, Sir!", rief Beckham, wandte sich an den Spiegel und orderte: „Eine Etage höher, bitte!"

„Aufzug fährt!", kommentierte die angenehme Frauenstimme das beginnende Surren des Aufzugs, das nur kurz währte. „Türe öffnet!" Der erneuten Prophetie folgte tatsächlich die Öffnung der Aufzugstür, hinter der in blassem Neondämmerlicht reihenweise Fahrzeuge standen.

Bongard hechtete hinaus. „Los Beckham, wo ist Ihr Wagen?"

Kommentarlos rannte der Constable an Bongard vorbei und zückte einen kleinen schwarzen Gegenstand. Ein Druck darauf aktivierte die Blinker eines wenig entfernten Streifenwagens. Abrupt stoppte Beckham davor und riss eine Tür auf. Bongard flog mit seinem Oberkörper auf die Rückbank und spürte, wie der Polizist seine Beine nachschob. Türen klappten.

Mühsam brachte sich Bongard in Sitzposition. „Bekommen Sie hier Kontakt zur Überwachungszentrale?"

„Haben wir schon!", dröhnte Garniers Stimme. „Was gibt es?"

„Das müssen Sie doch besser wissen als ich, Sie Komiker!", schimpfte Bongard. „Hören Sie: ein Streifenwagen ‚Police', ohne ihren blau-roten Diagonalstreifen, schwarz, ein Ford Explorer vermutlich, mit Quebec-Nummernschild, haben Sie den gesehen?"

„Moment! Nur die Ruhe! Aha, Monitor siebenundzwanzig, Parketage, jawohl: Vor zwei Minuten rausgefahren!"

„Sofort Ihre Wagen alarmieren, also die Polizei von Toronto soll mit ihren Streifenwagen den aus Quebec einkreisen und stoppen! Kriegen Sie das hin?"

„Sicher doch, hier ist alles vorbereitet und läuft schon!"

Bongard trommelte auf Beckhams Schulter. „Los, rausfahren, verfolgen! Garnier, lassen Sie das Tiefgaragentor öffnen!"

„Aye, Sir!", riefen Garnier und Beckham gleichzeitig.

Mit der Begleitmusik quietschender Reifen wurde Bongard in die Rückenlehne geworfen. Vergeblich suchte seine Hand einen Deckengriff, um das Schleudern des Streifenwagens auszugleichen. Endlich fuhr der Wagen geradeaus und hechtete ins Freie wie das U-Boot „Roter Oktober" im Film aus den Fluten des Ozeans, woran Bongard plötzlich denken musste.

„Wohin, Sir?"

„Das müssen Sie doch besser wissen als ich! Sie haben Ortskenntnis! Garnier, gibt es kein Peilsignal vom Funk des geflohenen Streifenwagens?"

„Doch, doch! Modernste Technik! Wir unterstützen Sie! Äh,"
Garniers Stimme verschlug es kurz die Sprache. „Beckham!", sie
erklang wieder zuversichtlich, „Stadtautobahn. Dann Abbiegung
Hauptstraße Richtung Queenspark!"

Der Constable bog ab.

Bongard meinte: „Das kommt mir komisch vor. Was wollen die
denn im Queenspark? Liegt dort nicht das Provinzparlament?"

„Keine Ahnung", bekannte Garnier. „Ich bin nur Sonderermittler
für interne Angelegenheiten. Aber unser Funkpeiler lügt nicht!"

Der Inspecteur lehnte sich seufzend zurück. Er kannte Garnier.
Wenn dieser sich in Selbstbetrachtungen verlor, verlor er auch häufig
die Verbindung zur einfachen Realität. Nicht, ohne den Hinweis zu
geben: „Maulwürfe ticken anders!" Was oftmals stimmte. Und vermutlich auch auf John Irving zutraf, den bisher niemand verstand.
Selbst Professor Hawkins nicht. Dem genügte es, den Probanden, wie
er ihn wissenschaftlich nannte, mit Antipsychotika zu verwandeln.

„Verdammter Mist!", fluchte Bongard laut und griff sich an die
Stirn.

„Hey, Inspecteur!", meldete sich Garnier. „Haben Sie bahnbre-
chende Erkenntnisse?"

Der Inspecteur stützte sich spontan mit beiden Händen an der
Lehne des Fahrersitzes ab, da der Streifenwagen bremste und
komplett zum Stillstand kam. Mühsam stieg er aus dem Wagen und
versuchte, tief atmend seine Übelkeit zu bezwingen. Vor ihnen stand
der Fluchtwagen aus Quebec, eingekreist von weiß-blauen Polizei-
wagen aus Toronto, die wirkten, als wollten friedliebende Engel eine
schwarze Seele vor der Hölle retten. Der Wagen aus Quebec war ja
schwarz, seine Türen und die Heckklappe waren offen.

Zahllose Polizistinnen und Polizisten warteten davor. Langsam
näherte sich Bongard. Die Anwesenden wichen zurück und boten
ihm eine Gasse.

„Wie das Rote Meer einst den fliehenden Israeliten", dachte
Bongard. „Was für ein Aufwand!", rief er.

Am Fluchtwagen angekommen, fand er achtlos abgeworfene Kleidung im Kofferraum. Eine Damen-Polizeiuniform und ein Indianerkostüm mit schwarzen Federn. Eine Megaphon-Stimme vom Dach eines der Toronto-Streifenwagen erklang.

„Alles im Griff!", verkündete Garnier. „Eine Hundertschaft ist schon dabei, den Queenspark zu durchkämmen! Kommen vom Parlament!"

Bongard blickte in den Himmel und sah frisch begrünte Baumkronen wogen. Kurz schloss er die Augen, hörte lachendes Schreien, öffnete die Augen und sah einen hakenförmigen Wildenten-Schwarm, oder waren es Möwen vom Ontario-See?

„Was machen die denn hier?", fragte er laut.

„Wie bitte, Bongard? Was meinen Sie?"

„Ach, nur die Vögel des Himmels, Garnier. Was ich vorhin meinte: Ohne Antipsychotika wird John Irvin seine Persönlichkeit wieder völlig ändern. Das mit dem Indianerkostüm war wohl Hawkins Idee?"

„Richtig erkannt!", bestätigte Garnier, „der Professor sprach von seelischer Rückbindung oder so ähnlich!"

„Da könnte er Recht haben! Die Viella hat es wohl mitgehen lassen. Jedenfalls ist der Vogel weggeflogen."

„Sehen Sie doch nicht so schwarz!"

„Was meinen Sie denn?", fragte Bongard und sah sich im Kreis der ihn umgebenden Polizistenschar um. Niemand sagte etwas. Alle blickten den Inspecteur mit einer Mischung aus Respekt und Erstaunen an. Vermutlich dachten sie auch nichts, jedenfalls brauchten sie Handlungsanweisungen. Bongard machte wegweisende Handbewegungen.

„Verehrte Kolleginnen, Kollegen. Dort ist der Park! Wollen Sie nicht hinterher?"

Im Zeitlupentempo zunächst, dann mit beschleunigten Schritten und schließlich spurtend und rennend bewegte sich die Beamtenschaft in den Queenspark.

Erstaunt über die Wirkung seiner Worte, fand Bongard seine Sprache wieder und fragte in die freie Luft: „Garnier, was ist mit Wéber? Noch da, lebendig, irgendwo?"

Ein Schnarren und Ploppen wie bei elektronischen Umschaltungen tönten aus dem Megaphon eines der Streifenwagen. Schließlich erklang die vertraute Stimme. „Hawkins und ich trinken Kaffee. Mir geht es gut. Ich konnte ihn beruhigen. Mit dem Hinweis, dass es stets friedlich zugeht, wo du bist!"

„Ein reifer Charakter ändert sich eben nicht!", verkündete die Stimme von Professor Hawkins. Das klang nach Anerkennung.

„Danke, Professor", sprach der Gelobte, hielt kurz inne und meinte schließlich: „Man lernt nie aus. Aber, verehrter Professor, warum müssen bei Ihnen denn die Leichen von diesen Mammut-Pflegern bewacht werden? Ist schon eine abhandengekommen?"

„Ganz und gar nicht!"

„Was bezwecken Sie damit?"

„Alles hat einen Sinn. Das gereicht zur Stärkung der Seele!"

28. Kapitel

Im falschen Film

„Es erschien ihm aber ein Engel vom Himmel."
Lukas-Evangelium. Kapitel 22. Vers 43

Zügig schob die Polizistin John vor sich her und stoppte an einem grau-schwarzen Ford Explorer. Es blinkte, sie riss die Hintertüre auf der Fahrerseite auf und drückte John hinein.

„Wir müssen uns beeilen", erklärte sie beim Einsteigen.

„Das Ausfahrtstor ist aus Sicherheitsgründen nur kurz offen!" Der Wagen startete lautlos und rollte rasch die Rampe hinauf, vor der sich unter einem hochfahrenden Rolltor helles Sonnenlicht zeigte. Draußen standen im Spalier weitere Streifenwagen. John blickte zurück und sah, wie sie in raschem Wechsel nacheinander starteten, auf die Fahrbahn einbogen und ihnen folgten.

„Festhalten!", mahnte die Polizistin und beschleunigte.

John hasste die Übelkeit, die ihn so leicht überfiel, wenn er ins Schleudern geriet. Mühsam hielt er sich an einem Deckengriff fest und versuchte, die Gedanken zu sammeln. Etwas stimmte nicht. Mimik und Worte der Polizistin, die sich mit Catherine Viella vorgestellt hatte, passten nicht zueinander. „Viella? Eine Italienerin? Mafia!", fiel ihm ein.

Es wurde eine lange Fahrt. Von tiefer Sorge beunruhigt, bedachte er nochmals die letzten Tage und Stunden, die er in der Klinik verbracht hatte. Es hatte mit einem traumähnlichen Bild begonnen, das John sich wieder lebhaft vor Augen hielt. Die alte Angewohnheit: Sich in Erinnerungen zurückziehen.

In nächster Nähe roch John das schwarze Blut. Ja, das Blut des Verbrechers war schwarz wie die Federn des Donnervogels, der mit seinen Krallen in den Eingeweiden des Bösen wütete. Dicht spürte John das Federkleid an seiner Haut. Der blutige Körper aber fesselte ihn an die Erde. Eine Sehnsucht nach Himmel und Weite erfüllte ihn. Doch seine mächtigen Flügel gehorchten ihm kaum mehr. Seine Krallen hafteten fest in diesem fremden Leib. Mit letzter Kraft löste er sich vom Boden und riss den Toten mit in die Höhe. Mit jedem Flügelschlag wog diese Last schwerer, kaum noch konnte er sie halten. Endlich erreichte er den blauen Spiegel des Sees und löste seine Krallen. Befreit blickte er hinab. In den Fluten versank der fremde Leib und teilte das nasse Grab mit Fjodr. Der Himmel aber öffnete sich.

Als das Traumbild John verlassen hatte, wusste er, dass er gefesselt war. Oder zumindest waren seine Armen festgebunden. Sein Blick schweifte durch das helle Zimmer, dessen orange Wände von Sonnenstrahlen beschienen wurden. Bilder an der Wand zeigten Vincenz van Gogh, Selbstbildnisse mit und ohne abgeschnittenes Ohr. Mit kreisendem Blick bemerkte John, dass sein Bett frei im Raum stand. Alles war vollkommen klar erkennbar. Ja, er war hellwach, mit einem Schlag. Dabei hatte er seine Erinnerung nicht verloren. Im Gegenteil. Nie vorher war ihm so bewusst gewesen, dass er getötet hatte, dass er sich im Donnervogel verborgen, dessen Identität ausgeliehen hatte, um Furchtbares zu tun. Leise Musik erfüllte den Raum. Das glaubte er zu kennen: Vivaldi. „Die vier Jahreszeiten."

Was war anders als sonst, anders als nach seinen ersten Morden? Das plötzliche Erwachen, die unvermittelte Klarheit über das Geschehene! John sah auf seinen rechten Arm, der in einer Schiene fixiert wurde. Eine Kanüle steckte darin, die mit einem wasserklar gefüllten Schlauch verbunden war. Aufwärtsblickend entdeckte er eine Infusionsflasche, die ihre letzten Tropfen in eine kleine durchsichtige Kammer fallen ließ. Der Spiegel dort sank in den Schlauch, sank tiefer und tiefer, bis er auf halber Höhe verharrte.

Eine Tür öffnete sich. John wandte den Kopf nach links und sah eine Krankenschwester in weißer Hose und orangem Kittel. Sie hielt ein Schreibbrett in der Hand und lächelte. Hinter ihr tauchte ein baumgroßer Mann mit grauem Bart, lichtem Haar und randloser Brille auf. Er schloss die Tür. Er trat links von John, die Krankenschwester rechts von ihm ans Bett. Der Mann lächelte, presste seine Lippen zusammen und schien vor Mitteilungsbedürfnis zu platzen. Seine Miene glättete sich.

„Na, Herr Patient, schon aufgewacht?"

Die Krankenschwester räusperte sich und erklärte:

„Das ist Professor Hawkins, ich bin Schwester Mary. Willkommen in ‚Heavens-Home-Klinik'!"

„Jetzt bin ich also im Himmel?", entfuhr es John. Der Professor schmunzelte.

„Nein, das ist der Name dieser forensischen Klinik! Aber ...", er hielt kurz inne und fuhr fort: „Eigentlich ist der Grund Ihres Hierseins ein sehr ernster."

Er zog einen Stuhl heran und setzte sich. John nickte.

„Ich weiß!"

„Was wissen Sie?"

„Ich heiße John, stamme aus Quebec, habe dort und hier in Toronto fünf Menschen umgebracht."

Der Professor nickte ebenfalls.

„Sie sind in der Realität angekommen. Gestern hatten Sie ein gutes Gespräch mit unserer Psychologin, Hedwig Monroe. Diese Besserung haben Sie der Infusion zu verdanken. Vielleicht haben Sie das vergessen, weil Sie wieder geschlafen haben."

Er zeigte auf die Flasche am Ständer rechts vom Bett.

„Schwester Mary, stöpseln Sie die Kanüle ab und lösen Sie die Fesselung der Extremitäten."

Zu John gewandt, erklärte er weiter:

„Hier gebe ich Ihnen eine Medikamentenschachtel. Nehmen Sie täglich eine Tablette. Wir kontrollieren jeden Abend. Bewahren Sie das gut auf. Es ist Ihre Lebensversicherung!"

Wortlos nahm John die Schachtel entgegen, nickte und schob sie in seine Nachttischschublade.

„Bin ich krank?", fragte er dann.

„Ja und nein. Im Moment zumindest reagieren Sie, als seien Sie völlig gesund. Ohne Medikamente aber drohen Sie zu entgleiten in eine andere, dunkle und ungewisse Wirklichkeit, die keine Gesetze und Grenzen kennt. Wie fühlen Sie sich?"

John schwieg lange. Der Professor hielt das aus.

„Alleine – und schuldig", meinte John schließlich. Seine Stimme war kaum zu hören. Aber er wurde verstanden. Schwester Mary drückte seine Hand. Der Professor nickte.

„Ich verstehe Sie. Hier aber sind Sie nicht mehr alleine und erhalten Hilfe. Schuldig wird von nun an, wer Ihnen diese Hilfe nimmt. Schwester Mary, wie geht es weiter?"

John spürte, wie ihre Hand sich von der seinen löste. Er blickte hoch und sah, dass sie ihr Schreibbrett fest in den Händen hielt. Sie schaute ihn jetzt an und erklärte:

„John, gleich werden Sie in die Radiologie der Universitätsklinik transportiert. Mit uniformierter Polizeibegleitung. Das geht leider nicht anders. Dort lassen wir ein PET-CT Ihres Gehirns durchführen."

„Was ist das?"

„Eine Art Röntgen des Gehirns in einer Röhre", schaltete sich der Professor wieder ein. „Möglicherweise gibt es substantielle Veränderungen, die Sie diesen Wahnvorstellungen und mörderischen Antrieben aussetzen."

„Das wird gleich losgehen", fuhr Schwester Mary fort. „Allerdings sind Sie noch schwach auf den Beinen, John. Zwei Pfleger werden Gehübungen mit Ihnen machen und Sie dann begleiten."

Es klopfte. Der Professor sprang hoch und eilte zur Tür, die er aufriss.

„Hereinspaziert! Der Patient ist nach Ende der Infusion von dem intravenösen Zugang getrennt!"

Dann lief er rasch auf die andere Seite des Krankenbettes zu Schwester Mary. Zwei weißgekleidete Männer erschienen, die mit ihren Köpfen soeben noch unter die Türzarge passten. Ihre Gesichter waren einander sehr ähnlich und ausdruckslos. Sie marschierten an die linke Bettseite und sahen den Professor und Schwester Mary gegenüber schweigend an.

Dann begannen sie, mit den Armen zu winken und zu rudern.

„Verstehe", rief der Professor. „Kommen Sie, Schwester Mary, wir lassen die beiden einmal machen und gehen. Wiedersehen John, wir sprechen uns danach! Das sind übrigens Herb und Greg. Sie sind wenig mitteilsam. Aber sehr zuverlässige Helfer, die bei uns ihren festen Platz haben. Sehen finsterer aus, als sie wirklich sind. Werden Sie schon merken, John!"

Beruhigend klopfte der Professor auf Johns Schulter, marschierte zur Tür und ging hinaus mit der Schwester. Mit einem Blick zurück sagte sie noch: „Wiedersehen John, die Tür bleibt offen, es geht ja gleich los." Beide winkten zum Abschied.

Die weißen Riesen sprachen wahrlich kein überflüssiges Wort. Aber ihre Gesten waren klar und hilfreich, begleitet von Ein-Wort-Sätzen.

„Aufsetzen. Schwindel? Nein?"

John schüttelte den Kopf und fühlte feste Griffe an beiden Oberarmen.

„Gehen!", forderte einer der beiden. John schaffte es und ließ sich im Kreis mehrfach um das Bett führen.

„Toilette?", fragte er.

Die Männer schüttelten synchron den Kopf.

„Katheter!", meinte einer.

In der Tat bemerkte John den Beutel, der an seinem Penis mit einem wenig flexiblen Schlauch verbunden war. Schon beim Aufsetzen hatte er einen unangenehmen Druck im Schritt verspürt. Einer der Pfleger versicherte sich der Halterung des Beutels an Johns Unterhosenbund. Darüber trug er nur ein blassblaues geblümtes Hemd. Von einem Haken an der Zimmertür wurde ihm ein weißer Frotteemantel gereicht.

„Wärmer", stellte einer der Pfleger fest. Gerne ließ sich John hineinhelfen. Vor der Tür stand ein schwarz uniformierter Polizist. Er salutierte vor den Pflegern, als habe er großen Respekt vor ihnen.

„Abfahrt?", frage er.

„Abfahrt!", bestätigten beide synchron.

So begann für John eine weitere Reise, deren Führung er sich bereitwillig überließ. Mit dem Gefühl, wieder ein Kameramann in einem neuen Film zu sein, registrierte er die Bilder, die an ihm vorüberzogen. Alles wirkte auf ihn wie eine Collage oder eine Folge von Zeitrafferaufnahmen. Der fahrbare Metallsitz, auf den er gesetzt wurde. Die Neonlichter der Deckenflure. Das bunte Licht im Aufzug. Der Spiegel. Das helle Fahrzeug im dunklen Parkraum. Die offene Wagentür. Der Sitz neben ihm. Der Polizist. Die Schlaglichter der Sonne mit ihrem wechselnden Tempo. Wieder ein dunkler Parkraum. Eine Liege, für ihn. Die Betondecke im Wechsel mit hellen Flurlampen. Die Türzarge über ihm mit einem schmucklosen Holzkruzifix. Das bläuliche Licht in einem neuen Raum. Das wandernde Deckenmuster, das sich fußwärts bewegte. Die weiße Röhre mit einem roten Lichtstrahl.

Hier stand er nicht mehr nur hinter der Kamera. Wehrlos lag er gebunden auf der Liege. Das rote Licht ließ sein Herz rasen. Er hörte wieder etwas. Ja: Er war gemeint. Aber es waren nur belanglose Fragen. Rechenaufgaben. Kaum konnte er sprechen mit seinem trockenen Mund. Fast stimmlos, nur mit den Lippen brachte er Zahlen zum Ausdruck. Weil es von ihm gefordert wurde in diesem echten Film des Lebens. Bald aber verstummten die Menschen ringsum wieder. Ihm war, als könne er erneut hinter eine Kamera flüchten. Zusehen, wie jemand bewegt wurde.

Die Deckenmuster, eine Bewegung rückwärts. Alles dieselben Bilder wie vorhin, aber in umgekehrter Reihenfolge. Den ganzen Film hatte er gespeichert und erkannte ihn wieder. Schließlich sah er wieder Van Goghs abgeschnittenes Ohr. Sein Zimmer.

Endlich. Völlige Müdigkeit übermannte ihn. Als er wieder erwachte, begann ein neuer Klinikmorgen. Die weißen Männer fuhrwerkten an seiner Unterhose.

„Entfernen!", meinte einer.

„Katheter!", erläuterte der andere.

Plötzlich hielt einer der beiden einen Schlauch mit Beutel in der Hand, der andere eine Spritze, die voll heller Flüssigkeit gesogen war.

„Schmerzen?", fragte einer.

„Nein!" John schüttelte den Kopf. Das hatte wirklich nicht wehgetan.

„Trainingsanzug!", sagte einer der beiden und zeigte auf einen Stuhl.

„Anziehen!", schlug der andere vor.

Beide nickten, schritten zur Tür und entfernten sich.

Der Trainingsanzug war schwarz und schmucklos.

„Anziehen!", sagte John zu sich selber. Er legte das Krankenhemd ab und stieg in die Hose, dann streifte er den Pullover über.

„Fertig?", fragte er sich selber. „An Ein-Wort-Sätze kann man sich gewöhnen!" Sein Gehirn wrang sich mühsam einen vollständigen Satz aus den Windungen.

„Schuhe?" Kaum ausgesprochen, sah er die Gesuchten am Nachttisch. Zwei weiße Turnschuhe. Er probierte, sie passten! Erschöpft setzte er sich auf den Stuhl. Irgendwie hatten ihn die Kräfte verlassen. Stärkung tat not.

Es klopfte. Eine Polizistin trat ein. Ihre schwarze Uniform unterschied sich wenig von der des Polizisten gestern. John kam nicht darauf, woran es lag. Aber er merkte, dass er klar denken konnte. Die schwarzhaarige Frau stellte sich vor ihn. Sie bemühte sich um ein freundliches Lächeln. Ihre Mundwinkel waren breitgezogen, ihre braunen Augen ausdruckslos.

„Good Morning, John! Aber es ist fast schon Mittag. Sie haben lange geschlafen."

„Ja, bitte?"

„Viella mein Name. Sie können Catherine zu mir sagen. Police-district Calgary aus Alberta."

John dachte nach. „Alberta? Haben Sie etwas mit meinem Onkel zu tun?"

„Genau. Ich darf erklären?"

John nickte erwartungsvoll.

„Ich war soeben bei Professor Hawkins. Ihr PET-CT zeigt Störungen, die Ihr Handeln erklären. Jedenfalls so weit, dass Sie nicht verurteilt werden können. Sie müssen auch nicht ins Gefängnis, sondern dürfen privat wohnen. Zum Beispiel bei Ihrem Onkel. Ihre Frau Mutter ist ja bedauerlicherweise in Haft. Sie müssen sich nur regelmäßig bei der zuständigen Dienststelle der Polizei melden. Sind Sie einverstanden?"

John war sprachlos. Er versuchte, alles nachzuvollziehen. „Muss ich nicht vor Gericht?"

„Nein, nein. Kommen Sie nur, auf dem Weg kann ich Ihnen noch vieles erklären. Ihr Onkel freut sich schon!"

Die Polizistin öffnete die Tür und machte eine einladende Geste nach draußen.

„Jetzt, sofort?"

„Aber ja!"

„Meine Sachen, mein Gepäck?"

„Dafür wird gesorgt."

Er griff noch rasch in seine Nachttischschublade. „Die Medikamente nehme ich mit", meinte er und folgte der Polizistin dichtauf.

Inzwischen war John daran gewöhnt, fremde Anordnungen zu akzeptieren. In der Mitte des Flurs bediente sie neben dem Aufzug rasch eine Code-Tastatur. Ein Surren erklang, die Tür öffnete sich.

„Bitte eintreten!", sprach eine angenehme Frauenstimme.

Die Polizistin schob John hinein.

„Türe schließt, Fahrt abwärts!", verkündete die freundliche Stimme. „Sie sind erfolgreich verifiziert. Vorgesehener Halt: Parkgarage!"

Das Surren endete. „Türe öffnet, auf Wiedersehen!", sprach die freundliche Stimme.

Das war die letzte Szene, die sich aus der frischen Erinnerung der letzten Tage und Stunden vor Johns Augen abspielte. Sein Gedächtnis hatte keine Einzelheit verloren. Doch nun musste er sich wieder der Gegenwart stellen! Noch hielt er sich jetzt krampfhaft am Deckengriff des Streifenwagens fest. Sie hatten wohl eine längere Strecke auf einer Stadtautobahn zurückgelegt, ohne große Kurven oder Richtungswechsel. Was war jetzt wichtig? Stimmte es, dass er schuldunfähig war? Vielleicht gab es Änderungen der Hirnstruktur, die das erklärten. Aber Klarheit, ja, so klar wie jetzt hatte er lange nicht denken können. Warum? Die Infusion war entscheidend! Aber immerhin hatte er seine Tabletten nicht vergessen. Er tastete nach der Schachtel in der Hosentasche seines Jogging-Anzugs. Ja, er hatte sie sicher dabei.

„Catherine", John versuchte, ein Gespräch zu beginnen. „Ich habe Hunger. Aber diese Raserei macht mir Übelkeit. Catherine?"

Die Polizistin presste ihre Lippen aufeinander und kümmerte sich nicht um ihn. In den Häuserschluchten der Großstadt näherten sie sich einer großen Kreuzung. Die Ampel schaltete auf Rot. Der Ford verlangsamte seine Fahrt nicht. Die Polizistin bediente die Armatur und die dröhnende Sirene erfüllte das Wageninnere.

John sah hinter sich. Nur noch ein Streifenwagen folgte ihnen. Zweimal wechselte der Ford die Fahrtrichtung und bog scharf ab. Ein Blick belehrte John: Die Verfolger waren abgeschüttelt. Vorne näherte sich eine grüne Szenerie. Jetzt bremste der Wagen, sie hielten dicht am Rande eines Parks.

„Aussteigen!", befahl die Polizistin.

Die Fahrertür flog auf und sie sprang hinaus, wandte sich einem danebenstehenden silbernen Sportwagen zu und öffnete dessen Fahrertür. John öffnete die Tür auf der Beifahrerseite des Streifen-wagens und wankte hinaus.

„Ich muss kotzen und pinkeln!", brachte er hervor und bewegte sich auf die Bäume des Parks zu. In vollem Sonnenschein ragten uralte Stämme vor ihm auf, deren Wurzeln Ausläufer in den Rasen schickten. Taumelnd versuchte er sich schneller zu bewegen und stolperte. Im Fallen noch hörte er einen Knall. Eine Kugel schlug in den Stamm vor ihm ein und zerfetzte die Rinde. Instinktiv bewegte er sich auf allen vieren weiter und warf sich seitwärts ins Unterholz. Einem zweiten Pistolenknall folgte unmittelbar der Einschlag einer weiteren Kugel dicht über den Wurzelsträngen des Baumes.

Aus der Ferne erklang das anschwellende Heulen von Sirenen. Die Polizistin schien das Feuer einzustellen. John hörte eine Wagentür schlagen, das Starten eines Sportwagenmotors, schließlich quietschende Reifen und das hochtourige Brummen des Motors, das sich rasch entfernte.

29. KAPITEL

ST. JAMES CATHEDRAL

„WEINET ÜBER EUCH SELBST UND EURE KINDER."
LUKAS-EVANGELIUM. KAPITEL 23. VERS 28

Johns Gedanken standen still, nachdem das Peitschen der Pistolenschüsse verklungen war. Die Lippen spuckten Erde aus. Die Hände berührten Baumsplitter von den Kugeleinschlägen. Das Herz raste. Der ganze Körper warf sich seitwärts aus dem Unterholz. Auf allen vieren krabbelte er schutzsuchend in das Innere des Parks. Zwischen hohen Stämmen richtete er sich auf und begann zu laufen. Fort von der Sonne, fort vom Ort der Angst.

Die Bäume breiteten schützend ihre Kronen aus. Bald aber standen sie weniger dicht. Schatteninseln markierten Fluchtpunkte, die der müder werdende Körper laufend erreichte. Mit einem scharfen Windzug querte ein Greifvogel den Weg. Abrupt öffnete sich das dichte grüne Laubwerk. Motorengeräusche wuchsen an und bauten eine dröhnende Wand auf. John stolperte und trat plötzlich auf den Asphalt der Fahrbahn. Erschrocken hastete er zurück auf den Gehweg. Er sah sich zwischen Alleenbäumen. Vor ihm flutete der Verkehr. Aus dessen Fluss löste sich ein kleiner weißer Wagen und hielt.

„Wollen Sie einsteigen?"

John beugte sich an einer Beifahrertür herunter. Durch das offene Fenster sah er eine kräftige junge Frau. Ella? Nein, das konnte nicht sein. Die Gedanken kreisten um Flucht und Ella. Wohin? Erst mal weg von hier!

„Ja", hörte John sich sagen. In einer fließenden Bewegung erlebte er das Öffnen, das Einsteigen und Wieder-Zuschlagen der Türe. Der Wagen fuhr an.

„Wohin?", fragte die Frau.

„Richtung Hafen!"

Das war vielleicht der Ort, den er brauchte: das Schiff, Kapitän McKennitt, Lorena. Langsam erinnerte sich John, woher er gekommen war.

„McMichael-Museum?", fragte er sich laut.

„Das liegt weit weg im Norden", meinte die Fahrerin. Ihre Stimme ähnelte der von Schwester Mary. „Ich fahre südwärts. Die Church Road hinunter. Aber nur bis zur St. James Cathedral, da biege ich in die Kingstreet ab."

John nickte mechanisch. „Vielen Dank, das ist okay", brachte er hervor. Sein Kopf lehnte an der Fensterscheibe. Die Schluchten der Straße lichteten sich. Die Sonne blendete von Süden. Hinter den hier niedriger verlaufenden Häuserfronten erschien eine grüne Kupferturmspitze.

Bald hielt die Fahrerin. „Hier muss ich abbiegen", erklärte sie.

John nickte, löste seinen Gurt, öffnete die Türe und stieg langsam aus. Reglos blieb er stehen.

„Bye, bye, alles Gute. Und die Türe bitte schließen!" Die junge Frau sah ihn freundlich an. Nickend warf er die Türe zu. Fast lautlos entfernte sich der Wagen und tauchte wieder ein in den fließenden Verkehr.

Lange sah John ihm nach. Dann drehte er sich ratlos einmal im Kreis. Vor ihm lagen die Stufen des Kirchenportals. In der Sonne leuchteten vielfarbig kleine Dinge, die auf den Stufen aufgereiht waren. Stufe um Stufe näherte sich John ihnen. Ein Blick nach oben zeigte ihm neugotische Fensterspitzen. Tauben gurrten. Kein schwarzer Vogel. Mit gesenktem Blick ließ John sich nieder und spürte die Wärme der Steinstufen. Kurz schloss er die Augen und spürte Erholung und Ruhe.

Er fühlte sich wie ein Kind, das sich im Verborgenen schützt, indem es nur den Kopf unter eine Decke steckt oder die Augen schließt. Bilder seiner Kindheit tauchten auf. Seine Schwester spielte mit ihm im Sandkasten. Die Mutter stand abseits, rauchte, kümmerte sich nicht um sie. Der Fußtritt eines größeren Jungen schlug ihm den Sandeimer aus der Hand. Die Schwester lief weg. Er wusste nicht, wohin. Die Bilder jagten sich. Der Film lief im Zeitraffer vorwärts. Bis in den Queenspark. Schüsse schallten, einmal, zweimal. Wie aus einem tiefen Schlaf erwachend, öffnete John die Augen. Glockenschläge waren es, die eine volle Stunde verkündeten.

Er sah auf die Stufen. Dort neben ihm waren Kinderschuhe aufgereiht. Nahezu zahllos. Die Kinder aber fehlten. Eine Hand stellte noch ein weiteres Schuhpaar dazu. Ein Mann setzte sich neben John.

„Und wenn es das Letzte ist, was ich jemals tue!", sprach eine dunkle Stimme, die an den Lehrer Charles Dickens erinnerte. John hob seinen Blick und sah in das rotbärtige Gesicht eines schwarzgekleideten Mannes. Er blinzelte in die Sonne.

„Wieso das Letzte?" John versuchte seine Gedanken zu ordnen. Diese Frage kam ihm naheliegend vor. „Wollen Sie sterben?"

„Vielleicht. Aber das hilft niemandem. Ich bin Priester und schäme mich dafür."

„Das verstehe ich nicht."

„Hast du die Zeitung gelesen oder Fernsehen geschaut?"

John schüttelte den Kopf. Er wollte nicht erzählen, warum.

„Ich heiße übrigens Allen, Allen Moore." Der Schwarzgekleidete reichte ihm die Hand und sah John freundlich und erwartungsvoll an.

„Nenn mich Allen. Wie heißt du?".

„Ich heiße John, man nennt mich John Irving." John schlug ein und fühlte die Wärme der fremden Hand.

Diese löste sich wieder und wies auf die Kinderschuhe. „215 Schuhe für 215 tote Kinder, vergraben auf dem Gelände des ehemaligen Internats der ‚Indian Residental School' in Kamloops."

John spürte ein Frieren, das aus seinem Innersten kam. Er blickte den Priester verständnislos an.

„Jahrzehntelang wurden Kinder der indigenen First Nations von ihren Eltern getrennt und in Internate gesteckt. Dort sollten sie christlich erzogen werden. Viele verhungerten oder wurden geschlagen. Kannst du dir das vorstellen?"

Erneut dröhnten Glockenschläge. Langsam war der Schatten des Kirchturms auf die Stufen gekrochen und verstärkte das Frieren, das John schüttelte.

„Junge, dir geht's nicht gut. Was brauchst du? Essen?"

John nickte.

„Komm, ich helfe dir auf. Hier, die Stufen hoch."

Allen Moore führte den Jungen am Arm durch das Portal. Hinter dem Eingang öffnete sich ein quadratischer Raum.

„Hier ist rechts die St.-George-Kapelle. Wir gehen in das große Kirchenschiff. Hinten im Chor, da haben wir Ruhe."

John blickte nach oben, als sie durch das Mittelschiff schritten. Dort strahlte helles Licht aus den kleinen gotischen Fenstern, die in Dreiergruppen geordnet waren. Die Decke darüber wurde von hölzernen Bogen getragen, deren Statik ihm Rätsel aufgaben. Plötzlich hörte er wieder Moores Stimme.

„Ja, dort, setz dich, das Chorgestühl ist gepolstert. Ich hol dir Brot und Kaffee aus der Sakristei."

Mildes Licht schien durch die hohen Chorfenster. Farbig grüßte der Gekreuzigte. John spürte Wärme, als ihm der Priester eine Tasse in die Hand gab. Dazu bot er ein Sandwich an.

Mechanisch begann John zu trinken und zu essen. Die Leere in seinem Bauch verschwand.

„Aber das Schicksal dieser Kinder, das ist doch unvorstellbar!", meinte er schließlich.

Moore nickte.

„Ein Verbrechen. Eine Idee kultureller Mission entartete langsam, aber unaufhaltsam in Unterdrückung, Verwahrlosung und Sterben der Kinder. So ist es immer, wenn man nicht die Bereicherung durch andere Kultur erkennt, sondern nur das eigene Lebensbild vor Augen hat."

„Rache", meinte John. „Müssen die Indianer das nicht rächen?"

„Wie kommst du darauf?"

„Eine Legende vom Donnervogel erzählt von versklavten Menschen, die sich in einen solchen Vogel verwandeln und die Peiniger bestrafen." Nach einer Pause fügte er hinzu: „Habe ich im Flyer über das McMichael-Museum gelesen."

Der Priester sah John lange an.

„Stimmt", bestätigte er. „Im Norden von Vancouver sollen sie leben. Aber das ist nicht die einzige Legende, die wir vom Donnervogel kennen. Und Gewalt und Rache sind nicht das, was uns unsere indigenen Brüder und Schwestern vorleben. Sie lehren uns das Mitgefühl. Die Anishinabek Nations hier in Ontario laden immer ein, am 31. Mai Teddybären auf alle Veranden des Landes zu setzen. Zum Erinnern an die Kinder, die ihr Leben nicht leben durften. Apropos Vancouver: Dort will Erzbischof Michael Miller helfen, noch nach langer Zeit die gefundenen Kinderskelette zu identifizieren."

Wieder schwieg Moore lange.

„Was ist denn mit dir? Hast du Familie? Habt ihr euch in den Arm genommen?"

John kaute still und schluckte den letzten Bissen herunter.

„Willst du mir etwas erzählen?"

„Schuld", brachte John schließlich hervor. „Du sollst nicht töten, so lautet doch das Gebot der Genesis. Absolut, ohne Möglichkeit der Rechtfertigung. Aber im Leben ist das nicht durchzuhalten."

Der Priester nickte und wog seine offenen Hände wie eine Waagschale auf und nieder.

„Auch die Bibel kennt unterschiedliche Bewertungen dieser Frage. Es gibt einen bedeutenden Unterschied zwischen dem zweiten Buch Mose und dem fünften Buch Mose: Den Israeliten, die schon einen eigenen Staat besaßen, werden im fünften Buch Mose die alten Gebote in Erinnerung gerufen. Vor dem Hintergrund ihrer Erfahrungen ist dieses Gebot also anders formuliert. Das Töten eines Feindes ist denkbar. Also hieße die Übersetzung: Du sollst nicht morden! Im

Neuen Testament nun spricht Jesus sogar schon vom Hass wie vom Töten. Weil Hass dazu führt, Menschen umzubringen. "

„Professor Hawkins meint, ich kann töten, aber nicht wirklich schuldig werden. Auch wenn ich mich schuldig fühle. Mein Gehirn ist so strukturiert. Das ist in etwa seine Aussage. "

„Wen hast du getötet? "

„Drogendealer und Mörder. "

„Wo? "

„In Quebec und in Toronto. "

Moore nickte nachdenklich. Nur kurz zeigte sein Gesicht Staunen und kurz ein Erschrecken. Doch er fasste sich schnell und bemerkte: „Ich erinnere mich an den Zeitungsbericht. Also du bist das? Und wieso bist du hier? "

„Allen, in der Psychiatrie wurde ich medikamentös behandelt. Da wurde mir vieles klar. Dass ich selbst nicht der Donnervogel bin. Dass ich nicht mehr hasse. Aber das wird sich vielleicht wieder ändern. "

„Du brauchst eine Therapie? "

„Genau. Noch habe ich übrigens Tabletten! "

Umständlich holte John den Blister hervor.

„Aber du hast kein Vertrauen? "

„Eine Polizistin mit italienischem Namen hat mich aus der Anstalt geholt. Wollte mich zu meinem Onkel nach Alberta bringen. Angeblich. Beim Umsteigen von einem Streifenwagen in ihren Privatwagen hat sie auf mich geschossen. Zwei Mal. "

„Unglaublich. Da kann ich verstehen, dass es dir schwerfällt, zu jemandem Vertrauen zu fassen. Was hast du jetzt vor? "

„Ich will zu meinem Onkel. Dort melde ich mich bei der Polizei und bei den Ärzten. "

„Weil du deinem Onkel vertraust? "

„Richtig. "

„Droht von dir keine Gefahr mehr? "

John schüttelte den Kopf. „Ich hatte ein Gewehr mit Zielfernrohr gefunden. Damit habe ich die Verbrecher getötet. Es ist bei der

Polizei hier in Toronto. Das habe ich nicht mehr. Ich habe gar nichts mehr. Kein Geld, kein Reisegepäck."

„Gibt es hier in Toronto Menschen, denen du vertraust?"

„Ich war auf dem Schiff unterwegs. Der Kapitän und die Mannschaft waren gut zu mir. Mit der jungen Lorena war ich verabredet. Zuerst wollten wir das McMichael-Museum besuchen, dann ein Konzert von Loreena McKennitt. Aber ich habe sie sicher enttäuscht. Weil ich wieder Menschen erschossen habe."

Moore faltete seine Hände und sagte: „Die Wege des Herrn sind unergründlich. Aber ich vertraue ihm. Das Gebet sagt mir, dass du jetzt ungefährlich bist und niemandem etwas zuleide tust. Das verstehe ich sogar sehr gut. Mein nächster Weg führt nach Kamloops und Vancouver. Ich habe Urlaub und folge den Spuren der ermordeten Kinder. Und will Bischof Miller in Vancouver unterstützen. Komm mit mir!"

John sah das rote Haar des Priesters in Sonnenlicht der Chorfenster leuchten.

„Heißt das, du kannst mich auf der Fahrt westwärts bei meinem Onkel absetzen?"

„Wo ist das denn genauer ... bei deinem Onkel?"

„Westlich von Calgary, südlich der Badlands."

Moore stand auf.

„Das ist eine Möglichkeit. Aber wenn es dir schlecht geht, bringe ich dich in ein Krankenhaus. Sollte es eine unerwartete Polizeikontrolle geben, wird nicht gelogen."

John nickte. Im hohen Chorfenster sah er wieder das Aufleuchten des Gekreuzigten im Sonnenlicht.

30. KAPITEL

LETZTER BRIEF

„DER LETZTE FEIND, DER ENTMACHTET WIRD, IST DER TOD.“
ERSTER BRIEF AN DIE KORINTHER, KAPITEL 15, VERS 26

Froh entfaltete Ella den Brief vor ihrem Tabernakel. Seine geöffneten Türen zeigten den bisherigen Stapel, der schon lange nicht mehr gewachsen war. Die Kerze vor dem Marienbild war noch nicht entzündet.

„Oh John, warum hast du so lange nicht geschrieben?“
Ihre Hände zitterten.

„Liebe Ella“, las sie. „Dies wird vielleicht mein letzter Brief sein.“

„Was nur ist geschehen?“, fragte sie und blickte auf das Marienbild: Die künftige Mutter Gottes wurde gegrüßt von einem Engel, dessen Flügel weit hinabreichten auf die Erde. Das Bild flößte ihr Ruhe und Vertrauen ein. Zumal es ein Geschenk von John war. Eine Kopie nur, doch wunderschön.

„Ich bin zu ungeduldig!“, ermahnte sie sich.

Für einen Moment legte Ella den Brief auf ihren Schoß, nahm die Streichholzschachtel von der Tonschale und entzündete die Osterkerze vor dem Marienbild.

„Heilige Maria“, sprach sie mit gefalteten Händen. „Gib unserm Leben einen neuen Anfang, eine Auferstehung von den Toten, vom Tod, der immer wieder nach uns greift.“

Sie schloss die Augen und hielt inne. Ihr Herzschlag hatte sich dennoch beschleunigt und das heftige Klopfen in der Brust ließ nicht nach. So öffnete sie wieder Augen und Hände, nahm den Brief vom Schoß und versuchte weiter zu lesen.

Der Brief war mit Tinte geschrieben und zeigte Spuren wie von einem Rinnsal, das Teile des Textes verwischte. So etwas war noch nie vorgekommen. Ella spürte die Tränen in ihren Augen, sah auf zu Maria und sprach:

„Danke, dass du sein Herz geöffnet hast."

Sie griff nach einem Papiertuch und trocknete ihr Gesicht. Vorsichtig legte sie den Brief vor den Tabernakel. Das Zittern der Hände ließ es nicht zu, den Brief ruhig zu halten.

„In Toronto wollte ich dem Donnervogel begegnen, den Norval Morisseau gemalt hat. Das McMichael-Museum aber, das seine Bilder zeigt, habe ich nicht erreicht. Der Vogel nahm vorher Besitz von mir und tötete. Dann wurde ich in der örtlichen Psychiatrie betreut. Mit Medikamenten behandelt, sehe ich in aller Klarheit, dass ich Hilfe brauche. Der Professor hier stellte fest, dass ich wegen einer Krankheit und vielleicht auch wegen einer genetischen Veranlagung schuldunfähig bin und nicht verurteilt werden kann. Dennoch fühle ich schwere Schuld, die auf mir lastet. Aus dem Schutz der Klinik aber riss mich eine Polizistin mit dem italienischen Namen Viella. Im Nachhinein betrachtet war es eine Entführung, als sie mich angeblich nach Alberta bringen wollte. Als wir das Fahrzeug wechselten, versuchte ich zu fliehen. Sie hat auf mich geschossen, aber nicht getroffen. Das war der lange Arm der Mafia. Davon muss ich ausgehen. Ich weiß nicht, wo ich in Sicherheit sein kann. Auf der Flucht durch Toronto fand ich die St.-James-Kathedrale. Auf den Stufen zu ihrem Portal hat der Priester Kinderschuhe aufgereiht, stellvertretend für die ermordeten Kinder in Kamloops. Er hat mit mir darüber gesprochen. Ich konnte ihm vertrauen. Darum erzählte ich ihm von mir, was ich getan habe. Aber ich habe keine Waffe mehr. Ich will nicht mehr töten. Das habe ich Allen, dem Priester, gesagt. Er will westwärts, über Kamloops nach Vancouver und nimmt mich mit. Dabei besuchen wir Onkel John. Sein Hof liegt südlich der Badlands, nahe der Strecke, die Allen wählt. Wenn ich dort bei Onkel John bleiben kann, melde ich mich bei der Polizei. Keine Angst. Mir passiert nichts. Allen achtet darauf, dass ich ins Krankenhaus komme, wenn es mir wieder schlechter geht. Ich denke, kein Mafioso stellt sich vor, dass ich mit einem Priester reise. Niemand darf meine Spur finden, bis ich am Ziel bin, in Sicherheit, wo auch immer. Dann will ich auch einmal nach Vancouver. Vielleicht treffe ich dort Menschen, die wie ich dem Donnervogel begegnet sind, selber ein solcher waren. Davon berichtet eine Legende.

Du aber bist in Gefahr, wenn jemand meine Briefe sieht. Verbrenne diesen jetzt. Darum habe ich Dich schon einmal gebeten. Wenn du mir etwas mitteilen willst, schreibe es, mit der Überschrift ‚Brief an Sonnenstrahl' im Anzeigenteil der ‚Vancouver Sun'. Die bekomme ich überall. Wenn, inseriere sie wie ich an einem Dienstag. Dann achte ich darauf. Auch von mir kannst Du so Nachrichten lesen: Bitte achte auch darauf. Vielleicht sehen wir uns nie wieder. Aber wir leben. Sei umarmt, John.“

Nochmals las Ella den Brief. Ihr Atem und ihr Herz beruhigten sich. John bekam Hilfe. Er war bereit, sie anzunehmen. Er war nicht allein und hatte ein Ziel. Er hatte keine Waffe mehr und wollte nicht mehr töten. Sollte sie seine Wünsche respektieren? Die Briefe verbrennen? Ella hing sehr daran. Den Tabernakel konnte sie immer wieder öffnen und die Blätter der Briefe berühren. Ihr war, als würde sie John berühren. Darum hatte sie Johns Bitte bisher nicht erfüllt. Den Inhalt hatte sie schon vollständig verinnerlicht. Wenn aber bei ihr falsche Polizisten auftauchten oder die Zuhälter vom Bohème? John hatte Recht: Seine Spuren mussten verwischt werden.

Ella erhob sich, wandte sich zum Flur und ging ruhig an das Wandregal, wo Garderobe und Gebrauchsgegenstände nach Bedarf abgelegt wurden. Weit oben ragte eine Keramikschale heraus, die sie vorsichtig herunterhob. Beidhändig trug sie das schwere Teil ins Wohnzimmer. Dort hatte sie auf dem großen Bett ihre Arbeit mit Freiern verrichtet. Das war vorbei. Der große Teddy saß darauf und blickte auf die Szene, die sich ihm bot. Ella stellte die Schale auf den Hocker vor dem Tabernakel. Dann öffnete sie das Fenster neben dem Marienbild. Windzug ließ die Osterkerze flackern. Vogelgezwitscher war zu hören. Die Baumkronen trugen volles Grün und beschatteten das Fenster.

Ella faltete die Hände, verbeugte sich vor dem Tabernakel und griff nach den Briefen. Sorgsam räumte sie den Tabernakel leer und legte die Briefe in die Schale. Dort ordnete sie die Blätter fächerförmig zu einer Pyramide. Den letzten Brief rollte sie zusammen und führte ihn an die Flamme der Osterkerze. Mit zusammengepressten Lippen sah sie, wie das Papier Feuer fing. Vorsichtig legte sie es an den Fuß der anderen Briefe auf die Schale. Still griffen die Flammen um sich. Erste Asche bildete sich. Wenige schwarze Flocken schwebten empor. Die Pyramide brannte vollständig ab. Sachte fielen die Aschereste zusammen. Wenige letzte Funken verglühten. Beißend hing Rauch in der Luft.

Schließlich nahm Ella den Schlüssel des Tabernakels. Vor seinem leeren Raum bewegte sie die Türen einwärts bis zum leisen Schluss. Sie steckte den Schlüssel in das Schloss, drehte ihn und nahm ihn an sich. Sie hielt diesen Schlüssel fest in der rechten Faust. Mit der Linken nahm sie den Kerzenlöscher aus Messing und tauchte den Docht der Osterkerze in das Wachs. Die Flamme verlosch. Ella drehte sich um, sah den großen Teddy und lächelte. Dann schritt sie auf das gegenüberliegende Fenster und öffnete es ebenfalls. Verkehrslärm dröhnte herauf von der Rue Noire. Ein intensiver Windzug zwischen den Fenstern reinigte die Luft.

Den Schlüssel legte Ella auf den Tisch, nahm die Eisenschale und brachte sie in die kleine Küche. Dort spülte sie die Aschereste in das Becken. Lange spülte sie. Sie legte die Schale ab und ging zurück ins Wohnzimmer. Zu dem Teddy sprach sie:

„Die Zeit hier hat ein Ende. Wir fahren fort, du und ich! Wir haben ein neues Ziel!"

Dann legte sie sich auf das Bett und zog den Teddy an sich. Sie spürte völlige Erschöpfung. Als habe sie soeben einen weiten Weg zurückgelegt. Doch die Reise stand ihr noch bevor. Der Schlaf fiel auf sie, am helllichten Tag, unter dem warmen Windzug des späten Frühlings.

Als Ella erwachte, war schon die Dämmerung aufgezogen. Sie spürte das Fell des Teddys in ihren Händen. Traumlos wachte sie auf. Gerne hätte sie einmal von John geträumt. Doch niemals kam er im Traum zu ihr. Nur in Briefen hatte sie ihm begegnen können. Auch das war jetzt vorbei. Der Wind zog kalt durch das Zimmer. Entschlossen stand Ella auf, schloss die Fenster und begann, die Reise vorzubereiten. Westwärts würde es gehen. Wenn John nun doch noch einmal schrieb? Postlagernd würde sie es nachsenden lassen. Nein, das würde sie nur sicherheitshalber tun. Denn ab jetzt wollte er in der „Vancouver Sun" schreiben. Sorgfältig notierte sie die Kontaktinformation in ihren Taschenkalender. Vancouver. Ein Ziel.

31. KAPITEL

‚GOOD LANDS‘

„Es gibt keine grössere Liebe.
als wenn einer sein Leben für seine Freunde gibt."
Johannes-Evangelium. Kapitel 15. Vers 13

Beim Verlassen der Hauptstraßen verlangsamte sich die Fahrt. Ungeduld fraß sich durch Johns Gemüt. Sie verdichtete sich und der Stein im Bauch war wieder spürbar. Ja, es war ein weiter Weg von Toronto in den Süden von Alberta. Doch Allen hatte nur wenige Schlafpausen zugelassen. Der alte VW-Bus bot dafür beiden gerade ausreichend Platz. Von der Reise selbst, die nur zwei Tage dauerte, hatte John nichts bewusst miterlebt. Sein Blick war nach innen gerichtet. Sein Herz beschwor Erinnerungen an das Vertraute, an das Bild der Blockhäuser von Stall und Wohnung, die, eingebettet zwischen blühenden Blumenfeldern, verwittert, aber fest und beständig erschienen und alle Trauer und Verzweiflung immer hatten verfliegen lassen. Ja, diese Gefühle erhellten das Dunkel in Johns Kindheit. Wie hatte er das nur vergessen können?

Unter den freundlichen Augen des Großvaters wich aller Kummer. Selbst Onkel John, der seinen Vater hier begraben musste, glich diesem so sehr, in den Bewegungen, in der Art, zu sprechen, dass er John das Bild des jugendlichen Großvaters vor Augen zauberte. Nur der Grabstein, genauer, die Fotografie des Großvaters darauf, mahnte und gebot, die Vergänglichkeit des Lebens zu respektieren. Doch das war damals, als er den Grabstein zum ersten Mal sah, neu für John. Er konnte das nicht annehmen und auch mit niemand sprechen, über den Tod eben. So blieb nur die Furcht. Heute aber glaubte er, sich nicht mehr fürchten zu müssen. Allen war bei ihm. Sie hatten über Leben und Tod gesprochen, abends, bevor sie Schlaf fanden auf der harten und engen Pritsche des Wagens.

Noch etwas war heute anders als früher. Das sonst spärliche, aber frische Grün in den Ausläufern der Bad Lands war kaum auszumachen gewesen. Die ersten Felder beidseits der Hauptstraße waren graubraun, auch dort, wo der frühe Winterweizen wachsen sollte. Helle Staubschwaden wehten über die Fahrbahn. Es hatte kaum geregnet. Der Feldweg, den sie nun befuhren, war holprig und hart. An seinen Rändern fehlten die Blüten der Gräser und Stauden, die sonst hier wuchsen. Der Anblick der ersten Koppeln, die das Nahen von ‚Good Lands‘, dem Ziel ihrer Fahrt, ankündigte, dieser Anblick war verstörend. Die sonst kunstvoll gezimmerten und früher geschlossenen Zäune wiesen Brüche und Lücken auf, die nicht repariert worden waren wie sonst üblich im Frühling. Die Pferde? Sie fehlten. Nirgends auch nur ein Tier.

Endlich zeichneten sich die Blockhäuser am Horizont ab. Hier lagen Betonplatten auf dem Feldweg, die Fahrt wurde ruhiger. Bald bog Allen behutsam auf den Hof zwischen den Blockhäusern. Er hielt an und stellte den Motor ab. Vollkommene Stille breitete sich aus. John sah ihn mit fragenden Augen an. Lange schwieg Allen. Dann legte er seine Hand auf Johns Schulter und fragte:

„Hast du Zeitung gelesen in letzter Zeit?"

„Nein, habe ich nicht."

„Es erschien in ‚Calgary News‘ ein Bericht, dass auf einem Hof im Süden Albertas ein Farmer vermisst wird. Ich habe dir nichts davon erzählt, weil der Name des Hofes nicht erwähnt wurde. Aus Ermittlungsgründen, so hieß es. Alberta ist riesig. Das konnte also überall sein."

John blickte um sich. So vieles fehlte. Die Milchkannen neben dem Eingang. Der Heuwagen am Stallblockhaus. Der Hund im Zwinger, ja der Zwinger war noch zu sehen, die Türe hing offen und schlagend im Wind, aber der Zwinger war leer. Johns Blick tastete sich nach oben. Nein, kein Rauch aus dem Kamin. Seine Hände klammerten sich an den Armaturen.

„Hör zu, John. Nun sind wir endlich hier. Vielleicht ist dein Onkel tatsächlich anderswohin unterwegs. Davon erfährt nicht gleich jeder. Die Entfernungen hier sind zu groß. Wenn er also nicht da ist, muss das nichts Schlimmes heißen. Es wäre schade für dich, natürlich. Du wolltest gerne hierbleiben. Von hier aus mit der Polizei Kontakt aufnehmen und einen Therapeuten suchen. Das geht vielleicht so nicht. Aber es gibt immer einen Weg.“

Beide schwiegen.

Endlich rang sich John ein Kopfnicken ab. „Was tun wir jetzt?“

„Komm, wir steigen aus und gehen zum Wohnhaus. Da sehen wir nach. Du bist nicht alleine!“

John hörte die Worte, er hörte das Zurückschnellen des Sicherheitsgurtes und das Klacken der Fahrertür. Allen verschwand aus seinem Gesichtsfeld. Nein, John wollte nicht alleine bleiben. Hastig löste er seinen Sicherheitsgurt, warf die Beifahrertür auf und sprang hinaus. Stolpernd folgte er Allen. Seine Füße blieben an den Kanten der Betonplatten hängen. Im freien Fall fühlte er sich wie ein Vogel. Starke Arme fingen ihn auf.

„Mach langsam, John. Nichts passiert! Sieh nach vorne!“

John nahm eine aufrechte Haltung an. Allen hatte Recht. Es war eine schlechte Angewohnheit von ihm, den Blick zu senken, in vielen Lebenslagen. Nein, er musste den Tatsachen ins Auge sehen. Mit tiefem Atemzug sah er einmal zum Himmel auf. Dort kreiste ein Raubvogel. Die Sonne blendete schon am frühen Vormittag. Kein Schatten fiel vom Fahnenmast, der leer war. Vor ihnen bot die Eingangsfront des Wohnhauses einen frischeren Eindruck. Hier waren bis zum Spitzgiebel des Walmdaches neue Verschalungen auf die groben Blockstämme aufgebracht worden. Diese Front war rot gestrichen und leuchtete in der Morgensonne. Auch auf Allens Gesicht zeigte sich Zufriedenheit.

„Sieht doch gut aus!“, meinte er und wies auf das Haus. „Komm, wir melden uns an der Haustür und gehen rein.“

Mit festem Schritt näherten sie sich dem Eingang. Davor lagen erste Holzdielen einer überdachten Terrasse. Ihre Tritte klangen hart wie der Nagelschlag von Hämmern. Die doppelflügelige Holztür war geschlossen. Fragend sah Allen auf John.

„Klopft man hier?"

„Richtig."

Fest und entschlossen schlug John mit beiden Fäusten auf die Tür.

„Das ist hier so üblich", meinte er zu dem erstaunten Allen gewandt. „Meistens ist die Tür ja offen, mit freiem Zugang zur Diele dahinter. Sonst wird feste geklopft."

In der Nähe zwitscherten Vögel. Ein Hahn krähte. Tatsächlich.

„Woher nur?", fragte John sich.

Seine Hoffnung wuchs. Aber aus dem Haus war kein Ton zu hören. Nochmals klopfte er heftig.

„Sollen wir einmal um das Haus herumgehen?", schlug Allen vor. „Du kennst dich doch hier aus. Zeig mir mal diese Gebäude."

„Du hast Recht. Onkel John lebt ja alleine hier. Wenn er im Stall ist, dann meldet sich hier natürlich keiner. Seltsam nur, dass er die Haustür geschlossen hat. Also gut, wir gehen links herum."

Sie verließen die überdachte Terrasse. Die Fenster der Hausdiele wirkten blind und abweisend. Die Vorhänge aus weißem Stoff waren ergraut und zugezogen. An der Hausecke weitete sich der Blick. Zwanzig Meter weiter lagen die Stallungen. Dazwischen war die Sicht frei auf endlose Weiden, die eher braun als grün wirkten. In der Ferne zeichneten sich erste Gipfel der Rocky Mountains ab. Mit einer Hand vollführte John eine Drehbewegung.

„Erst mal ganz ums Wohnhaus!", erklärte er und ging voran. Sie schritten das Haus rundum ab. Der fast quadratische Bau maß auf jeder Seite etwa zehn Meter. Allseits sahen sie nur verschlossene Fenster. Sämtliche Vorhänge verwehrten zugezogen jede Sicht nach innen. Auf der Rückseite war eine schmale einflügelige Tür ebenfalls geschlossen.

„Hier ist der Ausgang von der Hauswirtschaftskammer und eine Abkürzung zum Stall", erklärte John. „Warte, Allen, wir gehen mal eben zum offenen Tor des Stalls."

Hier bestand der Weg nur aus festgetretener Erde. Jeder Schritt wirbelte grauen Staub auf. Der Eingang des Stalles inmitten der groben Blockhausbalken gähnte offen wie ein dunkler Schlund. Halbhohe Türschläge hingen aufgerissen seitlich in den Angeln. Drinnen herrschte Dämmerlicht und Leere.

„Onkel John?"

Es gab keine Antwort auf die hineingerufene Frage. Wortlos gingen beide zurück zum Wohnhaus.

Schließlich standen sie wieder auf der Eingangsterrasse.

„Ist dir etwas Ungewöhnliches aufgefallen?"

John schüttelte den Kopf. „Hier fehlt zwar einiges. Die Hunde im Zwinger. Keine Milchkannen hier auf der Terrasse. Das kam aber vor, wenn Onkel verreist war. Die Tiere wurden zu Nachbarn gebracht. Ich erinnere mich. Dann gab es auch geschlossene Türen."

„Das mit den Tieren muss aber schwierig gewesen sein, bei diesen Entfernungen hier!"

„Stimmt, kam auch fast nie vor. Soweit ich weiß, nur, als Großvater starb."

„Okay, du entscheidest!"

Allen wies auf die Eingangstür. John nickte und drückte eine Klinke. Knarrend öffnete sich der Türflügel.

„Hallo, ist jemand hier?"

John trat ein, griff nach Allens Hand und zog ihn hinter sich her. Die Dunkelheit im Dämmerlicht der Diele machte ihn fast blind. Die Garderobe schien leer zu sein. Unmittelbar daneben stießen sie auf eine weitere Türe.

„Zur Wohnküche geht es hier!", erläuterte John. Er öffnete. Sonnenlicht fand durch die Fenster und Vorhänge den Weg auf die Zimmermöbel. Sie traten vollständig ein. Stille. Leere Töpfe standen auf dem Emailleherd in der Zimmerecke, Stühle wahllos im Raum verteilt. Der große Tisch in der Mitte war leer. Ebenso der Tresen

vom Küchenschrank. Daneben stand die Türe zur Hauswirtschaftskammer halb offen.

Krieg der Onkel dort? Sie näherten sich dieser Tür mit langsamen
Schritten. Allen ließ Johns Hand los.

„Da wird niemand sein, John. Es hat doch keiner geantwortet.
Und niemand ist zu hören!"

Dennoch blickte John kurz in die Kammer. Er nickte. „Leer!"

Schweigend lauschte er hinein in die Stille. Der Hahnenschrei
aus wechselnden Richtungen unterbrach sie. Das Tier lief wohl frei
außerhalb des Hühnergatters. Seltsam. Ein Fuchs musste ihn doch
längst gefangen haben! Das Klappern des Daches im Wind war zu
hören. Der Wind selber ebenfalls. Der Wind? Nein, Es war ein Atmen,
das zunehmend lauter und schärfer vernehmbar wurde.

„Umdrehen! Stillgestanden! Hände hoch!"

Worte wie Schüsse peitschten durch den Raum. Nichts geschah.
John war völlig gelähmt.

„Umdrehen, wird's bald!"

John spürte, wie Allen ihn mit beiden Händen griff, umdrehte und
auch seine Hände hochriss. Verzweifelt versuchte er, seinen Blick
von der Holzdiele zu heben. Mühsam gelang es ihm.

„Catherine!", rief er erstaunt.

Lässig stand die Polizistin neben dem Dieleneingang, ganz in
Zivil gekleidet. Neben ihr stand ein großer schwarzbärtiger Mann.

„Richtig", knurrte er. „Wir haben euch erwartet. Dumm genug,
wie ihr wart, habt ihr den verlorenen Onkel hier gesucht!"

Jetzt lachte der Schwarzbärtige. Der Revolver in seiner rechten
Hand schwankte kurz.

„Wer sind Sie?", fragte Allen.

Der Angeredete nahm eine stolze Haltung an.

„Man nennt mich Don Corleone!"

Allen schaffte es, ruhig zu antworten:

„Sie sind der Chef! Was können wir tun?"

Diese Frage ließ auf dem Gesicht seines Gegenübers den Ausdruck von Zufriedenheit erscheinen.

„Genau! Was denkst du wohl!"

Das Gesicht lachte nur kurz und verzerrte sich plötzlich.

„Mir machst du nichts vor!", schrie es. „Mit allen Wassern gewaschen! Dein Priesterkragen! Willst dich bei mir einschmeicheln, Beziehung aufbauen und so?"

Jetzt lachte auch die Viella. Mit ausdruckslosem Gesicht fuhr der Schwarzbärtige fort.

„John hat meine Familie ermordet. Auge um Auge, Zahn um Zahn. Das Gesetz der Gerechtigkeit! Verfolgt und verflucht bist du, John, für alle Zeit. Dein Onkel wollte uns nicht helfen. Es erging ihm wie deinem Freund Fjodr!"

Pause. Kein Lachen. Nichts. John fühlte eine Leere aufsteigen in seinem Innern. Er wankte.

„Los, Chef", meinte die Viella. „Verlier keine Zeit."

John sah jetzt im Gesicht seines Gegenübers Entschlossenheit. Fest fassten dessen Hände den Revolver. Das Auge sah scharf über den Lauf der Waffe und zielte. Im Fallen hörte John den dröhnenden Schuss und spürte die Last von Allen. Er hatte sich auf ihn geworfen und begrub ihn unter sich, regungslos.

„Was soll das?", schrie die Viella. „Dieser Priester! Wer kann denn so blöde sein? Jetzt müssen wir zwei Leichen beseitigen!"

„Halt die Fresse!", schrie ihr Chef.

Dieser kurze Moment des Zwiegespräches reichte, dass John sich mit der Last seines Freundes in die Hauswirtschaftskammer rettete. Im Aufrichten riss er dahinter die Haustüre auf und der Erschossene fiel von seinem Rücken herab. Ein Schuss dröhnte, eine Kugel pfiff an ihm vorbei. Unbändige Wut erfüllte John. Entschlossenheit, die er gar nicht mehr an sich kannte, ließ ihn zum benachbarten Stall laufen. Beim Einbiegen hinter der Zarge des offenen Tores dröhnte wieder ein Schuss. Die Kugel riss Splitter vom Torbalken. Kurz hielt John inne. Er glaubte ein schwarzes Federkleid auf seiner Haut zu spüren.

Plötzlich erinnerte sich John: Hier im Stall befand sich das Jagdgewehr des Onkels, das stets geladen war! Es lag bereit in der Truhe neben der Werkbank. Keine zehn Schritte vom Eingang. Gezielt und zügig schritt John an die Truhe, öffnete sie und riss das Gewehr heraus. Schritte ertönten. Instinktiv ließ John sich hinter die Truhe fallen. Wieder ertönte ein Schuss. Die Kugel prallte unmittelbar darauf von dem Eisenrahmen der Truhe ab. John legte das Gewehr auf die Truhe, sah seinen Gegner und die Viella im Tor. Ruhig zielte er und schoss. Zwei Mal. Mit sicherer Hand. Jedweder Lärm verstummte. Seine Feinde waren gefallen. Mit staunenden Blicken. Wortlos. Sanft fielen sie in den Sand des Stalles. Wie hilfesuchend hingen ihre Arme noch in der Luft und prallten als Letztes auf die Erde. Staub wirbelte umher und bedeckte sie.

John stand auf und wie zu einem Gebet hob er seinen Blick nach oben. Im dunklen Gebälk hing ein Kopf. Der Tod hatte die Gesichtszüge entstellt. Nichts als der Name des Getöteten sprach aus diesem Bild. Es stimmte also, was dieser Don Corleone gesagt hatte. Sein Onkel war enthauptet worden wie Fjodr. John wandte seinen Blick ab, bevor der Schrecken ihn übermannte. Er spürte sein rasendes Herz und atmete tief durch. Seine Wut war verschwunden. Die Angst, die ihn eingeholt hatte, wandelte sich in Trauer. Minutenlang spürte John seinen Gefühlen nach, die kurz aufgeflammt waren. Dann ging er ruhig hinaus. Wenige Schritte führten ihn wieder zur Rückfront des Wohnhauses. Der Priester lag dort über der Türschwelle. Sein Blick war starr in den Himmel gerichtet. John spürte Kraft in seinen Armen. Als könnten sie ihn mit Schwingen vogelgleich in die Lüfte tragen. Sein Onkel und der neue Freund waren verloren. Hier war kein Ort mehr für ihn.

32. KAPITEL

DER BRUNNEN

„WAS IHR GETAN HABT DEM GERINGSTEN MEINER BRÜDER.“
MATTHÄUS-EVANGELIUM. KAPITEL 25. VERS 40

„Das ist ja doch noch endlos weit von Calgary aus! Und die Kisten rappeln. Das Bohnenbild habe ich nicht sorgfältig genug eingewickelt.“

„Das haben wir aber selten, dass du die Geduld verlierst, lieber Paul!“

„Dieser Leihwagen ist ja schön und gut, aber langsam tut mir der Hintern weh.“

„Stimmt, der Fahrersitz ist besser. Aber du hast ja keine Driving-Licence.“

„Doch, aber mir fehlt das räumliche Sehen. Besser, du fährst, Mireille.“

„Deine Augen! Kannst du überhaupt noch schießen, ich meine vor allem: auch treffen?“

„Das sollte man ja tunlichst vermeiden. Dann lebt man länger. Bei den vorgeschriebenen Übungen hatte ich Glück bisher. Seit ich fast im Rentenalter bin, prüft das eh niemand mehr.“

Paul Bongard hielt sich oft am Deckengriff fest, seit die Polizistin den Highway verlassen hatte und die Nebenstraßen kurvig und uneben verliefen. Vom Westen her tauchten Wolken über den Rocky Mountains auf. Über den Kopf von Wéber hinweg sah er die Felsmassen unwirklich nahe. Eben noch waren sie in Nebeln verhüllt, doch jetzt erstrahlten sie unter der südlichen Sonne. Die Wolken darüber verdichteten sich zu einer Wand, die unaufhaltsam näher rückte. Immer wieder verhüllten graue Staubschwaden der trockenen, aufgewirbelten Erde die Sicht.

„500 Kilometer sind nicht viel für eine Wetterfront", bemerkte Bongard.

Wéber blickte gelegentlich nach Westen. „Warum meinst du?"

„Hermits, der Superintendent aus Calgary, er hat doch nochmals für heute Spürhunde bestellt."

„Na, endlich!"

„So lange war es trocken. Ausgerechnet jetzt naht eine Wetterfront, ein Gewitter womöglich. Wenn es tüchtig regnet, gut für die Natur, schlecht für die Suchhunde."

„So schlau wie du ist Hermits hoffentlich auch und John Stewart wurde schon gefunden, wenn wir ankommen."

„Gestern haben sie andere Leichen entdeckt. Dazu einen abgetrennten Kopf im Dach der Scheune. Schrecklich. Wie lange dauert es jetzt noch?"

„Keine 30 Meilen mehr. Komm, erzähl was!"

„Du kennst mich doch bereits."

„Na, es gibt immer eine unbekannte Seite im Menschen. Hast du noch einen zweiten Lieblingsvers?"

„Wie meinst du das?"

„*Die da reich sind, werden fallen:* erster Brief des Paulus an Timotheus. Da offenbarst du dich der ganzen Welt fast als Sozialist! Hast du noch so etwas auf Lager?"

Bongard setzte sich bequemer zurecht. „Ist ja richtig windstill jetzt. Ruhe vor dem Sturm!"

„Ich höre!"

„Schon gut. Ich habe nur kurz nachgedacht. Was mich täglich bewegt, ist Matthäus, Kapitel 25, Vers 40: *Was ihr getan habt dem geringsten meiner Brüder, das habt ihr mir getan.*"

Ruhig fuhr Wéber den Wagen über erste Betonplatten auf den Nebenwegen. Bongard blickte nach Westen. Immer deutlicher zeichnete sich das Felsengebirge ab, als rücke es näher, um den Betrachter zu erdrücken.

„Darüber kann ich endlos nachdenken. Ohne dass es klarer wird."

„Was verwirrt dich daran?"

Bongard betrachtete abwechselnd das Profil seiner Kollegin und die nur scheinbar sich nähernde Gebirgssilhouette.

„Der Geringste unter Jesu Brüdern: Wer ist das? Was ist mit einem Mörder? Gehört er dazu?"

„Wie kommst du darauf?"

„Ist nicht der Mörder der ärmste Mensch von allen? Entweder ihm fehlt schon jedes Mitgefühl und er lebt nicht wirklich ein menschliches Leben. Oder er verletzt sein eigenes Herz mit der Tat, er tötet sein Innerstes. Was bleibt ihm? Ist also nicht er der Geringste unter uns?"

Ein Schütteln erfasste den kurz schlingernden Wagen. Wéber fasste das Steuer fester und blickte konzentriert geradeaus.

„Le vent devant la pluie!", meinte sie. „Alors, Paul, der Geringste, ja, aber Bruder? Und wie willst du praktisch mit ihm umgehen?"

Bongard musste streng geradeaus sehen, um aufkommende Übelkeit zu bekämpfen. Das Tageslicht wurde vom dunklen Himmel überzogen. Staubschwaden und Astwerk fegten über die Betonpiste.

„All das habe ich mich auch immer wieder gefragt. Kann ein Mörder mein Bruder sein oder ein Bruder Jesu?"

„Wir sind gleich da, Paul, noch fest angeschnallt bleiben."

„Ich bin Polizist. Muss verantwortlich handeln. Im Zweifel stelle ich mir immer die Frage des deutschen Theologen Martin Niemöller, der das KZ der Nazis überlebt hat. Er rät uns zu dieser Frage: Was würde Jesus dazu sagen?"

Wéber schaltete in den zweiten Gang. Hinter dem Erdstaub, der vor ihnen aufgewirbelt wurde, tauchten Blockhäuser auf. Der Hof davor war von zahlreichen Wagen der Police of Alberta besetzt. Ihr Wagen hielt zwischen einem alten VW-Bus und zwei Kastenwagen nahe dem Haupthaus.

Das Motorgeräusch erstarb. Nur noch das Pfeifen scharfer Winde war zu hören.

„Es ist überstanden. Paul. Danke für deine Ausführungen. Sehr persönlich und sehr interessant. Wenn ich mir auch die Antworten nicht vorstellen kann. Aber?"

„Was, aber?"

„Die Fragen sind wichtig!"

„Genau wie in den kriminalistischen Ermittlungen! Damit wir den Weg finden. Sieh mal: Auf der Eingangsterrasse winkt uns jemand zu."

„Lass mich raten: Superintendent Hermits!"

Bongard wartete nicht mehr ab. Er löste seinen Gurt, stemmte die Beifahrertür auf und musste sie im Aussteigen mit beiden Händen gegen den Wind festhalten. „Vorsicht, Mireille!"

„Ich komm klar!"

Der Inspecteur drehte sich um die Kante der Tür und ließ sie vom Wind zuwerfen. Gebeugt, seinen Trenchcoat eng um sich gewickelt, hastete er auf die Terrasse. Der Mann, der auf ihn gewartet hatte, streckte ihm beide Hände entgegen.

„Hallo, Sie müssen Inspecteur Bongard sein! Hermits mein Name!"

„Bien sûr, Superintendent. Hier kommt meine Kollegin Mireille Wéber."

„Salut!", grüßte sie. Die kräftigen Hände des Superintendenten griffen ihre Hände und hielten sie fest.

„Kommen Sie rein!"

Er zog sie in den Vorraum des Hauses. Drinnen klang das Pfeifen des Windes wie die Botschaft aus einer fremden Welt, aber es war wenigstens windstill. Hustend klopfte Bongard seinen Mantel ab.

„Sind wir alle zu spät, Mister Hermits?"

„Wie kommen Sie darauf?"

„Also zuerst mal muss ich mich entschuldigen: Als wir telefoniert und uns über die Viella ausgetauscht haben, ahnte ich nicht, wie es weitergehen würde. Es gab keine Möglichkeit zur Klärung mehr."„Können Sie nichts dafür, Mister Bongard. Officer Gerald Garnier von der Internen Ermittlung hatte die Verantwortung. Übrigens, würden Sie mir die Ehre geben, uns mit Vornamen anzureden?"

„Die Ehre ist ganz meinerseits. Paul mein Name."

„Hermann. Das macht es doch einfacher! Gibt es sonst noch eine Verspätung?"

„Ich denke an die Suchhunde. Gleich werden sie nichts mehr aufspüren."

Hermits schüttelte den Kopf, den er dann anhob, wie lauschend, und zeigte mit einer Hand nach draußen:

„Kurze Windstille. Das nutzen wir. Es ist alles schon passiert. Ich zeige euch schnell etwas."

Mit beiden Händen zerrte er den Inspecteur hinaus und begann zu laufen. Bongard und auch Wéber folgten ihm hinter das Haupthaus, hinaus auf die erste Koppel, die leer war. Zwischen abgebrochenen Balken ragte ein Steinrand hervor. Bald standen sie nahe davor und Hermits hob warnend einen Finger.

„Bevor du, Pardon, Sie, dahineinsehen: Es ist grausam, halten Sie sich fest!"

Er drehte sich von der Steinmauer fort und wies dahinter auf eine runde Öffnung.

„Ein Brunnen?", fragte Wéber.

Hermits nickte stumm. Gemeinsam beugten sich Bongard und Wéber darüber. Spontan bedeckten sie Nase und Mund mit einer Hand.

Auf dem Grund des ausgetrockneten Brunnens lag ein menschlicher Torso, der Zeichen beginnender Verwesung aufwies. Die Arbeitskleidung war mit Schlamm verschmiert. Viel mehr war nicht zu sehen in dem dunklen Schacht. Bongard und Wéber richteten sich ruckartig auf, drehten sich beiseite und rangen nach Luft.

„Kommt wieder zurück!", mahnte Hermits und eilte ihnen voraus ins Haupthaus. Stolpernd erreichten sie die Terrasse und stürzten durch die weit offene Tür. Hinter ihnen herrschte schwarze Nacht, ein Donnerschlag erfüllte die stickige Luft. Im Vorraum erwartete sie ein Officer der Police of Alberta. Keuchend hielt Bongard inne, die Hände auf seine Knie gestützt. Er zählte laut die Sekunden. Bei „Fünf" strahlte der Himmel blendend weiß unter den flackernden Blitzen des Gewitters. Wieder und wieder rollte der Donner über das Haus, als stünden die Berge des Felsengebirges dicht vor ihnen und pressten ihren Widerhall gnadenlos über die Felder. Mit einem wachsenden Rauschen fiel Regen vom Himmel wie eine Wasserwand.

„Wo ist die Toilette?", fragte Bongard. Wéber schien zu verstehen, was er brauchte, und riss die nächste Tür der Diele auf. Sofort kniete der Inspecteur an der Toilettenschüssel und erbrach sich. Wieder und wieder krümmte er sich. Die Polizistin stellte sich vor ihn und winkte Hermits, beiseitezutreten. Der Superintendent nickte und ging ins Wohnzimmer, mit ihm sein Officer. Bongard beruhigte sich nur langsam. Schließlich überrollte ein neuer Donner das Haus, zeitgleich mit blendendem Blitzlicht, dem ein Krachen folgte, das andauerte und vom Nebengebäude kam. Bongard erhob sich mühsam und sah durch das kleine Fenster vor ihm. Aus dem Stalldach nebenan schlugen Flammen. Wie Zunder fraßen sie das hölzerne Dach fort, ohne sich vom Regensturz aufhalten zu lassen.

Wie in Trance betrachtete Bongard die hellauf lodernde Stallung. Die Regenwand bildete eine Leinwand, auf der dieser unwirkliche Film sich abspielte. Mit einem Griff öffnete er das Fenster und spürte Hitze. „Wach auf!", sagte er zu sich selber, trat aus dem kleinen Raum und durchquerte stolpernd die Diele. Wéber stützte ihn von hinten und lotste ihren Chef ins Wohnzimmer. Dort standen zahlreiche Beamten vor den Fenstern und starrten auf das Feuer. Abermals leuchte ein Blitz und sog die Flammen auf in eine weiße Wand. Als das Licht verlosch, vergingen Sekunden, sechs, Bongard zählte wieder, bis erneut Donner hereinbrach.

„Gott sei Dank", meinte er, „das Gewitter steht nicht mehr über uns. Können die Flammen hierher übergreifen?"

Niemand antwortete. Hermits rang um Fassung.

„Der Kopf des Toten", brachte er schließlich hervor.

Bongard sah ihn fragend an.

„Er hing im Dachgestühl des Stalles, aufgehängt wie eine Trophäe oder ein Mahnmal. Ohne Zweifel John Stewart, der Farmer. Wir konnten ihn noch nicht bergen."

33. KAPITEL

DER BRAND

„AN IHREN FRÜCHTEN SOLLT IHR SIE ERKENNEN."
MATTHÄUS-EVANGELIUM. KAPITEL 7. VERS 16

Eine halbe Stunde war vergangen. Auf Hermits Funkruf hin war Nachbar Davido Moretti gekommen und hatte die Feuerwehr mitgebracht. Diese hatte Schläuche an ihrem Tankwagen angeschlossen und Wasserstrahlen schossen durch das Tor der Stallung und über das Dach ins Zentrum des Brandes. Die Gewitterwolken zogen ab, mit ihnen die Wand der Regenfluten. Im hellen Tageslicht glänzten die verkohlten Balken des Blockhauses. Rauch stieg schwarz empor. Das Dach war vollständig eingebrochen.

„Zum Glück hat John seine letzten Pferde und Kühe auf unsere Nachbarfarm gebracht", berichtete Moretti den Polizisten, die immer noch vom Wohnhaus aus den Brand beobachteten und stumm am Fenster standen.

„Haben Sie meinen Freund gefunden? Meine Familie hatte ihm angeboten, bei uns auf der Nachbarsfarm zu wohnen. Das ist 25 Meilen von hier gelegen. Aber er wollte bei seinem Vater bleiben, wie er sagte. Auch erwartete er wohl seinen Neffen."

Superintendent Hermits sah Moretti lange an und legte ihm eine Hand auf die Schulter.

„Sie waren gute Nachbarn und füreinander da", begann er schließlich. „Leider muss ich Ihnen mitteilen, dass John Stewart tot aufgefunden wurde."

Moretti schwieg und sah Hermits fragend an.

„Wir gehen von einem Gewaltverbrechen aus."

„Und der Neffe?", fragte Moretti.

„Wir kümmern uns um ihn. Sorgen Sie sich nicht. Danke für Ihre Unterstützung hier!"

„Wann wird John beigesetzt?"

„Das kann ich noch nicht sagen. Wir werden Sie informieren, Mister Moretti, selbstverständlich!"

Ernst erhob Moretti die Hand zum Gruß und verließ das Haus.

„Mistress Wéber, Paul, verehrte Kolleginnen und Kollegen, setzen wir uns zusammen!"

Der Superintendent wies auf die Stühle um den großen Tisch der Wohnküche. Darauf lagen Akten und Ordner bereit. Seinen Gästen aus Quebec bot er die Plätze neben sich an. Stühlerücken und Gemurmel erfüllten den Raum. Sonnenlicht fiel inzwischen wieder durch die Fenster und beleuchtete die alten Eichenmöbel mit ihrem warmen Braunton. Ein Polizist blieb an der einfachen Küchenzeile und hantierte mit Herd und Kessel.

„Kaffee und Tee?", fragte er in die Runde.

Hermits winkte.

„Von allem reichlich. Geben Sie schon mal die Sandwiches rüber, und die Croissants für unsere Gäste."

„Sehr freundlich", bedankte sich Bongard. „Ich weiß nicht, woher ihr das habt und ob ich etwas herunterkriege."

„Wohlweislich mitgebracht. Das wird schon werden. Lass dir Zeit, Paul. Klare Polizeiarbeit beruhigt die Nerven. Der Mensch muss auch essen. So, mal sehen!"

Bongard sah aufgeschlagene Akten vor sich ausgebreitet.

„Zum Sachverhalt!", erläuterte Hermits. „Hier eine Lagezeichnung und Fotos, was wir gestern vorgefunden haben."

Mit dem Zeigefinger beschrieb er Positionen und Nummern auf dem Lageplan der Farm und sah abwechselnd zu Bongard und Wéber.

„Direkt nach unserer Ankunft hier haben wir gestern die Gebäude umrundet. Als Erstes fiel der Leichnam dieses Mannes auf."

Hermits pochte auf das Foto.

„Er lag auf der Türschwelle des hinteren Ausgangs vom Wohnhaus, hier neben der Küchenzeile ist der Zugang zur Hauswirtschaftskammer, dahinter also lag er. Auf dem Rücken."

„Konnte er identifiziert werden?", fragte Wéber.

„Ja, er hatte Papiere in dem VW-Bus, der hier geparkt war. Reverend Allen Moore aus Toronto. Ein Priester also."

„Todesursache?"

„Officer Carter berichtet!"

Der Angesprochene nahm soeben einen Kaffee entgegen, pustete darauf und nippte kurz daran. Bongard sah ihm interessiert zu.

„Erschossen in einem Bewegungsablauf quer zur Schussbahn. Zwei Kugeln, sehr kurz hintereinander abgefeuert, beides Brusttreffer, rechte Lunge kollabiert, das Herz: Volltreffer. Sofort tot, der Mann."

Zufrieden nahm Carter wieder seine Tasse und den nächsten Schluck Kaffee. Natürlich hatte das seltsame Geschehen Fragen zur Folge, die auf der Hand lagen. Aber Wéber wollte wohl jetzt nicht wie sonst nachfragen, was ihr Chef wissen wollte.

Also fragte Bongard selbst geduldig nach.

„Was für eine Waffe? Von woher kam der Schuss?"

„Der Schuss war nicht aufgesetzt, aber kam aus nächster Nähe", ergänzte Carter, „vermutlich hat sich das in dieser Wohnküche abgespielt."

„Nehmen wir an!" Hermits bewegte seine Zeigefinger über den Lageplan. „Weiter. Von der Position des ersten Toten sind es nur etwa 40 Schritte bis zum Stall nebenan. Dort im Eingang lagen die Leichen dieser beiden."

Wieder ein Pochen auf Fotos.

„Kennen wir!", rief Wéber. „Catherine Viella und Don Corleone, also der von der Venezia-Familie aus Quebec!"

„Stimmt!", bestätigte Bongard. „Auch wenn der Treffer in der Stirn die beiden Physiognomien beschädigt hat. Entschuldigung: Besser kann ich es nicht ausdrücken!"

„Die entsprechende Waffe lag zehn Meter weiter auf dem Stall-boden", fuhr der Superintendent fort. „Neben einer alten Truhe ein Jagdgewehr, auf John Stewart, den Farmer, zugelassen. Bei den Erschossenen lag die Pistole, deren Kugeln den Priester getroffen haben. Weitere Kugeln steckten in den Türzargen vom Hauswirt-schaftsraum und auch vom Stall."

„Moment mal", Bongard wunderte sich. „Auch Gewehrkugeln?"

Hermits schüttelte den Kopf.

„Nein, nur Pistolenkugeln!"

Mit gerümpfter Nase hielt er inne und blickte auf.

„Carter, der Wind hat sich gedreht, schließen Sie bitte das Fenster!"

Der Angesprochene setzte vorsichtig seine Tasse ab, erhob sich bedächtig und schritt zum Küchenfenster. Sorgsam schloss er beide Flügel. Bongard erinnerte das an einen Schreinermeister oder Glaser, der sein Werk begutachtet. Langsam kehrte der Polizist an seinen Platz zurück. Bongard stellte fest, dass er selbst inzwischen die Anwesenden in der Tischrunde abzählte. Zählen war eine Angewohnheit von ihm, egal, ob die Sekunden zwischen Blitz und Donnerschlag, vorbeifahrende Autos oder eben hier Kolleginnen und Kollegen. Also: zwei Polizistinnen, Wéber mitgezählt, und acht Polizisten, außer ihm selber. Zählen bedeutete dem Inspecteur, dass sich Wohlbefinden einstellte. Beruhigt griff er das Croissant und biss hinein.

Hermits registrierte das offensichtlich mit Genugtuung und fuhr fort:

„Das Gewehr haben wir untersucht. Es ging ganz fix: Fingerab-drücke und der Abgleich! Constable Whittacker hatte das Gewehr mitgenommen und war damit nach Calgary gefahren, gestern. Wir haben das Ergebnis! Wer hatte wohl diese Waffe in der Hand?"

Bongard unterbrach sein Kauen, schluckte und sagte:

„John Irving?"

„Wie bitte?"

„So nennt alle Welt den Neffen von John Stewart."

„Richtig!" Stolz klang aus der Stimme des Superintendenten. „Warum kommst du darauf, Paul?"

„Kopfschüsse in die Stirn, sein Markenzeichen!"

„Aber würde John dieses Gewehr einfach liegen lassen?", fragte Wéber.

Bedächtig nickte Bongard.

„Mireille, ich glaube, er will gar niemand mehr erschießen. Denk an die Therapie in Toronto."

„Die soll noch wirken? Was spricht denn noch dafür?"

Sorgsam wischte Bongard die letzten Krümel vom Mund, fegte sie vom Tisch in eine bereitliegende Serviette, blickte auf und sah zehn Augenpaare neugierig auf sich ruhen.

„Kolleginnen, Kollegen", begann er. „Bitte prüfen Sie mit mir, ob alles folgendermaßen abgelaufen sein könnte: Catherine Viella entführte John Irvin aus der forensischen Psychiatrie in Toronto, mit der Absicht, der Mafia den Täter der Familienmorde zu übergeben. Hier in Alberta. Was sein Todesurteil bedeutete. Das alles im Angesicht des hingerichteten Onkels. Der Junge entkommt aber – noch in Toronto. Es gelingt ihm dort, diesen Priester für sich zu gewinnen. Möglicherweise hat er ihm gebeichtet. Von Professor Hawkins, dem Leiter der forensischen Psychiatrie in Toronto, wissen wir, dass er unter Therapie völlige Klarheit über sein Handeln hatte und das Morden beenden wollte. Übrigens", Bongard hielt einen Moment inne, nahm einen ersten Schluck Kaffee und fuhr fort: „Bis dahin hat er ausschließlich Straftäter hingerichtet ... ja, so muss man das wohl nennen. Hier also hoffte er, seinen Onkel zu sehen. Stattdessen überraschten ihn Viella und Mister Venezia. Beides Profis. Da gibt es keinen Fehlschuss. Nein." Bedächtig wies Bongard hinter sich auf den Eingang der Wohnküche. „Beide hatten Posten neben dem Kücheneingang bezogen, Mister Venezia hielt die Pistole in seinen Händen, oder, Herman?"

Der Superintendent nickte.

„Fingerabdrücke bestätigen das!"

„Also nehmen wir das so an. Bei der beabsichtigten Hinrichtung hatte er nicht mit einem Priester als Begleitung von John gerechnet. Der hat vielleicht ein vermittelndes Gespräch beginnen wollen. Als der Schütze sich aber nicht aufhalten ließ, wollte er John helfen und hat sich in die Schussbahn geworfen."

Einer der Polizisten hob die Hand.

„Wie in der Polizei-Schule", dachte Bongard. „Ja bitte?"

„Der Priester wurde gestern schon vor der Obduktion äußerlich untersucht. Schulter- und Rumpfprellmarken bestätigen diesen möglichen Ablauf."

„Danke, Mister?"

„Brown!"

„Danke, Kollege Brown. John Irving entwich durch diesen Hinterausgang. Die Revolverkugeln in den Zargen der hinteren Haustür und des Stalles sprechen für eine Verfolgung und Fehlschüsse. Schließlich aber", Bongard führte die Finger beider Hände zusammen und schloss einen Moment die Augen.

„Ja, schließlich war John schon früher hier. Ich gehe davon aus, er kannte die Truhe mit dem Jagdgewehr, das hier in der Wildnis stets geladen war. Damit haben seine Verfolger nicht rechnen können. Er hat das herausgenommen und in der Deckung dieser Truhe auf die beiden geschossen. Seine Verfolger wurden zielgenau getroffen. Reine Notwehr!" Bongard hob beschwichtigend die Arme. „Sein gutes Recht!"

Wéber hatte ihrem Chef gebannt zugesehen und zugehört.

„Gut, Paul. Aber dann. Was machte John Irving weiter? Hat er den Kopf seines Onkels gesehen? Wenn ja, wie hat er reagiert?"

Der Inspecteur seufzte.

„Hier beginnen absolut Spekulationen. Der Kopf des Enthaupteten könnte ihn völlig verstört haben. Mit ungewissen Folgen. Wir können ja mal Professor Hawkins fragen. Vielleicht hat John das Haupt des Toten aber gar nicht gesehen."

Am Tisch hätte man eine Stecknadel fallen hören können. Alle schauten auf den Gast aus Quebec. Hermits unterbrach schließlich das Schweigen:

„Gut Paul, sehr gut. Keiner hat Einwände gegen diese Darstellung?"

Fragend blickte er in die Runde. Alle schüttelten den Kopf.

„Aber Paul, ich frage keinen Psychiater, ich frage dich: Was macht dieser John Irving jetzt?"

Unruhig stand Bongard auf, streckte beide Arme in die Luft, verschränkte die Arme hinter seinem Kopf und machte Drehübungen. Dann ging er bedächtig auf und ab und referierte:

„Das Gewehr hat er liegen lassen. Was klar gegen weitere Tötungsabsichten spricht. Er muss sich hier bedroht gefühlt haben. Also flieht er weiter. Wie, womit und wohin?" Abrupt blieb Bongard stehen.

„Kollegen! Teamwork! Beiträge, bitte!" Stehend blickte er in die Runde und erteilte das Wort nach Handzeichen.

„Hurst, KTU", meldete sich der Erste. „Gekommen sind der Priester und John mit dem alten VW-Bus. Der Tank war fast leer. Aber die Viella und der Chef der Venezia-Familie waren auch hierhergefahren. Weit hinter dem Stall, zwischen alten, hohen Buchenhecken, befanden sich Reifenspuren vom Parken. Das sieht nach einem Sportwagen aus. Den könnte er genommen haben!"

Anerkennendes Raunen machte sich breit.

„Danke, Kollege Hurst! Ja bitte, Sie sind?"

„Armstrong, Constable. Im Norden sind die Bad Lands. Da gibt es nichts. Fast nichts. Ganz wenige Dörfer. Und Paläontologen auf der Suche nach Dinosauriern. Schließlich kommt man nicht weiter. Also, ich glaube, er ist südwärts, Richtung Calgary. Soweit die Tankfüllung reicht. Da stehen ihm alle Wege offen."

„Danke, Kollege Armstrong. Was können wir tun?"

„Fahndung!" Hermits erhob sich und ging auf Bongard zu.

„Wir lösen eine Fahndung aus. Ganz schnell müssen wir den Mann finden!"

„Warum schnell, Herman?"

Gestenreich erläuterte der Superintendent:

„Entweder die Mafia sucht ihn weiter. Da sind ja wieder welche von denen erschossen worden! Oder dieser John dreht durch. Wird vielleicht wieder psychiatrisch, ohne Medikamente. Vielleicht ist er doch gefährlich, für wen auch immer. Aber diese Italiener! Die machen mir Sorgen! Noch ein Massaker können wir jedenfalls nicht gebrauchen!"

Paul Bongard führte beide Hände sachte zum Boden.

„Nur die Ruhe. Zügig und gezielt handeln, ja. Aber keine Hektik. Italiener sind nicht schlechtere Staatsbürger als wir alle. Von der Familie Moretti hatte Onkel John Stewart ganz viel Nachbarschaftshilfe erhalten."

„Wenn denen das nicht angekreidet wird!", warf Hermits ein.

„Von der Mafia?" Zweifelnd zog Bongard die Augenbrauen hoch.

„Möglich wär's. Personenschutz für Moretti!" Mit dem Zeigefinger forderte Hermits einen Polizisten auf. „Harper, organisieren Sie das. Es soll nicht noch mehr Tote geben! Und, Carter!"

„Aye. Sir?"

„Nehmen Sie das Funkgerät und lösen Sie die Fahndung aus nach John, dem Neffen. Fotos reichen wir nach. Wo gibt es welche?"

Fragend blickte Hermits auf Bongard.

„In der Zentrale der Sûreté du Quebec, alles dort! Aber für wen ist die Fahndung bestimmt?"

Hermits runzelte die Stirn. „Alle Polizeidienststellen zuerst. Dann Behörden und Verkehrsbetriebe."

„Tageszeitung?", fragte Bongard.

Hermits schüttelte den Kopf. „Noch nicht, das könnte Panik auslösen. Wer entwirft den Text?"

„Habe ich schon fertig!" Wéber meldete sich und reichte ihm einen Bogen Papier.

Der Superintendent nahm es mit Erstaunen, nickte Bongard anerkennend zu und überflog den Text. „Nicht zu dramatisch und doch deutlich. Paul, das nehmen wir."

Zufrieden sah Wéber ihren Chef an. „Paul, von uns allen hast du den besten Riecher. Was meinst du: Wohin wendet sich John Irving?"

Der Inspecteur sah aus dem Fenster und betrachtete die Rocky Mountains in der Ferne.

„In dem Jungen leben zwei Identitäten. Wie Professor Hawkins erklärte. Oft sieht er sich im Federkleid des Donnervogels. Alle Indianer Nordamerikas sind ihm durch Mythen und Legenden verbunden. Eine Heimat aber ist Vancouver-Island. Dort sollen heute noch Menschen leben, die sich in den Rachevogel verwandeln können. Ich glaube, John reist westwärts. Dort sucht er seine Wurzeln und Antwort auf Fragen. Aber …" Bongard hob beschwichtigend die Hände.

„Das ist erst recht völlige Spekulation."

Ein heftiges Klopfen unterbrach die Runde.

„Herein!", rief Hermits.

Die Dielentür öffnete sich und ein Feuerwehrmann trat ein.

„Alles gelöscht!", meldete er salutierend. „Ihr Haus hier war stets außer Gefahr!"

„Danke, Officer. Fahren Sie jetzt ab?"

„Nur ein Teil meiner Mannschaft. Einige halten Wache, ob das Feuer wieder aufflammt."

„Alles klar. Waren Sie schon im Innern der Stallung?"

„Nein, Sir. Das ist jetzt noch nicht möglich. Wenn überhaupt. Wahrscheinlich muss das Gebäude von außen abgerissen werden."

Hermits atmete tief durch. „Im Dachstuhl befand sich der Kopf eines Toten."

„Wie bitte, Sir?"

„Ein Verbrechen, Officer. Drei Leichen vom Boden des Stalles haben wir entfernt. Den Kopf des enthaupteten Besitzers dieser Farm noch nicht. Wollen wir morgen danach sehen?"

Der Feuerwehrmann schluckte. „Zu Befehl, Sir. Es wird aber kaum etwas davon übrig sein."

„Gut, das machen Sie morgen! Jemand von uns wird hier sein. Bitte rufen Sie die Polizeizentrale in Calgary an, bevor Sie hierhin fahren."

„Aye, Sir!"

Der Mann salutierte, wollte schon abtreten.

„Leider brauchen wir schon heute Ihre Amtshilfe!"

„Ja, Sir?"

Der Feuerwehrmann sah besorgt aus, was ihm wohl noch zugemutet wurde.

Hermits hob beschwichtigend die Hände. „Mein Kollege Hurst begleitet Sie jetzt. Es geht um noch eine Bergung!"

Hermits winkte Hurst herbei und raunte ihm zu: „Der Brunnen, Sie wissen schon!"

Hurst war bereits aufgesprungen und zog den Feuerwehrmann am Arm nach draußen.

„Leute!" Der Superintendent wandte sich an die restlichen Kolleginnen und Kollegen. „Ende der Ortsbesichtigung. Auf nach Calgary! Paul, Mistress Wéber?"

Bongard ging Richtung Farmhof und winkte seiner Kollegin, mitzukommen. Den andern rief er zu: „Wir kommen nach, noch etwas Pause für uns, bitte!"

Wéber folgte ihm. Draußen qualmte noch die Stallruine. Davor wartete auch Davido Moretti. Bongard ging auf ihn zu.

„Mister Moretti, eine Frage noch: Wo ist das Grab von Großvater Stewart?"

„Andere Seite vom Stall, Richtung Westen, ein kleiner Birkenhain steht dort!"

„Danke!"

Behutsam setzte der Inspecteur Schritt vor Schritt, genoss die Bewegung und die frischer werdende Luft, die rauchfrei und vom Regen gereinigt war.

„Mireille?"

„Ich komme!"

Gemeinsam gingen sie über blank gespülte Betonplatten. Sie näherten sich langsam dem Birkenhain, der sie mit dichtem grünem Laub empfing.

„Birken, das sind Tiefwurzler, die finden immer Wasser!", erklärte Bongard. Dann schwieg er. Seine Schritte verlangsamten sich im ersten Schatten der Baumkronen. Abseits des betonierten Weges führte ein Pfad ins Innere der Baumgruppe. Bald erblickte Bongard einen mannshohen plumpen Felsen. Mit jedem Schritt wurde deutlicher, dass hier ein Efeu-bedeckter Bodengrund vor ihnen lag, von der Größe eines traditionellen Grabes zur Erdbestattung. Ein Kreuz fehlte. Stattdessen befand sich ein metalleingefasstes Foto auf dem Stein, ohne Schrift. Bongard kniete davor nieder. Mit gesenktem Blick erkannte er, dass eine kleine Marmorplatte auf dem Boden Schriftzeichen trug:

„Maria, breit den Mantel aus für Edward John Stewart." Bongard hob die Augen und sah das Gesicht des Mannes, der John Irving und seinem Vater so viel bedeutet hatte. Ein Schwarz-Weiß-Foto, mit sichtlich grauen Haaren, einem Lächeln um den Mund und in den Augen. Ein friedvolles Gesicht.

34. KAPITEL

ROCKY MOUNTAINS

„Und sie wird einen Sohn gebären."
Matthäus-Evangelium. Kapitel 1. Vers 21

Die ruhige Fläche des Sees spiegelte das Blau des Himmels. Daran fügten sich auf den sanften Wellen graue Felsen, die mit ihrer Spitze abwärts ragten. Ihre Füße wurden von einem grünen Band umschlungen. Ellas Blick folgte diesem Bild wieder aufwärts über das Seeufer hinaus, das von Tannenwäldern gesäumt wurde. Das Grau des Gebirges darüber wies in den Himmel, wo erste Wolken die Gipfel umhüllten. Ein Weißkopfadler streifte das Panorama, auf das Ella im verglasten Oberdeck des Rocky Mountaineers freie Sicht hatte. Langsam rollte das Naturbild an ihr vorüber. So behutsam fuhr der Express, dass allen Bildern Zeit gegeben war, ihr Herz zu erobern. Der Adler aber, dem sie seine Höhe neidete, verschwand im noch gleißenden Gegenlicht der Abendsonne.

Ein Schatten fiel auf den Tisch des Bordrestaurants. Überrascht wandte sich Ella einer Frau zu, die ihr gegenüber Platz nahm.

„Entschuldigen Sie, ich darf doch? Sonst ist kein Tisch mehr frei."

Ella nickte müde und legte beide Hände auf ihren Bauch, der an die Tischkante stieß.

„Gabriel, Lucienne Gabriel mein Name."

Die ältere Dame mit kurzem grauem Haar lächelte sie an.

„Ella, einfach nur Ella, man nennt mich Ella Fitzgerald!"

„Sie singen?"

„Richtig. Selten noch, aber das verlernt niemand."

Einen Moment herrschte Schweigen. Ella begann, sich zu erinnern. Daran, als sie mit Madame Printemps dem Schwangerschaftsabbruch des jungen Mädchens beiwohnte. Richtig!

„Ich kenne Ihren Namen!", bemerkte sie. „Meine Sozialarbeiterin in Quebec hat sich mit Ihnen über mich ausgetauscht."

Die Augen der älteren Dame wirkten, als suche sie etwas in sehr weiter Ferne. Bald sah sie Ella freundlich an und nickte:

„Richtig, jetzt, wo Sie es sagen. Aber alles blieb streng vertraulich! Darf ich Sie zum Essen einladen, Mistress Fitzgerald?"

„Das ist sehr freundlich. Gerne nehme ich alles an, was mir geschenkt wird."

„Zumal Sie ja zu zweit sind!"

Lucienne Gabriel lachte.

„Also ist es nicht ein Unwohlsein, das sie vom Essen abhält?"

Ella antwortete nur mit einem fragenden Blick. Geschäftig räumte die ältere Dame Servietten, Besteckhalter und Servietten beiseite.

„So, wir machen mal Platz, dann kommt die Bedienung schneller!" Sie lachte wieder.

„Zwei Tage habe ich Ihnen zugesehen. Sie essen zu wenig."

Ella schwieg verlegen.

„Sollen wir uns nicht mit Vornamen anreden?"

Ella nickte.

„Was machst du denn so, Lucienne?"

„Augenblicklich fahre ich nach Vancouver zu meiner Familie. Also zu Kindern und Enkeln."

„Und beruflich zurzeit?"

„Danke für das Kompliment!"

Lucienne lachte.

„So jung bin ich aber nicht mehr. Nein: Ich bin pensioniert. Als Psychologin habe ich zuletzt Trauma-Arbeit geleistet. In Vancouver suche ich mir vielleicht eine kleine Teilzeitarbeit. Ach, da kommt die Bedienung. Ella, sag einfach, was du magst!"

„Milchreis, etwas Obst, Fencheltee."

Erschöpft lehnte Ella sich zurück und überließ ihrer Tischgenossin die Bestellung und Small Talk. Das Gespräch berührte Ella wie ein warmer Windzug. Ihr Kopf war ans Fenster gelehnt, wo sie den weißen Strudeln inmitten des tiefblauen Flussbetts zusah. Seltsam, kein Hindernis konnte das Fließen des Wassers aufhalten. Unaufhaltsam strebte es auf ein fernes Ziel zu. Sich dem Fluss überlassen, das Leben leichtmachen. Gelegenheiten als Geschenke nutzen. Reden war hilfreich. Beichte, ja, vielleicht. So lange lagen ihre Begegnungen in der alten Gemeinde zurück.

Ella bemerkte, dass die Bedienung den Tisch wieder verlassen hatte. Sie setzte sich wieder aufrecht und rang sich zu einer Frage durch.

„Lucienne, dass wir uns treffen, vielleicht ist es Fügung. Darf ich dir etwas erzählen?"

Ella sah das freundliche Nicken, die offenen Augen, eine einladende Geste der Hände von Lucienne Gabriel. „Das bleibt vertraulich, selbstverständlich!"

Ella fasste weiter Zutrauen und begann:

„Ich war Prostituierte. Aus Drogensucht. Auf mich allein gestellt. Das weißt du ja. Ein Schulfreund hat zu mir gehalten. Dafür habe ich ihn umarmt."

Ella berührte sanft die Wölbung ihres Bauches.

„John hatte für den Missbrauch an mir die Täter bestraft. Er wird bedroht und gesucht."

Luciennes Augen waren graublau und klar. Wartend und geduldig. Mit einem kurzen Seitenblick suchte Ella Vögel am Himmel des Panoramabildes, vergeblich.

„Du weißt: Eine Sozialarbeiterin hat mich unterstützt. Wir haben dem Abbruch eines jungen Mädchens zugesehen, im OP. Da hatte ich schon mit dem Entzug begonnen. Und durchgehalten. Mich für das Kind entschieden."

Kurz presste Ella ihre Lippen zusammen. Lucienne schwieg.

„Jetzt fahre ich westwärts. Wohin, so vermute ich, der Vater meines Kindes fliehen will. Vielleicht gibt es eine Zukunft für uns. Vielleicht."

Gefasst richtete Ella sich auf.

Lucienne lächelte. „Danke, dass du mir das anvertraut hast. Darf ich fragen?"

Ella nickte.

„Warum nimmst du den Rocky Mountaineer? Der ist doch teuer!"

„Es ist doch nur ein kurzer Abschnitt. Es ist doch nur Geld. Gerechnet habe ich mit weniger, aber ...", Ella brach ab.

„Jetzt fehlt dir Geld zum Essen?"

„Stimmt, aber was ich sagen wollte ..."

Sie zeigte nach draußen auf die Gipfel der Berge.

„Dem Himmel wollte ich nahe sein! Einmal!"

Tabletts wurden auf den Tisch geschoben.

„Guten Appetit!"

Lucienne bedankte sich.

„Hast du auch Milchreis genommen?", wunderte sich Ella.

„Klar. Das rutscht so angenehm in den Magen. Und drückt auch nicht."

„Aha, da bist du aber immer schnell bei den Seelen deiner Anvertrauten!"

„Richtig erkannt!"

Lucienne lachte und tunkte einen Löffel in den dampfenden Reis.

„Gerade fühle ich mich ein bisschen schwanger. Ich versetze mich stets in mein Gegenüber. Die Grenzen verschwimmen. Aber nur ganz wenig!"

Ella schaufelte ebenfalls eine dünne Reisschicht mit ihrem Löffel ab, pustete und mahnte: „Auch du musst auf dich aufpassen!"

„Du bist ein helles Köpfchen. Aber ich mach das schon mein ganzes Leben lang, das Aufpassen. Es geht von Jahr zu Jahr besser! Vielleicht die Weisheit des Alters?"

„Noch was!", meinte Ella und prüfte die Reistemperatur mit ihren Lippen. „Ich komm ins Gefängnis!"

Lucienne blieb der Mund einen Moment offenstehen.

„Das kann ich mir kaum vorstellen", meinte sie schließlich, schluckte den Reis hinunter und spülte mit Selterswasser nach. „Willst du das?"

Ella führte den ersten Reis in den Mund. Wohlig schloss sie die Augen, wälzte die Portion auf ihrer Zunge und schluckte.

„Prostitution als Haupterwerb ist seit 2014 strafbar", erklärte sie und pustete auf eine neue Reisschicht ihres Löffels, den sie mit intensiver Betrachtung vor ihren Augen schweben ließ. „Wegen diverser Mordermittlungen geriet ich in die Mühlen der Polizei von Quebec."

Erneut prüfte Ella den Reis mit ihren Lippen, nahm ihn auf und wälzte die Zunge. Dann schluckte sie wieder.

„So schmeckt das prima", meinte sie.

Lucienne sah ihr interessiert zu.

„Jede Lebenslage meisterst du. Und findest immer einen Weg!"

Ella lächelte.

„Manchmal wundere ich mich selber über meine Stärke. Jedenfalls konnte ich nicht mehr bestreiten, gegen das neue Gesetz zur Prostitution verstoßen zu haben. Eine Geldstrafe kam für mich nicht mehr infrage. Das Meiste meiner Einnahmen hatte ich meinem Freund aufs Konto überwiesen. Etwas aber hatte ich für diese Reise behalten. Als Schwangere durfte ich mir die Bedingungen für eine Haft aussuchen."

Wieder nahm Ella Reis auf, schließlich schaufelte sie ihn regelrecht in sich hinein. Pustend machte sie schließlich eine Essenspause. Lucienne war nicht halb so weit gekommen.

„Jetzt bin ich aber gespannt auf deine Planung!", meinte sie.

Ella nahm einen Schluck Tee.

„Aus familiären Gründen wollte ich nach British Columbia, sagte ich dem Richter. Zum Kindsvater. Ihn musste ich nicht benennen. Obwohl", nachdenklich unterbrach sie ihre Gedanken und blickte auf den Wandel der Landschaft. Auf abschüssiger Trasse rollte der Express in ein rotes Felsental. Sie drehte sich wieder zu ihrer

Gesprächspartnerin. Luciennes Augen anzusehen, tat wohl und nahm ihr die aufkeimende Unsicherheit.

„Was ich sagen will, der leitende Inspecteur, Paul Bongard, stellte viele unerwartete Fragen; andere, die ich erwartet habe, stellte er überhaupt nicht. Ich glaube, er weiß, wer der Vater ist."

„Ist das schlimm?"

Ella schüttelte den Kopf. „Ich glaube nicht. Diesem Polizisten kann ich vertrauen. So etwas kommt nicht oft vor. Ohne dass ich erklären kann, warum! Es gibt solche Menschen."

Lucienne nickte. „Er wollte dir vielleicht helfen?"

„Richtig. Sicherheit! Hatte Borngard gemeint. In Vancouver gibt es für Frauen einen liberalen Strafvollzug. Dort werden das Kind und ich geschützt. Meine Reise dorthin darf ich selbstständig absolvieren."

Erschöpft lehnte Ella ihren Kopf an die Fensterscheibe, die nur leicht vibrierte.

„Ist dir nicht gut?"

„Vielleicht!"

Ella zuckte die Schulter.

„Hast du den Mutterschaftspass dabei?"

„Ja, hier im Beutel, nimm ruhig."

Draußen war alles Grün verschwunden. Weit wichen die Füße der Berge im Tal vom Bahndamm zurück, der sich an einem kleinen Fluss entlangschlängelte.

„Schade, die Abendsonne leuchtet nicht mehr so hell, für mich ist das hier eine rote Wüste!"

Ella spürte Luciennes Hand an ihrer Stirn.

„Du hast Fieber!", meinte sie. „Im Pass steht, dass deine weißen Blutkörperchen mit 17 Tausend hoch sind."

Ella winkte ab.

„Sind doch immer erhöht bei Schwangeren."

„Hat es geschmeckt?"

Ein Klappern signalisierte, dass abgeräumt wurde. Ella sah zum Mittelgang des Waggons und staunte. Der Ober stand hoch aufrecht in einem schwarzen Federkostüm, mit einer Raubvogelmaske. Fassungslos sah sie ihm zu.

„Hervorragend!", rief Lucienne und zeigte auf Ellas Bauch. „Das Kleine hat mitgegessen!"

Die Bedienung räumte ab und entfernte sich lachend.

„Was war das denn?"

„Kenne ich", erklärte Lucienne. „Ich wohne doch in Vancouver. Dort spielen die UBC Thunderbirds Hockey! Schon Neunjährige stellen Mannschaften! Fans von denen tauchen immer wieder mit Trikots und Verkleidungen der Thunderbirds auf!"

„Wie originell!"

Mit geschlossenen Augen lehnte sich Ella an die hohe Sitzbank. Das Rot der späten Abendsonne, der rote Staub des steinigen Tals und das Rot des Schnabels der Maske kreisten vor ihren Augen. Langsam breitete sich Schwärze aus. Mit ihren Armen klammerte sie sich fest an das schwarze Federkleid. Ein riesiger Rücken bot Sicherheit. Aufwärtsblickend sah sie ein Licht hinter dem Dunkel. Ihren Kopf legte sie vertrauensvoll seitlich auf den Rücken dieses Vogels. Seine Schwingen waren riesig, größer als sie selber. Ruhig und zuversichtlich wogten sie auf und nieder. Klar wurde der Blick auf graue Berge. Bis Wolken sie verdeckten. Wolken, die einen undurchdringlichen Nebel bildeten, der alles Leben aufsog.

35. KAPITEL

DONNERVOGEL

„DASS ICH DEN WILLEN TUE DES, DER MICH GESANDT
HAT." JOHANNES-EVANGELIUM, 4. KAPITEL, VERS 34

John hatte die Mutter des Jungen im Rocky Mountaineer kennengelernt, dem Luxusexpress, der Touristen die grandiose Welt der kanadischen Rocky Mountains auf der Reise zeigte. Fensterdächer im oberen Abteil ließen Rundumblicke zu. In einem tiefer gelegenen Werkstattabteil, im Halbdunkel, neben einer kleinen Arbeitslampe, putzte er ihre Stiefel. Auch diese Kundin mochte den Geruch von Leder und den Cremes, die er auftrug. Sie waren ins Gespräch gekommen. Wenige Sonnenstrahlen drangen durch das kleine Oberlicht des Abteils. Im Tempo der Fahrt warfen die wechselnden Lichtstreifen Schatten auf das Gesicht der Frau. Das zum Turm hochgebundene Haar ließ das Gesicht indianisch erscheinen. Auf John wirkte sie wie eine Späherin auf Kriegspfad. So edel und teuer ihre Stiefel und ihre Kleidung auch waren, noch auffälliger war das T-Shirt, das sie trug.

Mittig auf ihrer Brust wurde John von einem Vogelgesicht angestarrt, das wohl auf einem Totempfahl saß. Darüber fügten sich Buchstaben zur Überschrift T-BIRDS. Darunter noch drei große Buchstaben: UBC. John konnte nicht umhin, dieses Bild immer wieder anzusehen. Mechanisch putzte er die Stiefel weiter, während die Kundin geduldig wartete.

„Das T-Shirt habe ich von meinem Sohn zum Geburtstag bekommen!", verkündete die Frau plötzlich. Stolz war aus ihrer Stimme zu hören.

„Gratuliere, Madam!"

„Ach danke, das war vorige Woche. Aber es war ein runder Geburtstag und da haben wir uns diese Reise geleistet! Das ist so wunderbar! Der überwältigende Ausblick auf die Natur! Diese Ruhe hier!"

Wenn die Frau ihre Arme ausbreitete und ein Strahlen über das so streng wirkende Gesicht erschien, startete sie wieder mit einer langen Erzählung. John kannte die Herkunft ihrer Familie Aston aus Calgary.

„Und Ihr Sohn", unterbrach er sie. „Ist ihm das vielleicht zu langweilig?"

„Aber nein! Er freut sich dauernd auf unser Ziel!"

„Vancouver?"

„Jaja, vor allem aber die Universitiy of British Columbia!"

Sie zeigte auf die drei Buchstaben:

„UBC!"

„Und der Totempfahl, bedeutet der nicht Schlimmes?"

„Aber nein!"

Sie gestikulierte. „Also, das kann ich erklären. Mein Bobby studiert dort Medizin. Er ist seit einem Jahr dort und hat sofort Freunde gefunden. Raten Sie mal, wo!"

„Bei den Indigenen der First Nations?"

„So ungefähr. Haben Sie studiert, junger Mann?"

John schüttelte den Kopf. „Eine Schuhmacherausbildung, zunächst jedenfalls."

„Das kann ja noch werden. Dann würden Sie erfahren, dass auf den Unis vor allem Sport die Menschen verbindet. Da spielen Unterschiede der Herkunft keine Rolle. Ja, Indigene sind auch dabei. Eishockey spielt mein Bobby mit ihnen. Wenn wir in Vancouver ankommen, ist großes Fan-Treffen der Vancouver UBC-Thunderbirds!"

„Das macht bestimmt Spaß, oder?"

John reichte der Kundin die Stiefel.

„Danke!" Sie legte diese gleich beiseite und plauderte weiter.

„Es wird ein großes Event mit Fan-Trikots, ja sogar mit Kostümen!"

„Was für Kostüme?" Johns Interesse war deutlich zu hören.

„Na, Donnervögel eben!"

„Üben Donnervögel nicht Rache und töten Menschen?"

Die Dame blickte überrascht. Wieder fielen Schattenstreifen auf ihr Gesicht und fuhren über sie hinweg. Die Mimik veränderte sich ruckartig wie in einem alten Stummfilm. Im Waggon war die Beschleunigung des Express' auf abschüssiger Trasse deutlich zu spüren. Bald beruhigte sich die Fahrt wieder und warmes Sonnenlicht erhellte das kleine Abteil rötlich. Die flüchtigen Schlagschatten waren verschwunden. Die Stirn der Frau glättete sich und die zuvor schmal erscheinenden Augen öffneten sich weit.

„Meine Familie hat indigene Vorfahren in Ontario. Wir beschäftigen uns schon sehr lange mit den Mythen unserer Ahnen."

Es mochte am rötlichen Abendlicht liegen, der Eindruck des Indianischen festigte sich in Johns Betrachtung der Dame. In berührender Weise sprach ihn ihr Ausdruck von Ernst, Freundlichkeit und Herkunft von weit zurückliegenden Ahnengenerationen besonders an.

„Du siehst ja auch nicht gerade furchterregend aus, mein Junge", fuhr sie fort.

„Hast du nicht noch viel zu tun, während ich dich hier mit Erzählungen aufhalte?" Mit unsicher erscheinender Gestik nahm sie ihre Stiefel an sich.

John schüttelte den Kopf. „Sie sind heute die letzte Kundin, die sich angemeldet hat. Es interessiert mich sehr, was Sie berichten."

Wie ruhiger rhythmischer Trommelschlag klangen die Schwellen der Geleise, deren Stöße sich auf die Räder und den Boden des Waggons übertrugen. Es schien, als horche die ältere Dame in eine weite Ferne und Vergangenheit und mit ihr der Donnervogel, der ihr T-Shirt zierte.

„In meiner Heimat lebten die Indianer vom Sioux-Stamm der Lakota", begann sie ihre Erzählung. „In ihrer Sprache nannten sie den Donnervogel ‚Walkinyan', das bedeutet: ‚Heilige Schwingen'. Die Schwingen des Walkinyan waren gewaltig, größer als ein Kanu. Sie konnten Wolken zusammentreiben, aus denen sich mit Donner Gewitter entluden."

Sie schwieg einen Moment.

„Das sind doch Zeichen einer großen, alles überwindenden Kraft, nicht wahr?", fragte John.

Lady Aston nickte. „Das haben alle Völker der indigenen Nationen so gesehen", bestätigte sie. „Die Berichte über seine Taten unterscheiden sich nach der geographischen Heimat der Völker. Wo wir hinfahren, Vancouver Island, dort sollen im Norden der Insel Menschen leben, die von den Donnervögeln abstammen. Niemand sieht es ihnen an. Die Legende erzählt, dass sie in Frieden leben. Wenn aber jemand ihnen die Freiheit nimmt, verwandeln sie sich zurück in einen Donnervogel und strafen die Peiniger."

„Sonst hat niemand sie zu fürchten?"

„Wer die Donnervögel ernst nimmt, fürchtet ihre gewaltige Kraft. Mit ihren Krallen können sie Wale dem Meer entreißen und forttragen! Dieser Totempfahl aber", Lady Aston zeigte auf ihr T-Shirt, „wurde von Ellen Neel geschnitzt und durch Chief William Scow, dem Präsidenten der ‚Native Brotherhood of British Columbia', 1948 der UBC übereignet. Dieser Vogel ist mächtig und unter seinem Schutz stehen Brüderlichkeit, Frieden und wohlwollender Wille."

Es klopfte laut an der Kabinentür, die sich sofort öffnete.

„Na Mama, erzählst du wieder viel?", fragte der junge Mann. Auch er trug das T-Shirt mit dem Totempfahl.

„Hallo, Bobby! Unser Freund John hier interessiert sich sehr für die UBC-Thunderbirds!"

John nickte und fragte sogleich: „Sie treffen sich mit Ihrem Club? Dem Eishockey-Club?"

„Klar doch, das wird großartig."

Lady Aston fasste den Arm ihres Sohnes. „Ach Bobby, willst du ihn nicht mitnehmen? Einen echten Freund der Thunderbirds?"

Aston Junior schaute überrascht, zuckte die Schultern und meinte: „Warum nicht?"

„Ich möchte Ihnen nicht zur Last fallen. Was soll ich auch anziehen?"

„Also wenn du wirklich magst, ich heiße Bobby, ich darf dich John nennen?"

„Ja klar!"

„Dann komm doch mit. Ich habe noch ein Donnervogel-Kostüm, das ist etwas für echte Fans!"

„Das kann ich doch nicht annehmen!"

„Kriegst du gerne ausgeliehen. Gleich nach unserer Ankunft in Vancouver geht es los. Einverstanden?"

Mutter und Sohn verließen strahlend und diskutierend das Abteil. John schaute durch das Oberlicht in den roten Himmel. Zum ersten Mal nach langer Zeit war ihm der Donnervogel so nahe, ohne dass Wut in ihm aufstieg. Ach ja, es war Zeit für seine Medikamente, die Professor Hawkins mitgegeben hatte. Der Vorrat neigte sich dem Ende zu. Er griff in seine Tasche, löste die Kapsel aus dem Blister, legte sie auf seine Zunge und griff nach seiner Wasserflasche. Er schluckte und spülte sie hinunter. Als könne er alles Böse dieser Welt hinwegspülen, jetzt und für alle Zeit.

36. KAPITEL

VANCOUVER

„SEIN NETZ. DAS ER GESTELLT HAT. FANGE IHN."

PSALM 35. VERS 8

„Boris Bancroft mein Name, Policedirector Vancouver."

Paul Bongard sah seine beiden Hände kraftvoll gegriffen und schwungvoll geschüttelt. Schon wurde Mireille Wéber in gleicher Weise begrüßt, schließlich auch Herman Hermits.

„Prachtvoll, Herman!", Bancroft lachte, „dass du mir Bongard und Wéber leibhaftig mitgebracht hast!"

„Solange nicht der Leibhaftige selbst hier erscheint!"

Die beiden schienen sich gut zu kennen und oft ihre Scherze auszutauschen. Das Gelächter hallte wider auf dem leeren Bahnsteig des Terminals, wo der Rocky Mountaineer erwartet wurde.

„Eure Fahndungsorganisation war ja ein voller Erfolg!", lobte Bancroft und tippte auf ein Papier in seiner Hand.

„Der Text stammt von Agent Wéber", erläuterte Paul Bongard. „Gestern hat uns Superintendent Herman aus Calgary eilends hierher bestellt. Wir sind geflogen und direkt vom Airport hergefahren."

„Genau!", bestätigte Hermits. „Ich war ja auch schon zu Bancroft beordert, ob hier ein Massaker drohe oder so etwas."

Bancroft winkte lässig ab. „Im Gegenteil! John, genannt Irving, ist auf dem Weg hierher. Ohne Waffe!"

Bongard bewunderte den zivilen Wollanzug des Superintendenten und runzelte die Stirn. „Was genau wissen wir?"

Hermits wies nochmals auf das Papier in seiner Hand. „Hier: gestern ein Anruf aus dem Rocky Mountaineer vom Zugführer. Er hat John Irving auf dem Foto im Fahndungsaufruf der internen Bahnnachrichten erkannt. Man hatte ihn angestellt als Schuhputzer und Schuster. So lautete eine Anzeige des Zugunternehmens in den Calgary News von letzter Woche. Die jedenfalls hatte John gelesen. Die vornehme Gesellschaft, die sich diese Fahrt leisten kann, schätzt so etwas."

Bongards Stirn blieb gerunzelt. „Weiter?"

„Was der Inspecteur meint", mischte Wéber sich ein, „Sie erlauben eine Bemerkung?"

Hermits und Bancroft nickten. Sie hatten unwillkürlich Haltung angenommen vor Bongard wie Schuljungen vor dem Klassenlehrer.

„Welche Strategie hilft uns an dieser Stelle weiter?" Wéber lächelte und machte eine vermittelnde Handbewegung zwischen den Männern.

„Alles kein Problem!", tönte Bancroft und breitete die Arme aus.

„Wir sind voll organisiert! Der Bahnsteig gehört nur uns. Keine Gefahr für Reisende!"

Bongard blickte in die Leere um sich. „Gänzlich unauffällig!", sagte er mit einem Lächeln. Wéber warf ihm einen warnenden Blick zu. Er verkniff sich ein „Weiter!" und hörte mit regloser Miene zu.

„Gut, nicht?" Bancroft fuhr eifrig fort. „Dort hinter den Imbissbuden warten Polizisten, als Bahnbeamte verkleidet!" Stolz blickte er seine Gäste an. Bongard biss sich auf die Zunge.

„Ein kluger Schachzug!", warf Wéber ein. „Policedirector, sind Sie Taktiker, Schachspieler oder Sporttrainer?" Die Polizistin breitete ihre Arme aus und blickte erwartungsvoll.

Bancroft winkte ab. „Nein, nein, ich war Quarterback!"

Bongard schloss wartend die Augen.

„Sir!", rief Wéber bewundernd. „Quarterback im Football! Das fordert Kraft und Weitblick, sie müssen sehr weit werfen und treffen können! Sie denken, andere folgen exakt ihren Anweisungen!"

„So ein Spiel kann schon mal drei Stunden dauern", murmelte Bongard und machte Fingerübungen hinter dem Rücken.

„Das Geheimnis des Erfolges!", bestätigte Bancroft und sah auf seine Uhr. „Noch zehn Minuten. Machen Sie sich ruhig mal locker! Coffee to go?"

Bongards Stirn glättete sich immer noch nicht. Er entschloss, sich doch weiter am Gespräch zu beteiligen. „Es gibt Fragen", wollte er beginnen. Seine Worte aber verloren sich in einem Sirenengeheul. Ruckartig schauten alle in die Richtung dieses neuen Lärmens. Auf dem breiten Bahnsteig näherte sich ein Ambulanzwagen mit Rotem Kreuz. Aus dem Versteck einer Imbissbude eilte eine Frau in der Uniform einer Bahnbeamtin herbei. Sie trug einen Pappgegenstand mit vier Bechern vor sich her und rannte kleinschrittig in weißen Turnschuhen auf die Männer zu.

„Das gibt Probleme!", entfuhr Bongard eine Bemerkung.

„Gentlemen!", keuchte die junge Frau und reichte die Kaffeebecher, deren Verschlusskappen offenbar dichtgehalten hatten. Hermits und Bancroft griffen als Erste zu.

„Officer Shearer!", raunte Bancroft die Frau an. „Was ist los hier? Wozu dieses Sirenengeheul? Der Bahnsteig sollte leer bleiben!"

Officer Shearer war die Becher losgeworden, salutierte und meldete: „Notfall im Rocky Mountaineer! Eine Hochschwangere ist akut erkrankt. Wird sofort ins Hospital gebracht!"

Bancroft blickte ratlos, öffnete den Pappbecher, pustete und fragte: „Milch? Zucker? Was wird aus userm Konzept?"

Wéber reichte die Ingredienzien für den Kaffee weiter, die Shearer aus ihrem Blazer hervorzauberte. „Wenn ich einen Vorschlag machen darf?"

Hermits und Bancroft nickten, rührten in ihrem Kaffee und schlürften. Mit einer freien Hand signalisierte der Policedirector Bestätigung.

Wéber erläuterte: „Lassen Sie den Zugführer und auch hier am Bahnsteig eine Durchsage machen wie folgt: ‚Bitte noch niemand den Zug verlassen. Ein medizinischer Notfall hat Vorrang.'" Wéber machte eine auffordernde Geste zu ihrem Vorschlag.

„Genauso machen wir es!" Bongard entschied einfach vorlaut und wies mit dem Zeigefinger auf das Funkgerät der Polizistin im Bahnkostüm. „Officer Shearer, sofort, bitte! Und sagen Sie den Rettungskräften Bescheid, dass hier ein Polizeieinsatz ist!"

Shearer hatte ihr Funkgerät schon an den Mund geführt, machte kehrt und rannte auf den Ambulanzwagen zu, der wenige Meter vor ihnen stoppte.

Vom Bahnsteig gegenüber, getrennt durch drei Gleise, erklangen Dudelsäcke. Eine Truppe in Schottentracht hatte Stellung bezogen. Bongard vernahm „Oh Kanada!" Er sah Bancroft erst überrascht an und lächelte dann.

„Nehme an, das ist hier so üblich?"

„Genau! Alles soll normal wirken! Die Gäste der Bahnreise werden ihre unvergesslichen Erlebnisse mit einem würdigen Empfang beendet sehen!"

Ein leierndes Quietschen begann, die forsche Dudelsackintonation zu überlagern. Der Express näherte sich. Die Zugmaschine rollte schon auf das Ende der Bahnsteigplattform zu. Bongard erlebte die Einfahrt wie in einem Hollywoodfilm. Hinter den Fenstern der Waggons winkten zahlreiche Menschen.

„Es kommt, wie es kommen muss!", murmelte er ergeben in das Gedudel und Gequietsche. Wenigstens die Sirenen der Ambulanz waren verstummt. Dafür flackerten ihre Blaulichter grell auf und erhellten den Zug rhythmisch. Mit einem Stoßgeräusch stoppte dieser. Das Quietschen endete. Die Bahnsteigansage erfolgte wie geplant: „Bitte noch nicht aussteigen." Aus dem Hintergrund zahlreicher Imbissstuben quollen noch zahlreicher Menschen in Bahnuniformen hervor, die zielgerecht an jede Waggontür traten, immer zu zweit. Bongard nickte und zog anerkennend die Mundwinkel hoch. Weber klopfte ihm beruhigend auf den Arm.

Vom Nachbarbahnsteig, gedämpft durch den dazwischenstehenden Express, erklang jetzt leicht angeschrägt „God save the Queen". Bongard fuhr sich mit der Zunge kräftig über die Innenseite seiner Mundbacken. Die Schottenkilts waren jedenfalls aus der Schusslinie. Lautes Türeklappen lenkte die Blicke der Polizeichefs auf den Ambulanzwagen. Ein Sanitäter mit Funkgerät am Ohr wies auf einen naheliegenden Waggon. Drei seiner Kollegen stürmten mit einer fahrbaren Liege dorthin. Aus der Tür stieg eine ältere, grauhaarige Dame, sprach die Sanitäter an und zeigte nach innen. Dann ließ sie die Männer an sich vorbei hineinstürmen und sah sich um.

Die an der Waggontür Wachenden redeten kurz mit ihr, eine von ihnen führte die Frau geradewegs zu Bancroft. Der hielt immer noch seinen Kaffeebecher in der rechten Hand und winkte unruhig mit der Linken zur Begrüßung.

„Was ist los?", fragte er die bahnuniformierte Beamtin.

„Sir, die Dame will Sie ins Bild setzen!"

„Gentlemen, Gabriel mein Name, Lucienne Gabriel. Eine Mitreisende hat sich mir anvertraut. Ach, da kommt sie!"

Auf einer Liege wurde eine Patientin aus dem Waggon gehoben, auf ein Fahrgestell gelegt und rollend zügig bis in den Ambulanzwagen verbracht. Schon schlossen sich die Türen und mit Sirenengeheul entfernte sich der Wagen. Das Flackern des Blaulichtes verschwand. Ruhig und melodiös waren wieder die Dudelsäcke zu hören. „Auld long syne" erklang.

Bongard ergriff die Initiative. "Mistress Gabriel, was können Sie uns zu der Erkrankten sagen. Gibt es einen Namen?"

Die ältere Dame nickte. Ihr Gesicht glättete sich und ihre Augen strahlten den Inspecteur an.

Wéber stieß ihm sacht in die Seite. „Wéber mein Name. Das ist Monsieur Bongard von der Sûreté du Quebec", stellte sie ihn vor.

„Tres bien, Monsieur Bongard", fuhr die Dame fort. „Auch ich stamme aus Quebec, meine Kinder leben jetzt in Vancouver", erklärte sie. „Ich besuche sie und will vielleicht dorthin umziehen. Die Erkrankte, die ich im Express getroffen habe, heißt Ella, die sich Fitzgerald nennt."

Wéber und Bongard nickten. Ihre Mienen zeigten Überraschung und Interesse.

„Ich bin von Ella ins Vertrauen gezogen worden." Madame Gabriel machte lebhaft erklärende Handbewegungen. „Ella ist hochschwanger, soll und will sich bei der hiesigen Polizei melden. Man weiß dort noch nicht Bescheid. Sie kommt in eine Klinik und soll laut Sûreté du Quebec anschließend in den offenen Strafvollzug. Wo ich sie hier alle sehe, denke ich, dass ich das sogleich an kompetente Stelle weitergebe!" Bei ihrem letzten Satz wandte sie sich ruckartig Bancroft und Hermits zu und schloss ihren Bericht mit einem verbindlichen Lächeln.

Bancroft erwachte zu neuem Leben. „Danke, danke, Madam!", begann er und schüttelte seinen Kaffeebecher in Richtung ihrer rechten Hand.

Bewundernd betrachtete Bongard, wie Madame Gabriel vornehm zögerlich ihre Hände gefaltet hielt, bis Bancroft den Becher in seine Linke beförderte und ihr seine Rechte gereicht hatte. Artig erwiderte sie den Handschlag und blickte kurz zu Bongard. Ihm war, als zwinkerte sie mit einem Auge in seine Richtung.

Er griff sich kurz an die Stirn. „Madame Gabriel, haben Sie Kontaktdaten von Ella?"

„In der Tat, sie gab mir ihre Habseligkeiten mit Papieren. Den Mutterpass habe ich den Sanitätern gegeben. Eine Authentifizierung für Nachsendungen postlagernder Briefe verwalte ich für sie, bis sie wieder alles selbständig verrichten kann."

Wéber stieß Bongard nochmals an. „Paul, was ist denn auf dem Bahnsteig los?"

„Alles läuft planmäßig!", rief Bancroft und warf seinen leeren Pappbecher geübt in einen entfernten Papierkorb. Er lachte zufrieden. Gabriel applaudierte lächelnd.

Bongards Stirn warf wieder Falten. „Nach Plan?"

„Nun mal nicht so ängstlich, mein lieber Bongard!" Der Angeredete empfing spürbares Schulterklopfen vom alten Quarterback. „Die Mädels und Jungs an den Waggontüren machen das schon!"

„Was sind denn das für sonderbare Gestalten?" Ratlos betrachtete Bongard zahllose Trikots mit der Aufschrift „T-Bird Vancouver" und

Bildern von Raubvögeln, oder waren es Totempfähle? Dazwischen mischten sich manche Vogelmasken mit finsterem Aussehen.

„Ach die jungen Leute!" Lucienne Gabriel lachte. „Viele Fans der hier heimischen Hockeymannschaft! Dieses Wochenende findet ein Jugendturnier statt! Der Club heißt doch Vancouver UBC-Thunderbirds!"

Bancroft nickte jovial bestätigend. „Was ist mit Ihnen, Mister Bongard?"

Wéber sah die ratlose Miene des Inspecteurs, die sich schließlich vom Schrecken gezeichnet änderte.

„Thunderbird, das ist die zweite Identität des gesuchten John Irving. Ob er sich verkleidet hat?"

Hermits reagierte als Erster. „Denkbar!", rief er, griff sein Handy und rief hinein: „Zentrale, alle Ausgänge der Railway-Station sofort schließen! Alle Passagiere kontrollieren! Vor allem die jungen Leute mit Fantrikots der Vancouver UBC-Thunderbirds!"

Bancroft sah ihm zu. „Na, meinetwegen, Hermits!" Seine Stimme klang maulig.

Inzwischen verließen auch andere Passagiere den Express, stets kontrolliert von den Beamten, die an jeder Tür standen. Menschen fielen sich um den Hals. Express-Angehörige in Uniformen gesellten sich dazu und verabschiedeten sich sogar von jedem Einzelnen. „Auld long syne" tönte als Endlosschleife weiter. Nur langsam leerte sich der Bahnsteig.

„Chef!", Madame Gabriel sprach Bancroft an.

Der straffte seine Haltung. „Ja, bitte, Madam?"

„Kann ich jetzt gehen?"

„Selbstverständlich, Sie waren eine große Hilfe. Vielen Dank."

„Hier sind Unterlagen von Ella. Ihrem Kollegen gebe ich auch meine Karte!"

„Recht so, gute Idee!", bedankte sich Bancroft.

Mit einem artigen Nicken wandte sich Lucienne Gabriel Bongard zu und reichte auch ihm ihre Karte. „Gerne höre ich von Ihnen!", sagte sie und deutete eine Verbeugung an.

Auch Bongard verbeugte sich. Er fingerte suchend in seinem Jackett. „Bitte sehr, hier ist meine Karte. Es war mir ein Vergnügen. Madame!"

„Ganz meinerseits!" Sachte berührte sie seinen Arm, drehte sich um und schritt zügig wieder auf den Waggon zu, den sie verlassen hatte. Ein Bahnbeamter reichte ihr dort einen Rollkoffer.

„Zentrale? Alle mal herhören!" Bancroft rief Kommandos in sein Handy. „Kontrollen fortführen. Alle Videobänder sammeln. Sofort zur Auswertung in unsere Zentrale. Heute Nachmittag will ich alles sehen!"

Entschlossen richtete er sich auf und schlug Bongard auf den Rücken.

„Die Mädels und Jungs hier machen das. Kommen Sie, wir nehmen erst mal ein Lunch."

Mit beiden Händen zupackend drehte er Bongard um und steuerte ihn zum Ausgang des Bahnsteigs. Inzwischen rollte der Express rückwärts aus der Halle. Dahinter tauchten die Schottenkilts wieder auf, deren Dudelsackmusik beendet war. Sie sammelten ihre Instrumente ein. Mit seinen ersten Schritten sah sich Bongard nochmals auf dem fast leeren Bahnsteig um. Er zuckte die Schultern.

„Ach Mireille, wir sind nicht vom Glück verfolgt. Nicht wachsam genug." Er schüttelte seinen gesenkten Kopf.

„Abwarten, Paul. Vielleicht fischen wir John doch noch heraus. Glück? Ich glaube, du hast eine neue Bewunderin gefunden."

Verstohlen blickte Bongard sich um. Nein, das hatte niemand sonst gehört. In seinen Kopf stieg Wärme auf. Er wurde rot, tatsächlich, er bemerkte es sehr wohl.

ITALIAN QUARTER

Der Bahnsteig vor ihnen lag fast leer. Zwei Bahnbeamte standen neben der Waggontür und winkten die jungen Leute heraus. Bobby lotste John durch die Pacific Central Station. Auf dem Bahnsteig folgten sie zunächst der Ambulanz, die mit Blaulicht startete, vor ihnen daher und davon fuhr. Bald waren sie von zahlreichen Fans der UBC-Thunderbirds umgeben. Alle trugen T-Shirts mit stilisierten Thunderbirds oder Totempfählen auf der Brust. Alleine John, so kam es ihm vor, trug das Federkleid und die Raubvogelmaske. Nein, er wollte sie nicht von seinem Gesicht reißen, wie sein neuer Freund ihm das vorschlug. Er fühlte sich so sicherer. Als sie im Freien waren, schaute er an der hellen Fassade des alten Bahnhofs empor. Über dem riesigen Eingangsbogen sah er hinauf in den Himmel. Dort, wo wenige Vögel unter bizarren Wolkenformationen kreisten, dort war Freiheit. Wenn er sich hinaufschwingen könnte, wäre er allen Gefahren entronnen.

Bobby zog ihn am Arm zu einem der zahlreichen Taxis, die vor dem Bahnhof bereitstanden. „Dad hat gesagt, er holt Mom ab. Wir sollen schon mit dem Taxi zur Uni. Damit wir das Spiel nicht verpassen. Ja, er weiß von dir. Komm mit, das ist in Ordnung.“

Er riss die Tür des nächststehenden Taxis auf und stieg ein. Dabei rückte er durch und winkte John, ebenfalls einzusteigen. Bereitwillig faltete John seine Flügel zusammen und setzte sich neben seinen Freund auf die Rückbank.

„Zur UBC!", wies Bobby den Fahrer an.

Das Taxi fuhr los.

„Tolle Stadt!", meinte der Freund und erklärte weiter: „Es geht erst südwärts, dann biegen wir westwärts in den Broadway!" Bobby lachte. „Das gibt es nicht nur in New York! Ganz im Westen geht es zum University-Hill. Die Berge und das Meer: ein grandioser Ausblick!" Er schwärmte in einem fort von seiner Heimatstadt.

John fühlte sich wieder in ein Kino versetzt und erlebte die Szenen aus dem Fenster wieder einmal wie in einem Film. Sie fuhren in einem Strom gelber Taxis inmitten des bunten Flusses von Fahrzeugen, die sich zahllos vorwärts schoben. Wolkenkratzer warfen ihre Schatten auf die Farben, die zäh daherflossen. Über der Fahrbahn trugen gespannte Seile schwankende Ampeln. Ihre unruhigen Bewegungen erinnerten ihn an seine eigene Unsicherheit. Das Taxi bog ab, westwärts. Morgensonne strahlte hinter dem Taxi und erhellte die Schluchten des Broadways. Für John glichen die Häuser alten Türmen im tiefsten europäischen Süden. Vielfarbig und trutzig erhoben sie sich zu beiden Seiten, wie mittelalterliche Fluchtstätten in den Metropolen Italiens.

John musste an seine endlose Flucht denken. Für ihn gab es keine Fluchtburg in diesen Straßenschluchten. Endlich traten die Häuser zurück, wurden flacher. Der Blick weitete sich. Die grellen Reklamen wichen Beton, Glas und Klinker, in deren ruhigen Fassaden sich die Häuser unter den Schatten der ersten Alleebäume duckten.

„Tenth Avenue!", bemerkte Bobby.

Wieder farbige Fassaden. Eine Pizzeria.

„Wo alles anfing, wird es ein Ende finden", entfuhr es John unwillkürlich.

Bobby blickte ihn ratlos an. „Wovon redest du?"

„Leben hier Italiener?"

„Richtig, das ist offiziell das ‚Italian quarter'!"

Das Taxi verlangsamte seine Fahrt und hielt vor einer Ampel. „Italian bakery coffee" las John an der Fassade. Daneben leuchteten goldene Paläste von der Hauswand, unter denen Gondoliere ihre

Boote steuerten. Tiefblaue Wellen des Canale Grande schlugen an einen Kai.

„Noch nicht weiterfahren, bitte!", rief John dem Taxifahrer zu.

„Wieso?", fragte Bobby.

„Ich muss sofort aussteigen."

„Du kennst doch niemanden hier, oder?"

John legte ihm sacht die Hand auf den Arm. „Doch, ich vergaß es. Ich muss noch etwas Dringendes erledigen."

„Das sagst du jetzt nicht im Ernst!"

„Es gibt etwas, das ich zu Ende bringen muss. Damit mein Leben nicht eine endlose Flucht bleibt."

John öffnete schon die Tür. „Ich komm nach, versprochen?"

Er sprang hinaus und warf die Wagentüre zu. Das Taxi fuhr an.

Noch einmal sah John in den sonnenklaren Himmel, entfaltete und schwang seine Flügel, dann schritt er entschlossen zur Eingangstür, worüber die Attrappe einer Eiswaffel hing. Mit beiden Flügeln schob er die Glastür einwärts. Vor ihm öffnete sich ein halbdunkler Raum, den Gemurmel erfüllte. Eine Nische am Ende des Cafés zog John magisch an. Der kleine Tisch und eine Polsterbank, wie die Wandfliesen rundum in Blau gehalten, bot ihm Platz und Geborgenheit wie eine kleine Meeresgrotte. Still ließ er sich dort nieder. Ringsum eilte die Bedienung vom Tresen zu Tischen und von Tischen wiederum zum Tresen. Dort schälten junge Männer emsig löffelweise Portionen aus Gefäßen mit Eiscreme und füllten Schalen und Gläser. Hinter ihnen schritt ein Mann mit gebräuntem Gesicht hin und her, nahm Bestellungen entgegen und gab Anweisungen.

Eine junge Frau in schwarzen Leggins folgte mit ihrem Blick dem Fingerzeig ihres Chefs und sah zu John hinüber. Sie nickte und kam auf ihn zu.

„Was darf es sein?"

John schwitzte unter seiner Raubvogelmaske. Viel Kleingeld hatte er nicht mehr in seiner Hosentasche unter dem Federgewand.

„Ein Espresso und zwei Kugeln Zitronen-Eis, per favore."

Die junge Frau sah ihn erstaunt an, als ihm italienische Worte herausrutschten. Sie nickte und ging zu weiteren Bestellungen an die nächsten Tische heran.

John sah ihr nach und spürte sein Herzrasen. „Niemand wird mich vor allen Augen umbringen können!", versuchte er sich zu beruhigen. Aber wen sollte er hier ansprechen? Über die Mafia zu reden, war doch rein unmöglich. War er nicht zu auffällig gekleidet? Sicher, es gab hier noch einige Fans der UBC-Thunderbirds außer ihm, die hier Rast machten auf dem Weg zum Ice-Stadium der UBC. Einige trugen das gleiche T-Shirt wie sein Freund Bobby, einer ebenfalls ein Federkostüm, niemand aber eine Vogelmaske.

Lärmend traten drei Jugendliche durch die Glastür. Sie gingen geradewegs auf John zu. „Am Tresen ist alles besetzt", meinte der Größte unter ihnen. Alle drei trugen ein T-Shirt mit dem Bild des Gondolière der Hausfassade.

„Kommt, hier ist noch Platz, neben dem Tisch von diesem komischen Vogel!"

Lachend ließen sie sich nieder. Der Wortführer hatte einen Stapel Zeitungen unter dem Arm, den er auf dem Nachbartisch ablegte. Er winkte Richtung Tresen.

„Hallo Papa, hab was mitgebracht."

Der Chef führte einen Zeigefinger vor den Mund, kam rasch herbei und sagte laut: „Willkommen, was darf es sein?" Leise fügte er hinzu: „Mario, sieh schon mal durch, du weißt, was ich suche?"

Sein Sohn nickte.

Die beiden andern griffen die Speisekarten aus einem Ständer. „Wir suchen noch."

„Bueno. Dann könnt ihr der Bedienung winken."

Mit zufriedenem Gesichtsausdruck hastete der Chef wieder hinter den Tresen.

„Wie wäre es mit Erdbeeren, oder was willst du, Piedro?"

„Amarena, was Alkoholisches! Wir sind doch alt genug, Bruno!"

Die beiden lachten. Mario blätterte den Zeitungsstapel durch.

„Was suchst du eigentlich?", fragte Piedro.

„Ach, bestellt mir gleich ein Joghurt-Eis. Papa ist immer interessiert an einem Feuilleton, das im Sommer erscheint."

„Fülle... – was?", kicherte Bruno.

John schloss die Augen und runzelte die schweißüberströmte Stirn unter seiner Maske.

„Der Kulturteil der Zeitung. Hier, ich hab's."

Mario breitete eine Zeitung aus dem Stapel aus. „In der Vancouver-Sun."

„Ja, was denn nun?", bohrte Piedro ungeduldig nach.

„Kultur", erklärte Mario nochmals und sah interessiert auf die erste Seite. „Neuerscheinungen oder eine Schriftenserie."

„Erzähl!"

„Das Pentamerone."

„Wie bitte?"

„Ich vermute, irgendwas mit Märchen steht in der Zeile unter dem Titel."

John nickte unwillkürlich.

„He, du komischer Vogel, was weißt du denn davon?"

Bruno blickte zu John herüber und lachte.

„Lass ihn doch, ein harmloser Fan der UBC-Thunderbirds."

Mario deutete John mit einer Handbewegung eine Entschuldigung für seine Freunde an. Bruno ließ nicht locker.

„Komm, du bist ein Raubvogel, das sehe ich dir doch unter deiner Maske an. Willst du uns helfen?"

John sah eine Möglichkeit, mit den Italienern ins Gespräch zu kommen.

„Ist das vielleicht eine Erzählung von Giambatista Basile?", fragte er höflich.

„Stimmt!" Mario sah auf. „Wer war das denn?"

„Ein spanischer Soldat und Weltenbummler, der vor allem in Neapel lebte und die Erzählungen des Volkes in deftiger Sprache verewigte. 16. Und 17. Jahrhundert."

Mit offenem Mund sah Mario auf John. Ein erneuter Blick auf das Titelblatt des Feuilletons belehrte ihn weiter.

„Richtig, hier steht was davon. Aber wieso Märchen? Und wieso ‚Pentameron‘?"

„Diese Sprache", erläuterte John bedächtig weiter, „war damals in der literarischen Welt verpönt und in der Politik als Kritik aufgefasst worden. Deshalb behauptete Basile, nur Märchen zu schreiben, für Kinder angeblich."

„Und das mit der ‚Fünf‘?"

„Es ist ein Fünf-Tage-Werk. Fünf Tage lang erzählen Frauen, die ein Prinz ausgewählt hat, seiner schwangeren Gemahlin, einer Sklavin, zehn Märchen."

Piedro blickte gelangweilt in den blauen Himmel über seinem Platz. „Wozu denn das Ganze?", fragte er.

Mario winkte ab. „Sei still, Piedro, unser Donnervogel kann das sicher erklären."

John kreuzte seine beflügelten Arme vor der Brust und sprach geduldig weiter. „Der Reigen der Märchen endet mit einer Erzählung, die aufdeckt, dass die Sklavin mit Lügen den Prinzen für sich gewonnen und die erste Bewerberin um ihn betrogen hatte. Der Prinz lässt daraufhin die schwangere Sklavin töten und heiratet die wahre Braut."

„Grausame Sitten damals", bemerkte Marios Vater, der an Johns Tisch getreten war, und stellte ihm Espresso und Eis ab. „Mario, gib mal das Feuilleton!"

Während John hastig unter seinem Federkleid fingerte und den Blister Tabletten und wenige Münzen suchte, las der Chef aufmerksam im Feuilleton. John schwitzte und zitterte. Er brachte kein Wort heraus und hielt schließlich die Münzen hoch. Der Chef und schüttelte den Kopf.

„Das geht aufs Haus."

„Danke", stieß John hervor, „wieso?"

„Du hast einen französischen Akzent und sprichst Italienisch."

John sah das Blatt vor sich ausgebreitet.

„Lies mal, Junge, fällt dir etwas auf?"

Überrascht las John den Artikel durch, vergaß die Jungens und den Chef, wie immer, wenn er sich auf etwas Geschriebenes konzentrierte. Bald sah er auf und nickte.

„Da siehst du, junger Mann", raunte der Chef, „du hast es selbst gelesen: Du bist unverletzlich." Er neigte sich zu John herab und sprach leise weiter, nur für ihn hörbar: „Nimm doch die Maske ab, dann kannst du das Eis genießen."

Ein Frieren schüttelte John, der Schweiß unter der Maske strömte ihm in die Augen. Er wusste nicht, was er tun sollte. Schließlich überwand er sich, zog die Maske ab und wischte sich den Schweiß mit der Serviette vom Gesicht. Ein Gefühl des Trotzes erfüllte ihn.

„Und nun?", fragte er, „sind Sie zufrieden?"

Der Chef lächelte. „Ich erkenne dich. Meine Verwandten in Quebec, diese ehrenwerte Gesellschaft, haben mir ein Foto geschickt."

Johns Unsicherheit hielt an. „Soll die Jagd auf mich wirklich beendet sein?", flüsterte er. Dann blickte er auf eine Wanduhr und rief: „Ich muss ins Ice-Stadium, das Spiel beginnt gleich."

Er stand auf und fügte erklärend hinzu: „Mein Freund erwartet mich!"

„Nur zu!", meinte der Chef, ging zum Ausgang und hielt die Tür auf. „Der Weg ist frei!"

John eilte hinaus und lief über den Bürgersteig die Häuserzeile entlang. Seine Gedanken überschlugen sich. Wenn die Mafia ihn nicht mehr jagte, dann war klar, wohin er gehen musste. Nein, das Eishockeyspiel war jetzt nicht mehr wichtig. Er bewegte sich in einem Strom zahlloser Passanten, von denen sich viele nach ihm umdrehten und seine Verkleidung betrachteten. Den Nächstbesten sprach er an.

„Wissen Sie, wo hier in der Nähe eine Polizeistation ist?"

38. KAPITEL

NIEDERKUNFT

"WER EIN SOLCHES KIND AUFNIMMT IN MEINEM
NAMEN, DER NIMMT MICH AUF." MATTHÄUS-
EVANGELIUM, KAPITEL 18, VERS 5

Lucienne Gabriel kam sich wie eine junge Mutter vor. Den Säugling hatte sie vor die Brust im Tragetuch geschnallt. Über die linke Schulter hing ihr Rucksack an einem Bügel. Mit der rechten Hand öffnete sie vorsichtig die Tür des Wöchnerinnenzimmers. Leise trat sie ein und schloss diese wieder. Die Jalousie des Fensters war weit heruntergelassen. Dennoch brach sich ein Sonnenstrahl helle Bahn durch einen Spalt und ließ das Alleenbild an der Wand gegenüber lebhaft blau erscheinen. Immer, wenn Lucienne dieses Zimmer betrat, wirkte das Bild auf sie wie eine Einladung zum Betreten einer Straße, eines Weges, ja, eines Lebensweges voller Hoffnung.

Im Bett davor lag Ella unter einer geblümten Decke, ebenfalls in Blau gehalten. Langsam tropfte aus einer Infusionsflasche Flüssigkeit in ihren rechten Arm, den sie reglos hielt.

„Sprechen Sie zu ihr", hatte die Ärztin des Gefängnishospitals hier in Vancouver geraten. „Nach der Sepsis und der Geburt hat Ella sich zurückgezogen aus dieser Welt, zunächst. Aber sie kann zuhören. Wenn Sie ihr eine Tür anbieten, die sie öffnen kann, kehrt sie zurück ins Leben."

„Guten Morgen, Ella", grüßte Lucienne und suchte den Augenkontakt mit der Patientin. Ihre Augen waren geöffnet und sie blickte wohl ebenfalls auf die blaue Allee. Neben dem Bild standen zwei

Lehnstühle. Auf einem setzte Lucienne ihren Rucksack ab und erzählte weiter.

„Dein Junge ist bei mir. Er hat gut geschlafen. Sieh mal, er hat auch schon seine Augen offen! Ich nehme ihn jetzt aus dem Tragetuch, so, siehst du?"

Sie hielt das Baby vorsichtig mit beiden Händen in Ellas Blickrichtung. Dann setzte sie sich auf den zweiten Lehnstuhl und legte ihn auf ihren linken Arm.

„Weißt du was, Ella?", fuhr Lucienne fort, zu erzählen. „Mir ist, als sei es gestern gewesen, dass ich das vierte unserer Kinder geboren hatte. Auch ich konnte damals nicht stillen und gab nur das Fläschchen. So, hier hol ich es aus dem Rucksack. Ich fühle die Temperatur mit einem Tropfen an meinem Handgelenk: genau richtig! Jetzt bekommt der Kleine den Sauger in den Mund. Der Junge lechzt mit den Lippen nach Flüssigkeit und trinkt gierig! Luftblasen blubbern auf den Boden des Fläschchens."

Ihr war, als habe Ella den Blick ein wenig in Richtung des Kindes gewendet.

„Ich will darauf achten, wann das Fläschchen leer ist. Damit der Junge nicht zu viel Luft schluckt. Ja, ich habe auch schon Enkelkinder als Babys im Arm gehalten. Immer wieder. Spätestens dann habe ich mich völlig in die Lage meiner Töchter versetzt gefühlt. Ich habe dir bereits im Zug davon erzählt. Das war schon immer so. Du hattest das erkannt. Auch heute muss ich zugeben: So viel Einfühlung ist nicht ohne Gefahr, wenn ich mich nicht abgrenze. Manchmal weiß ich dann nicht mehr, wer ich bin, und habe Zweifel an meiner Identität. Heute ist mir klar: Das kommt nicht nur in der Jugend vor. Ich könnte jede oder jeder sein. Eine Mörderin oder eine Polizistin, die Mörder jagt. Jede Rolle passt zu mir. Vielleicht ist das die Voraussetzung, meinen Beruf ausüben zu können. Wir alle verändern uns. Nur gestehen wir uns selten ein, wie weit das wirklich geht.

Ach, das Fläschchen wird leer. Ich sehe die Schnulleröffnung durch den Boden. Da nehme ich den Kleinen jetzt an die Schulter, mit Spucktuch. Ich muss einen Moment aufstehen. So, jetzt sitzt er gut auf meinem Arm. Klopfen, sachte. Ach da: ein Bäuerchen! Hörst du?"

Lucienne sah Ellas Blick unverändert auf das große Bild gerichtet. Mehrmals ging sie nun mit dem Kind von dieser offenen Allee zum Fenster hin und her. Ihr Schatten schwärzte das Bild, wurde wechselnd kleiner und wieder größer. Unter der Bettdecke lag Ella weiterhin reglos. Schließlich setzte Lucienne sich wieder auf einen Lehnstuhl, legte das Baby in den linken Arm und gab ihm einen Schnuller.

Blinzelnd sah sie in das Morgenlicht, das unter der Jalousie langsam wanderte. Sie wusste, bald würde es wieder dunkler im Zimmer.

„Ach Ella, der Kleine ist zufrieden. Aber weißt du, ich glaube, niemand sollte alleine sein. Zumindest ist das sehr schwer. Man wird auch verschroben!" Sie lachte kurz. „Das merke ich an mir selbst, spätestens, seitdem ich Witwe bin, schon seit acht Jahren. Aber eins will ich dir erzählen!" Ihre Stimme wurde heller, fröhlicher. „Du kennst doch den Inspecteur aus Quebec, Paul Bongard?" Ella reagierte nicht, doch Lucienne fuhr fort. „Ich habe ihn getroffen. Zum ersten Mal an der Pacific Railway Station, als wir hier ankamen. Ich habe nur ihn gesehen, Paul. Wir sahen uns an und haben uns verstanden. Damit endlich etwas passiert in meinem Leben, habe ich mir seine Visitenkarte geben lassen. Und ihn eingeladen. Zum Abendessen. Stell dir vor: Er hat sehr höflich darum herumgeredet und ich begann schon, eine Enttäuschung zu spüren. Aber er hat zugesagt!"

Lucienne schloss kurz die Augen und genoss das letzte Morgenlicht, das sie noch erreichte.

„Ich rede zu mir selbst, vielleicht, aber etwas auszusprechen hilft. Ja, Ella, durch dich ist das passiert, so hast du mir geholfen. Aber vielleicht kann ich dir auch etwas helfen. Sieh mal ..."

Lucienne griff mit ihrer rechten Hand in den Rucksack.

„Nein Ella, es gab keine Briefe postlagernd für dich. Aber du hast mir doch deine Handtasche überlassen, als es dir so schlecht ging im Express. Ich sollte alles regeln. Da habe ich die Notiz gefunden, dass dein Freund dir in der ‚Vancouver sun' an einem Dienstag etwas schreiben will. Ich habe die letzte Zeitung vom Dienstag nach der Überschrift ‚Sonnenstrahl' durchsucht. Tatsächlich!", Luciennes Stimme wurde lebhafter: „Es gibt einen Leserbrief mit der Überschrift: ‚Sonnenstrahl'. Ich habe ihn dabei, so, da zieh ich ihn aus dem Rucksack. Ich darf dir vorlesen?"

Ella reagierte nicht. Lucienne biss sich kurz auf die Unterlippe, breitete die Blätter des Briefes auf der Bettdecke aus und begann:

„Tief bin ich gefallen. Meinen Mund füllte Erde, auf die ich stürzte. Meine Hände griffen das zerfallene Laub des letzten Herbstes. Den Winter spürte ich noch. Es fehlte jede Wärme. Mir war, als sei der Boden unter mir kalt wie Eis gewesen. Meine Zunge sprach nicht. Sie spuckte Unrat aus. Doch wenn ich jetzt wieder tief einatme, spüre ich neue Kraft. Die Kraft reicht, mir die Maske vom Gesicht zu ziehen. Sie hat gereicht, nicht mehr zu fliehen vor meiner Vergangenheit. Die Flucht hat ein Ende. So viele Menschen habe ich enttäuscht und schreckliche Schuld auf mich geladen. Früher war einer meiner ersten Gedanken, aus dem Leben zu scheiden. Aber so trage ich keine Verantwortung! Nein, ich suche Schutz bei der Polizei und Hilfe bei Ärzten. Endgültig. Niemand soll mehr sterben, ohne sein Leben gelebt zu haben. Die Mafia bedroht mich nicht mehr. Es führen noch Wege zu dir. Die mich betreuen, wollen das möglich machen. Sei zuversichtlich. Sei gewiss: Alles wird gut."

Lucienne sah von dem Blatt auf, woraus sie langsam vorgelesen hatte. Es lag auf dem Bett. Lucienne schaute in Ellas Gesicht. Es war weicher geworden. Seitlich lag ihr Kopf, das Kissen unter ihr war dunkel und nass. Zitternd nahm Lucienne das Baby von ihrer Schulter.

„Sieh, mein Kleiner: Deine Mama ist zum Leben erwacht. Sie weint, still, aber sie weint. Komm, ich lege dich dazu. Du kannst ihren Geruch kennenlernen, ihre Wärme spüren. Sie wird dir einen Namen geben. Nein, du kannst nicht fallen. Hier liegst du gut."

39. KAPITEL

ZWISCHEN GESETZ

UND WIRKLICHKEIT

„DANN KANN JEDER, DER EINEN MENSCHEN GETÖTET HAT,
DER NICHT SEIN FEIND IST, IN DIESE STÄDTE FLIEHEN."
5. BUCH MOSE, KAPITEL 19, VERS 4

Paul Bongard fand sich wieder in einem dieser völlig ungemütlichen Tagungsräume, diesmal in der Polizeizentrale von Vancouver. Auch hier standen glattpolierte Tische in einer U-Form verteilt, allerdings waren sie grau. Somit farblos. Genauso die Tapete ringsum. Es gab darauf ein Muster von feinen Linien und Punkten. Sie erschienen ihm wie die Botschaft lang zurückliegender Zeiten, die verblassten. Als seien auf dem Papier dieser Tapete Geschichten des Lebens niedergelegt worden, die inzwischen alleine durch die Zeit oder vielleicht doch durch andere Kräfte ihrer Inhalte beraubt waren. Die Vergangenheit war unkenntlich gemacht, um Gegenwart neu zu beschreiben. Bongard kam es vor, als blickte er auf ein vollständig leeres Blatt ohne Botschaften menschlicher Vergangenheit.

Wie im Traum erlebte er den vierschrötigen Quarterback Bancroft, sein Schütteln der Hände, das Vorstellen der Anwesenden: außer Mireille Wéber auch Blanche, ja tatsächlich, extra aus Quebec angereist, Renée Blanche, dann Hermits, Officer Shearer und zuletzt? Unendlich lange lag die Erinnerung an den Mann zurück, dem Bongard jetzt gegenüberstand. Vor grauer Wand war sein grauer Anzug nahezu mit den Wänden verschmolzen, als gäbe es ihn eigent-

251

lich nicht, ebenso sein graues Haar zu dem blassen, ausdruckslosen Gesicht und den wässerig blauen Augen. „Samuel Smith vom Secret Service!" Diese Worte Bancrofts dröhnten Bongard in den Ohren. Mit einem Schlag war er hellwach. Richtig. Seine Anfangszeit in Quebec. Das war einer seiner ersten Kollegen, der, wie er selbst sagte, „Höhere Ziele" verfolgte, „zwischen Gesetz und Wirklichkeit etwas verändern" wollte.

Leicht nickten die beiden einander zu. Mireille Wéber stand direkt hinter Bongard und verfolgte sicher, wie er wusste, aufmerksam die Mimik der Männer. Schon packte Bancroft Wéber an bei beiden Händen und stellte sie Smith vor. „Tolle Frau!", dröhnte er. „Die hat Zukunft!" Laut lachte er, rieb sich die Hände und verteilte die wenigen Anwesenden auf ihre Sitzplätze. Bongard erhielt den Platz an der Stirnseite des Hufeisens, neben ihm Wéber zur Linken, Bancroft zur Rechten, vor ihm ein riesiger Blumenstrauß. Wéber stieß ihn sacht in die Seite und grinste. „Es kommt, was kommen muss!", murmelte er leise.

Boris Bancroft begann, zu sprechen. Mit jedem Wort schien er zu wachsen. Seine Stimme klang dunkel und klar. „Danke, Mr. Smith, für die Mitteilungen des Secret Service. Die Code-Mitteilungen der Mafia wurden entschlüsselt!" Kurz unterbrach Bancroft und blickte triumphierend in die Runde der Anwesenden. Paul Bongard musterte die Gesichter aller kurz mit halb geschlossenen Augen durch seine Wimpern. Mireille Wéber trommelte kurz mit den Fingern auf der Tischplatte. Smith blickte weiterhin drein, als sei er gar nicht da. Hermits und Blanche rissen die Augen auf.

„Jawohl!" Bancroft griff eine Akte, öffnete sie, rückte seine Brille zurecht, so eine altmodische mit schwarzem Hornrand und Glasunterteilung, nahm eine noch aufrechtere, steife Haltung an und begann zu lesen. „Es gibt Mitteilungen, die von Mafia-Angehörigen in ganz Kanada gelesen werden. In einer Tageszeitung, tatsächlich. Selbst im Feuilleton der ‚Vancouver Sun' z. B., unter der Rubrik ‚Kultur'. Alle drei Monate gibt es dort einen Beitrag zur italienischen Literatur. So aktuell ein ausgewähltes Märchen des Pentamerons. Kennt das jemand?" Bancroft sah sich interessiert im Kreis der Zuhörenden um. Paul Bongard wollte schon seine Hand heben. Aber Mireille Wéber hob warnend die Augenbrauen, als er sie ansah. Dann bemerkte Bongard, dass Smith sie beobachtete und verstohlen grinste.

„Lassen Sie es sich erklären!", fuhr Bancroft fort. „Im siebzehnten Jahrhundert schrieb Giambattista Basile, ein neapolitanischer Literat, einen Zyklus von fünfzig Märchen, angeblich für Kinder. Aber in Wahrheit bot er Erwachsenen einen Einblick in die Seelenabgründe und die verdorbene Sprache seiner Heimat. Was gleichermaßen politisch kritisch war. Jedenfalls beschreiben an fünf Tagen jeweils zehn Märchen von zehn ausgewählten Erzählerinnen unglaubliche Dinge. Am Ende wird eine Verräterin, die sich die Ehe mit einem Prinzen erschlichen hat, trotz ihrer Schwangerschaft getötet."

„Die übliche Grausamkeit einer Mafia!", bemerkte Bongard dazwischen und sah Smith fest in die Augen. Der lächelte nun offen und kopfnickend.

„Sie sagen es, Sie sagen es, Bongard!" Bancroft blickte auf und lachte breit. „Also, es wird alle drei Monate ein Märchen dieses Zyklus abgedruckt. Völlig unauffällig. Eingeweihte aber wissen, dass ein nicht originaler Text, also nicht von Batiste stammend, geschickt eingefügt ist. Dieser enthält eine wichtige Botschaft für alle Mafiosi in Kanada." Wieder pausierte Bancroft strahlend, als erwarte er Beifall.

„Großartig!", kommentierte Bongard, in der Hoffnung, ihn zum Fortfahren anzufeuern. „Sie geben uns sicher ein Beispiel?"

„So ist es, so ist es! Und zwar ein aktuelles!" Bancroft setzte sich nochmals zurecht und blätterte um. „Hier, aus der ‚Vancouver Sun' vor vier Wochen: zuerst also der original Märchentext vor der verschlüsselten Botschaft.

Wer die allerhöchsten Berge erklimmen will und dabei hinabstürzt, hat sich den Schaden selbst zuzuschreiben, wie euch die Geschichte einer Frau vor Augen führen wird, die, nachdem sie Krone und Zepter verschmäht hatte, froh sein musste, in einem Stall Unterschlupf zu finden. Doch gefällt's dem Himmel, dass man sich den Schädel wund stößt, so sorgt er immer auch für die Pflaster; denn niemals setzt es bei ihm Strafen ohne Liebkosungen, niemals gibt's die Peitsche ohne Zuckerbrot."

Wieder schien es Bongard so, als verbreite die nun ruhige, tiefe Stimme Bancrofts nur gute Botschaften für diese Welt und er überlegte, ob dieser eine der Geschichten Kindern vorlesen würde, wenn er zum Beispiel Enkel hatte. Soeben gab es wieder eine Kunstpause, bevor Bancroft fortfuhr, indem er erhobenen Blickes und Zeigefinger mitteilte: „Nun also die Einlassung und Botschaft der Mafia!" Bancroft vertiefte sich wieder in seine Akte und las bedächtig vor:

„Selbst ein Raubvogel, den der Sturm aufs Eis schlägt, bleibt nicht ohne Hoffnung. Einmal ist es genug auf dieser Welt mit Strafen. Wenn schon ein Priester das Leben verlor in aller Unschuld, mag der Himmel die rastlosen Rächer verstummen lassen und dem Vogel die letzte Bleibe gewähren. Nicht ohne angemessen zu strafen, jeden, der seine Grenzen nicht erkennt und dies nicht respektiert. Dem Gestürzten also sei Friede beschieden. Da war einmal, so wird erzählt",

Bancroft unterbrach und blickte auf. „Der letzte Halbsatz ist wieder das originale Märchen von Batiste."

Schweigen breitete sich aus. Paul Bongard spürte ein Gefühl der Zufriedenheit, das ihm ein Lächeln ins Gesicht zauberte. Ihm gegenüber ging es Samuel Smith offenbar genauso. Bongard spürte Wébers Blick, die forschend sein Gesicht betrachtete. Sie schwieg wohlweislich.

„Was sagt uns das jetzt?", unterbrach Hermits barsche Stimme die Stille. „Boris, spann uns doch nicht auf die Folter!"

Bancroft machte abwehrende Handbewegungen. „Nicht so schnell. Es sollen hier alle Informationen geboten werden, soweit aktuell noch möglich." Dabei sah er mit einem Lächeln und wieder hochgezogenen Augenbrauen Smith bedeutungsvoll an.

Dann winkte er seiner Polizistin, tätig zu werden. „Officer Shearer, zeigen Sie doch die Bilder der Überwachungskameras!"

„Sir, von der Pacific Railway Station?"

„Richtig!"

Eine Leinwand fuhr surrend herab vor das offene Ende der U-Formation der Tische. Bongard schloss die Augen, legte den Kopf leicht in den Nacken und atmet tief durch.

„Ungeduldig?", wisperte ihm Wéber zu.

Er nickte. „Ist doch klar, was es gibt!"

„Und zwar?"

„Nichts!"

Vor ihnen tauchten wechselnde Bilder von Bahnsteigen und Ausgängen auf.

„Hier!" Officer Shearer wählte ein Video-Fenster, vergrößerte es und demonstrierte: „Sehen Sie, ein Strom von Fans der UBC-Thunderbirds verlässt den Bahnhof. Die meisten konnten wir noch kontrollieren. Da. Ein großer Mann in Raubvogel-Kostüm muss die Maske abnehmen. Ein blonder Albino, jedenfalls war er leichenblass bei der Kontrolle und nicht unser Gesuchter, den sie John Irving nennen."

Weiter liefen gleichzeitig zahlreiche jetzt verkleinerte Filmbilder im Zeitraffer, kachelweise über die Leinwand verteilt. Bongard empfand das als ausgesprochen künstlerisch. Bilder mit Knoten von Menschenansammlungen waren wohl verstreut zwischen solchen mit leeren Bahnsteigansichten. Schließlich klickte Officer Shearer einen Film heraus, der vergrößert alleine abschließend die Leinwand füllte. Es waren die Dudelsackspieler in Schottenkilts mit ihren Instrumenten, die fröhlich in die Videokamera winkten. „Sie sehen, auch in der Kapelle hatte er sich nicht versteckt!" Shearer lachte noch einmal, dann verlosch der Film auf der Leinwand, die wieder surrend hochfuhr.

„Na großartig!", schimpfte Hermits in mauligem Ton. „Da haben wir, seien wir ehrlich, nun rein gar nichts zum Lachen. John Irving ist uns entwischt!"

„Nur die Ruhe, Herman", versuchte Bancroft ihn zu beschwichtigen. „Wir haben noch etwas. Officer Shearer, lesen Sie vor aus der ‚Vancouver Sun' von letzter Woche!"

„Sehr wohl, Sir!" Die Polizistin hatte sich wieder gefangen, blickte ernst, faltete eine Zeitung auseinander und las vor: „Am frühen Morgen des gestrigen Tages, kurz vor Sonnenaufgang, machte der Sicherheitsdienst der University of British Columbia einen grausigen Fund. Dort, wo der Eishockey-Club der UBC-Thunderbirds sein letztes Liga-Spiel ausgetragen hatte, fand sich auf dem Eis der Leichnam eines Selbstmörders. Das zumindest ist die bisherige Annahme. Ein schwarzes Federkleid bedeckte eine Figur, die mit ausgebreiteten Armen im Flügelgewand auf dem Eis lag. Eine Raubvogelmaske verhüllte den zertrümmerten Schädel. Eine Blutlache bedeckte großflächig und sternförmig das Eis, ausgehend von dem Toten. Die herbeigerufene Polizei des Bundesstaates untersuchte den Fall. Die Kriminaltechnik geht davon aus, dass der Mann sich vom Stadiondach auf das Eis gestürzt hatte. Bis auf weiteres handelt es sich offiziell um einen Unbekannten. Gestern aber erreichte uns die Information, dass ein Abgleich der Biomasse zu beweisen scheint, dass es sich um den Gesuchten John Stewart alias Irving handeln könnte, der im gesamten Süden Kanadas zahlreiche Morde verübt hat. Nur das Beispiel der McCartey-Brüder, deren Zwillingsexistenz lange unbekannt war, ließe noch einen theoretischen Zweifel zu. Eine Vernehmung der Mutter des Toten aber, die selbst wegen Mordes im Frauengefängnis von Quebec-City ihre Strafe verbüßt, scheint auszuschließen, dass der Gesuchte ebenfalls einen Zwilling hatte."

Officer Shearer setzte sich wieder aufrecht, legte die Hände aufeinander und sah Bancroft an.

„So weit der Zeitungsbericht, Sir!"

Mireille Wéber berührte sacht den Arm von Paul Bongard. „Fragen!", wisperte sie. „Darauf kommt es doch an!"

Bongard schüttelte kaum merklich den Kopf. „Hier haben alle Fragen ein Ende", antwortete er leise. „Du wirst sehen!" Das Murmeln der beiden blieb das Einzige, was eine Stille störte, die sich lange hinzog.

Herman Hermits war der Ungeduldigste von allen. Er trommelte mit den Fingern auf den leeren grauen Tisch und bellte plötzlich:

„Was soll das? Diese Informationen sind doch vollkommen unklar! Was ist denn nun mit John Irving? Los, Boris, klär uns auf!"

Sein vertrauter Kollege sah ihn stirnrunzelnd an. Dann glättete sich seine Mimik, er setzte sich betont aufrecht, machte eine beschwichtigende, nahezu segnende Handbewegung und schlug einen feierlichen Ton an. „Verehrte Anwesende!"

Bongard wurde bewusst, dass er ja neben dem Polizeichef von Vancouver saß und alle Augen auch auf ihn gerichtet waren. Darum bemühte er sich ebenfalls um einen feierlichen Gesichtsausdruck. Was ihm schwerfiel. Dazu knirschte er gewohnheitsmäßig mit den Zähnen. Ein kurzer Blick zu Mireille Wéber zeigte ihm, dass diese sich auf die Lippen biss, um ein Lachen zu unterdrücken. Ein Blick zur anderen Seite bot ihm den irritierten Gesichtsausdruck von Bancroft, der ihn veranlasste, das Zähneknirschen sofort zu beenden.

Mit einer Hand wies Bancroft auf ein Dokument mit Siegel im Briefkopf: „Dies ist eine Anordnung der Innenministerien von Quebec, von British Columbia und der Regierung in Ottawa!" Mit einer Kunstpause ließ er diese Ankündigung wirken. Bongard knetete geduldig seine Hände unter der Tischplatte. „Alle Informationen, die sie hier gehört haben und gleich hören werden, dürfen diesen Raum nicht verlassen!" Bongard legte seine linke Hand auf den Tisch und wendete sie zweimal offen und geschlossen. Das war der nonverbale Code, mit dem er Wéber mitteilte: „Dachte ich mir schon!"

„Darum ist dieser Kreis klein gehalten, verehrte Damen und Herren", erläuterte Bancroft weiter. „Die innere Sicherheit Kanadas verlangte, die Vorgänge um den Mann, den sie John Irving nennen, an den Secret Service abzugeben. Mister Samuel Smith wird uns berichten!"

Mit beiden ausgestreckten Armen wies Bancroft auf den Mann in Grau, der sich langsam erhob und dennoch kaum zu sehen war vor der grauen Wand. Er verbeugte sich nach allen Seiten. „Vielen Dank, Police-Director Bancroft", begann er. Bongard erkannte die Stimme wieder, die mit mildem Bariton Bericht erstattete, zurückhaltend, pflichtbewusst.

„Hintergrund der geänderten Zuständigkeiten ist die Umstrukturierung der organisierten Kriminalität in Kanada. Durch die angekündigte Legalisierung von Cannabis werden Einnahmequellen fortfallen. Als Alternative rücken immer mehr legale Geschäfte in den Vordergrund, mit Immobilien, zum Beispiel, mit Kreditgeschäften, jedenfalls mit dem bisherigen reingewaschenen Kapital als Starthilfe. Mord ist nicht mehr an der Tagesordnung. Mehr noch: Das ist absolut unerwünscht. Die Ereignisse um John Irving sollen letzte Auswüchse gewesen sein. Man wird sehen."

Samuel Smith nahm die Wasserkaraffe vor ihm, goss daraus sorgfältig in ein klares Glas, stellte die Karaffe ab, nahm das Glas, hielt es einen Moment vor seine Augen, sah das dezente Perlen der Kohlensäure, nickte, nahm einen Schluck und setzte das Glas wieder ab. Genauso, wie Bongard ihn von damals kannte: nur keine Übereilung! Jetzt würde er das Entscheidende vortragen.

„Die Botschaften der kanadaweit verbundenen Mafiastrukturen konnten wir aus Feuilletons zahlreicher Zeitungen Kanadas mit gleichlautenden Texten regelmäßig verfolgen und entschlüsseln. Vielleicht ist das auch gewollt. Die zentrale Botschaft hier lautet: Die Jagd auf John Irving ist beendet. Daran haben wir keinen Zweifel. Zur Sicherheit aber", erneut vollführte Smith sein sorgfältiges Trinkritual, hob wieder sein Glas, blickte lange auf das Sprudeln des Wassers, nahm das Glas an den Mund, sog, schluckte, setzte das Glas behutsam wieder ab und fuhr fort:

„Zur Sicherheit und zur Beruhigung der Öffentlichkeit hat die Mafia den Artikel über den angeblichen Tod des gesuchten John Irving in die Presse lanciert. Der Fund auf dem Stadion-Eis konnte wegen der frühmorgendlichen Zeitangabe ja nicht wirklich von Dritten kontrolliert werden. In Wahrheit war nichts passiert und die Polizei informiert, aber nicht beteiligt. Das organisierte Verbrechen ist nicht dumm. Es besteht mit dem Secret Service das Übereinkommen der Gewaltfreiheit, nicht nur in diesem Fall. Jedenfalls verschwindet der Gesuchte offiziell aus der kanadischen Öffentlichkeit. Die Innen- und Justizministerien unseres Landes stellen die Rechtsstaatlichkeit sicher. Andere Betroffene werden, soweit möglich, informiert und geschützt." Smith verbeugte sich nochmals und nahm wieder Platz.

Einer ungläubig wirkenden Stille folgte murmelnder Gedankenaustausch auf allen Plätzen. „Was ist mit Ella und der Schwangerschaft?", zischelte Mireille Wéber ihrem Chef zu. Der hob und senkte seine flache Hand mehrfach über dem Tisch und zeigte kurz einen aufrechten Daumen. Alle anderen Anwesenden runzelten zunächst die Stirn, dachten offenbar nach und entspannten sich wieder.

Alle, außer Hermits. „Boris!", wetterte er, „was ist denn nun? John Stewart alias John Irving, ist er tot oder nicht?"

Lächelnd erhob sich Bancroft, stand auf, trat hinter Hermits, beugte sich zu ihm herab und klopfte sacht auf dessen Schulter. „Er lebt, aber unter anderer Identität. Vorerst in der Psychiatrie, Sicherheitsverwahrung."

Dann richtete sich Bancroft auf und rief fröhlich: „Die Arbeit ist beendet. Jetzt gibt es was zu feiern!" Er winkte Officer Shearer zu, die aus dem Kühlschrank einer Zimmerecke zwei Flaschen Sekt entnahm, diese Bancroft in die Hand drückte und schließlich ein Tablett mit Sektgläsern herbeischaffte. Abwartend stellte sie sich neben ihren Chef, der mit einem Plop schon die erste Flasche entkorkt hatte. „Madame Blanche! Sie sind dran!"

Die Angesprochene holte drei schmale Urkundenmappen und ein schwarzes Etwas hervor, das wie ein Schmuckkästchen wirkte. Alle standen auf, verließen ihre Plätze und traten in die Mitte des Hufeisens der Tischordnung. Wie verabredet schauten alle auf Bongard und nahmen vor ihm Aufstellung.

Er schmunzelte. „Madame Blanche, was wissen hier alle, was ich nicht weiß?"

Die Angesprochene lachte. „Ah, Monsieur Bongard, so lange kennen wir uns schon und nichts kann Sie wirklich überraschen. Violà, diese Urkunde enthält?"

Bongard öffnete die Arme weit und bekundete mimisch Unwissen.

„Auch im Namen des Innenministers überreiche ich Ihnen die Entlassungsurkunde, nicht ohne eine Beförderung zum Chief-

Inspecteur zur Erhöhung Ihrer Rentenansprüche. Bitte sehr." Sie zwinkerte ihm zu und er nahm beidhändig die in Leder eingebundene Mappe. „Gleichzeitig, Madame Wéber! Nein, kein Grund zu erschrecken, hier Ihre Ernennungsurkunde als Nachfolgerin Ihres Chefs, Inspecteur Wéber!" Bongard betrachtete die überraschte Kollegin mit einem Gefühl der Rührung. „Alors, Mesdames. Messieurs!", fuhr Renée Blache fort. „Die besonderen Verdienste von Ihnen beiden in der jetzt abgeschlossenen Jagd auf Mörder und Mafia können nicht hoch genug geschätzt werden. Nein, Mister Bancroft, noch nicht der Sekt. Zuvor", sie öffnete die kleine Schatulle, „überreiche ich, wiederum im Namen des Innenministers von Quebec und auch des Ministerpräsidenten von Kanada, Ihnen, Monsieur Bongard, mit einer weiteren Urkunde diesen Orden als ‚Member des Orders of Canada'. Ja, Sie haben sich verdient gemacht, heute und in den Jahrzehnten Ihres Dienstes. Ich darf Ihnen das überreichen?"

Paul Bongard war völlig überrascht. Er sah, wie Bancroft Gläser füllte und weiter verteilte, wie Mireille Wéber sich vor ihm verbeugte und Samuel Smith angedeutet salutierte. Wéber gab ihm ein Sektglas und flüsterte: „Wie fühlst du dich? Du musst gleich etwas sagen." Er gewann seine Fassung zurück, lächelte und antwortete leise: „Geehrt, in einer Reihe mit Henry Morgenthaler und Norval Morisseau zu stehen, und vor allem: erleichtert. Eine Last fällt ab von meinen Schultern."

EPILOG

Zufrieden betrachtete John das Bild an der Wand: die Kopie von Fjodrs Ikone, die er Ella geschenkt hatte.

„Ellas Wohnung in Quebec ist verlassen“, berichtete ihm Lucienne Gabriel, seine begleitende Psychologin in der forensischen Psychiatrie von Vancouver.

„Verlassen?“, frage John und blickte weiter auf diese Ikone: Golden strahlten die Flügel des Engels, der Maria die Geburt Jesu verkündete, vor tiefblauem Himmel. Weit breiteten sich seine Flügel aus, umrahmten geradezu das Bild und schützten die verängstigte junge Frau. Ja, genauso erinnerte und liebte er die Darstellung.

„Woran denkst du?“, fragte Lucienne Gabriel. John atmete heftig, verspürte Herzrasen und einen schmerzhaft trockenen Mund.

„An Fjodr. Dass er getötet wurde, geköpft, gequält oder gefoltert dazu. Genauso mein Onkel.“ Johns Stimme versagte. Lucienne trat ans Waschbecken, füllte ein Glas mit Wasser und reichte es ihm. Er nickte dankend und trank langsam mit kleinen Schlucken. Sein Atmen und Herzrasen kamen zur Ruhe, während er unverwandt das Bild betrachtete.

Seine Zunge löste sich. „Was ist mit Ella?“, fragte er schließlich.

Lucienne berührte sacht seinen Arm. „Was wünschst du dir?“

„Dass es ihr gut geht!“ Mit einem letzten Schluck und einem tiefen Atemzug wandte sich John seiner Besucherin zu. „Du wolltest mir heute etwas mitteilen?“

„Richtig, es hat mit Ella zu tun, die ich auf dem Weg nach Vancouver getroffen habe.“

Johns Lippen pressten sich zusammen. Seine Augen blickten ausdruckslos in die Ferne. Das Glas verfehlte den Mund; denn die Hand zitterte. Dann klammerten sich die Finger um den Rand des dünnen Glases, das zerbrach, lösten sich wieder und griffen ins Leere. Die Glasstücke fielen herunter. Ein Klirren begleitete den Aufprall und Splitter verstreuten sich auf den Fliesen des Krankenzimmers. Johns Hand blutete.

„Bob!", rief Lucienne durch die offene Tür nach draußen. Ein großer Pfleger blickte ins Zimmer. „Wir brauchen einen Verband!"

Der Pfleger nickte. „Mitkommen!", sprach er.

Lucienne drückte John ein Handtuch auf die Wunde und leitete ihn den Gang hinunter, dem Pfleger nach, der mit strammen Schritten voranging, schließlich eine Tür öffnete und sofort in die Schublade eines grünen Medizinschranks griff.

„Verbandzimmer!", erklärte er mit einem Seitenblick auf John, dessen Wunde er fachmännisch versorgte: Auf eine hohe Polsterliege platziert, wurde das Handtuch beiseitegelegt, Desinfektionsmittel aufgesprüht, Splitter mit einer Pinzette entfernt und ein Druckverband angelegt. Kaum noch Blut.

„Tut es weh?", fragte Lucienne.

John schüttelte den Kopf. „Ich spüre und fühle wenig. Selten weiß ich, was es bedeutet, wenn mein Körper reagiert. Aber", er sah Lucienne lächelnd an, während er dem Pfleger seine Hand hinhielt, „es ist besser geworden. Unerwartete Situationen bleiben ein Problem. Vorbereitung wäre gut."

Lucienne nickte. „Verstehe. Das betrifft auch Ella?"

„Genau."

„Es geht dir besonders nahe, was sie betrifft, und du hast Angst?"

John schüttelte den Kopf. „Angst nicht mehr."

„Gut, dann würdest du bei ihrem Besuch mit der Situation umgehen können?"

John biss sich auf die Lippen, schloss und öffnete wieder die unverletzte Hand und antwortete: „Sicher. Es ist doch das, was ich mir wünsche."

Der Pfleger stand stumm und stramm. Sein reaktionsloses Gesicht ließ vergessen, dass jemand dem vertraulichen Gespräch beiwohnte. Im Moment des Schweigens brachte er ein Wort hervor: „Weiter!"

„Ach ja", Lucienne wies auf den Gang draußen, „worum es heute zunächst geht, erklärt dir der neue Chefarzt in seinem Büro."

Schon stürmte der Pfleger auf den Gang und schritt winkend und eilend voran. „Hierhin!", erklärte er und fügte bald hinzu: „Termin!"

Im Vorbeigehen sah John wieder einmal die Fotografien der Chefarzt-Ahnen und des gesamten aktuellen Personals mit Namensbenennung. So bewirkte jeder Gang hier für ihn eine Vertiefung in seinem fotografischen Gedächtnis und bescherte ihm ein freundliches Lächeln von allen, denen er hier begegnete und die er namentlich grüßte. Ja, er hatte gelernt, den Kopf oben zu halten, Blickkontakt zu suchen und sich nicht mehr vor dem Lächeln anderer zu fürchten. Die Wege hier waren ihm inzwischen vertraut. Vorbei ging es an Bildern mit Plakaten aller historischen olympischen Spiele, unterbrochen von Glasfronten, hinter denen Kleingruppen gymnastische Übungen machten oder im blauschimmernden Wasserbecken schwammen. Nach zweimaligem rechtwinkligen Abbiegen näherten sie sich einer kleinen Wartehalle mit Hinweisschild: „Bitte Platz nehmen!"

Der Pfleger Bob stand wieder stramm, wies auf eine Tür und sagte: „Hier!" Dann sah er John an und sagte: „Mister X!"

John schüttelte den Kopf. „Lucienne, Bob erinnert mich an diese Pfleger aus Toronto, und im Übrigen, habe ich keinen Namen mehr?"

„Doch, doch, du wirst es gleich verstehen, was man dir vorschlägt."

„Kann ich mir fast denken", murmelte John.

Dann verschlug es ihm die Sprache. Das Schild auf der Tür des Chefarztes hatte sich geändert: Professor Harvey Hawkins. Geradewegs schritt Lucienne auf diese Tür zu, klopfte, hielt kurz inne, es schallte „Herein!", sie öffnete und beide betraten das Büro. Lautlos fiel die Tür zu.

Vier Personen standen im Halbkreis wie ein Empfangskomitee. John erkannte neben einem weiteren großen, ausdruckslosen Pfleger den Professor, der zur Begrüßung kurz die Arme ausbreitete.

„Guten Tag, John! Nicht wundern, ich bin es wirklich!" Hawkins verschränkte die Hände und sprach weiter. „Man hat mir diese Abteilung ebenfalls anvertraut, wegen meiner Expertise und der besonderen Erfahrungen in Toronto. Zwei Standorte, eine Kleinigkeit! Mal eben mit dem Flugzeug. Nicht unüblich in userm Kanada." Er machte eine wegwerfende Handbewegung. Dann wies er auf die Dame im weißen Kittel neben ihm. „Mistress Johnson, meine Sekretärin!"

Diese lächelte und grüßte mit einem Kopfnicken und sprach ihn kurz an: „Mister Stewart!"

Das veranlasste den Herrn neben ihr seltsamerweise abwehrend mit dem Kopf zu schütteln. Dieser Herr war mittelgroß und von völlig unauffälligem Äußeren. John blickte wieder auf Mistress Johnson, die auffallend rote Haare hatte und eine Goldkette um den Hals trug. Ihr Lächeln war sehr markant, die Augen strahlten blau über einer Hakennase. Schon hatte John vergessen, wie der Herr neben ihr aussah. Das kam wirklich selten vor.

„Setzen wir uns doch!", lud der Professor ein und wies auf die nahe Couchgarnitur. „Mistress Johnson und Pfleger Sam, Sie warten bitte nebenan!" Still verließen beide den Raum durch eine Nebentür.

Nochmals wies der Professor auf die Couchgarnitur. Schwarzes Leder auf weißen Fliesen. Das alles vor hellblau tapeziertem Hintergrund. Keine Bilder. Bald saß man in zufälliger Reihenfolge. Der unscheinbare Herr allerdings blieb stehen. Der Professor, genau gegenüber John sitzend, erklärte:

„Der Gute steht immer, ich kenn ihn gar nicht anders! Na ja, Madame Gabriel kennen Sie, John, ja inzwischen." Erklärend wandte er sich an den ‚Guten'. „Psychologin Gabriel arbeitet jetzt teilzeitig bei uns und unterstützt die Integration einzelner Patienten. Zurzeit kümmert sie sich um John Stewart, genannt Irving. In unserer Klinik wird er trotz seiner Tötungsdelikte mehr als Patient und weniger als Verbrecher behandelt. Weil wir seiner sehr sicher sind!"

Er wandte sich jetzt diesem zu. „Wie geht es Ihnen inzwischen?"

„Danke, täglich besser. Was wollen Sie mir mitteilen?"

Professor Harvey erläuterte: „Mister Stewart. Es bleibt dabei, unter der laufenden Medikation gesunden Sie vollständig. Sie werden niemand mehr töten. Ein Krankheitsschub hat Sie aus der Bahn geworfen. Auch andere Ursachen spielen eine Rolle: Herkunftsfamilie, Verluste in der Lebensgeschichte, einige erbliche Merkmale. Wir sprachen schon in Toronto darüber."

„Bedeutet das eine lebenslange Medikation?", fragte John in einer Atempause des Professors.

Der lächelte erstmals und schüttelte den Kopf. „Die jetzige Phase, man nennt es einen ‚Schub', wird einmal enden. Wir begleiten Sie und werden das dann feststellen. Es kann aber Jahre dauern."

„So lange bleibe ich hier?"

Hawkins machte eine abwägende Handbewegung. „Aus medizinischer Sicht nicht unbedingt. Da hat unser Gast, stellvertretend für die Justizbehörden, ein Wort mitzureden. Er ist übrigens vom Secret Service und sein Name spielt keine Rolle. Wir nennen ihn Smith. Sie können ihn Miller oder McDonald nennen." Kurz lachte der Professor. Dann forderte er den Stehenden mit einer Geste auf: „Sie sind dran!"

„Danke, Herr Professor!"

John sah kaum Lippenbewegungen bei dem Angesprochenen. „Wie ein Bauchredner", kam es ihm in den Sinn.

Der Unscheinbare sah ihn fest aus seinen wässerigen Augen an.

„Die rechtliche Grundlage Ihres Hierseins ist eine Sicherungsverwahrung. Vorerst jedenfalls. Sie wurden einem Richter vorgeführt, als Sie sich nach dem Besuch in einem Italienischen Eiscafé der Polizei gestellt hatten. Dieser hat nach Rücksprache mit Toronto entschieden, dass Sie hier untergebracht wurden. Es wird sicher nochmals eine richterliche Untersuchung geben. Begleitet sind von hier aus für Sie Fremdkontakte möglich. Madame Gabriel wird Sie gleich zu einer Besucherin führen."

John sah die Psychologin an, sah ihr Nicken und wusste, um wen es ging.

Der Fremde wartete eine kleine Weile und sprach weiter. „Wichtig ist aber: John Irving gibt es nicht mehr!"

John nickte. Das hatte er erwartet.

„Ich sehe, Sie haben Verständnis dafür. Sie wechseln ihre Identität zum Schutz vor der Mafia. Auch wenn diese von sich aus alle Verfolgung beendet hat. Im Rechtsverfahren gegen die Familie Venezia in Quebec sind Sie zudem ein Kronzeuge. Sicherheit geht vor."

Wieder folgte eine Pause.

„Meine Mutter?", fragte John schließlich. „Und andere Bekannte, Kapitän McKennitt, Lorena, alte Mitschüler?"

Kopfschütteln war die Antwort. „In der Regel geht das nicht. Sie, John Stewart, sind offiziell tot. Aber es gibt Ausnahmen. Madame Gabriel kümmert sich darum, nach Rücksprache mit uns."

Alle schwiegen. John wandte sich Madame Gabriel zu.

Sie sah ihn erwartungsvoll an. „Willst du in Ruhe darüber nachdenken, über den Namen deiner neuen Identität?"

„William", antwortete John. „William Edward Neel."

Lucienne Gabriel lächelte. „Woher kommt das denn so schnell?"

„Oh, das wundert mich gar nicht!", mischte Hawkins sich ein. „Unser Patient ahnt vieles im Voraus und denkt an viele Dinge gleichzeitig. Stimmt's?" Er wandte sich dem Jungen zu.

John nickte. „Auf dem Weg durch die langen Gänge hierhin wurde mir klar, was ansteht, spätestens, nachdem Bob mich mit ‚Mister X' anredete."

„Und wieso jetzt dieser Name?", wollte Madame Gabriel wissen.

John räusperte sich. „Also: Edward ist der Vorname meines Großvaters. Er lebt, glaube ich, in mir weiter. Seine Sanftmut und Güte haben mich immer angesprochen." John schluckte und wartete einen Moment. Überrascht sah er eine Träne in einem Auge von Lucienne Gabriel. Nach einem tiefen Durchatmen fuhr er fort: „Eine Lady Aston erzählte mir von dem Totempfahl, der auf dem Gelände der University of Columbia steht. Dieser wurden von Ellen Neel geschnitzt und William Scow hat ihn 1948 als damaliger Präsident der Native

Brotherhood of British Columbia der Universität geschenkt." John hielt inne und sah erwartungsvoll in die Runde.

„Was stellt er dar, und was verbindest du damit?", fragte Lucienne Gabriel.

„Richtig", fuhr John fort. „Das erst erklärt ja meine Namenswahl. Also: Der Donnervogel darauf gilt als sehr mächtig und bietet dem Streben der Menschen nach Brüderlichkeit und Frieden seinen Schutz."

Lächelnd sah Lucienne Gabriel den Professor und den Unscheinbaren an. „Na bitte: William Edward Neel. Einverstanden?"

Der Professor öffnete fragend seine Arme und sah ebenfalls auf den Mann vom Secret Service. Der nahm ein Notebook, nickte und schrieb es murmelnd auf. „Alright. D'accord. William Edward Neel."

Professor Harvey Hawkins knetete zufrieden seine Hände und fragte: „John, alles okay so?"

„William bitte, oder William Edward, oder nur Edward. Ab sofort, bitte!"

Lucienne Gabriel wunderte sich. „Geht das einfach so?"

John nickte. „Soll so sein. Das konsequente Einüben und Beibehalten neuer Gewohnheiten schreiben es fest ins Gehirn, ins Unbewusste und stärken es als Automatismus."

Hawkins erhob sich und bemerkte zufrieden: „Das war aus Lektion Nummer eins in unserer Schulung. William behält alles! Nun auf Wiedersehen, hinaus mit Ihnen, William und Madame Gabriel! Die hat ja noch den Besuch für Sie!"

Man stand auf, der Chefarzt holte seine Sekretärin und Sam aus dem Nebenzimmer, öffnete die Bürotüre zum Flur und unterstrich mit wedelnden Handbewegungen seine Aufforderung, die Sitzung abzuschließen und den Raum zu verlassen. Mistress Johnson lächelte John zu. Der Unscheinbare verzog keine Miene. Sam blieb zunächst steif stehen, rührte sich plötzlich und folgte Madame Lucienne und John auf dem Fuße.

Pfleger Bob war auch schon da. „Sicherheit!", bemerkte er.

John erinnerte die Gewohnheit der Einwort-Bemerkungen, die er von den Pflegern in Toronto kannte. Dann lächelte er, sagte „Danke!" und fasste beiden behutsam kurz an den Arm.

Sprachlos erstarrten die Männer wie zur Bildsäule. Sam wurde blass. Bob traten Schweißperlen auf die Stirn. Beide pressten ihre Lippen zusammen. Sachte drängte Madame Gabriel John vorwärts in Richtung seines Zimmers. Die beiden Pfleger folgten in gebührendem Abstand. Ihr Gehen mit steifen Beinen wirkte militärisch.

„Eine Berührung und Gefühlszuwendung sind die beiden so nicht gewohnt!", murmelte Gabriel zu John.

Der sprach laut und frei: „Weiß ich doch. Kenne ich noch von mir selber. Nicht lange her."

„Nenne ich dich ich jetzt William?"

„Richtig!"

Beide bogen ein zweites Mal linkswinklig ab und näherten sich Johns Zimmer.

„Gut, William. Vorhin, das mit den Pflegern, ehemaligen Patienten hier, die ihr Gefühlsleben noch kennenlernen müssen, das war vielleicht etwas seltsam oder fast komisch. Aber wenn du selbst betroffen bist, ist alles vielleicht ernster und schwerer."

„Worauf willst du hinaus, Lucienne?"

Beide standen jetzt vor Johns Zimmertür.

„Bob hat schon aufgeschlossen. Es ist Besuch da für dich."

„Wer denn?"

„Der Herbst ist vorüber. Die Zeit ist erfüllt. Ich glaube, du weißt es doch längst! Worüber würdest du dich besonders freuen?"

John spürte ein leichtes Zittern.

„Hältst du das aus?"

John nickte. „Das will ich doch!"

Die Tür stand weit offen. Lucienne Gabriel zog sich zurück und winkte den Pflegern, Abstand zu halten.

Das Mondlicht des frühen Abends erleuchtete das Zimmer. John nahm eine Frau wahr. Das Licht umgab sie wie ein Heiligenschein und erinnerte an die Ikone an seiner Wand. Diese Maria hier aber hielt bereits das Kind auf dem Arm. John erinnerte auch das Lied, mit dem seine Flucht begonnen hatte. Es stieg in ihm auf und erfüllte ihn. Wie damals, als über seiner Schlafkammer der Wintermond stand. Sein Licht wies ihm Weg und Ziel.

ZITATE

Giambatista Basile: Das Märchen der Märchen – Das Pentameron
Herausgeber: Rudolf Schenda
Verlag C. H. Beck

Die Bibel: Einheitsübersetzung 1980, Herder-Verlag

DANK

Der Autor dankt

für Lektorat und Unterstützung Brigitte Spürk, Tobias Keil, Bernkastel-Kues, der Autorengruppe ‚ScriptumTrier‘, namentlich Ursel Ruth Weber und Klaus Gottheiner, sowie dem Verlag Shaker media, Düren;

für die schulpsychologische Expertise Monika Boesen, Trier;

für die theologische Begleitung Maria Becker, Würselen;

für die Genehmigung des Zitats dem Verlag C.H. Beck, München.

Konrad von Stresow

Shaker Media

ISBN 978-3-95631-745-3

215 Seiten

Deutsch

Paperback

21 x 14,8 cm

13,90 EUR

Die Grenzgängerin

Doku-Roman nach einer wirklichen Begebenheit

Das nigerianische Mädchen Aisha wird aus wohlbehüteten Verhältnissen nach Europa gelockt und dort in die Zwangsprostitution gedrängt.

Der Roman von Konrad von Stresow zeichnet beeindruckend die traumatische Erfahrung der Aisha von ihrer Ankunft in Europa bis zur Ausweisung aus Deutschland nach. Der Roman ist psychologisch wie auch auf der Handlungsebene klar strukturiert und beschreibt die teilweise dramatischen Erlebnisse der Aisha. Eingeblendet werden Szenen aus Nigeria, die ein realistisches und authentisches Bild von diesem Land geben.

Der Roman beruht auf einer wahren Begebenheit, wenngleich Personen und Schauplätze fiktional verfremdet sind. Nichtsdestotrotz ist der Roman eine eindringliche Warnung an alle, die sich in Afrika und auch in Osteuropa nach Deutschland locken lassen mit dem Versprechen auf ein besseres Leben.

Der Roman ist somit eine realistische und zugleich psychologisch fundierte Darstellung eines von vielen heutzutage sich ereignenden Schicksalen in dieser Welt.

Stefan Ingelberg

Shaker Media

ISBN 978-3-95631-816-0

386 Seiten

Deutsch

Paperback

21 x 14,8 cm

19,90 EUR

Tödliche Frachten

Roman

Der Unternehmensberater Jan Stahlschmidt wird damit beauftragt, ein Sanierungskonzept für ein in wirtschaftlichen Schwierigkeiten steckendes Hamburger Containerterminal zu erarbeiten. Er analysiert das Unternehmen und kommt einer Betrugsaffäre auf die Spur. Als er seinen Auftraggeber darüber informiert, reagiert dieser ungehalten und wirft ihn kurze Zeit später raus. Jan Stahlschmidt ahnt nicht, dass er mit seinen Recherchen einer chinesischen Verbrecherorganisation in die Quere gekommen ist, die das Hamburger Containerterminal für ihre illegalen Geschäfte nutzt. Für Jan Stahlschmidt und seine Freundin Kerstin Rehberg beginnt ein Kampf auf Leben und Tod.

Stefan Ingelberg lebt seit vielen Jahren in Hamburg. Er ist als Unternehmensberater tätig und hat in den letzten Jahren zahlreiche Beratungsprojekte für die maritime Wirtschaft durchgeführt. In seinem Roman „Tödliche Frachten" hat er Erfahrungen aus seiner Arbeit als Unternehmensberater verarbeitet.